Scherz Krimi

Spannung mit Niveau

Von Agatha Christie sind erschienen:

Das Agatha Christie Lesebuch
Alibi
Alter schützt vor Scharfsinn nicht
Auch Pünktlichkeit kann töten
Auf doppelter Spur
Der ballspielende Hund
Bertrams Hotel
Der blaue Expreß
Blausäure
Das Böse unter der Sonne oder
Rätsel um Arlena
Die Büchse der Pandora
Der Dienstagabend-Klub
Ein diplomatischer Zwischenfall
Dreizehn bei Tisch
Elefanten vergessen nicht
Die ersten Arbeiten des Herkules
Das Eulenhaus
Das fahle Pferd
Fata Morgana
Das fehlende Glied in der Kette
Ein gefährlicher Gegner
Das Geheimnis der Goldmine
Das Geheimnis der Schnallenschuhe
Das Geheimnis von Sittaford
Die großen Vier
Das Haus an der Düne
Hercule Poirots größte Trümpfe
Hercule Poirot schläft nie
Hercule Poirots Weihnachten
Karibische Affäre
Die Katze im Taubenschlag
Die Kleptomanin
Das krumme Haus
Kurz vor Mitternacht
Lauter reizende alte Damen
Der letzte Joker
Die letzten Arbeiten des Herkules
Der Mann im braunen Anzug
Die Mausefalle und andere Fallen
Die Memoiren des Grafen
Mit offenen Karten
Mörderblumen
Mördergarn
Die Mörder-Maschen
Mord auf dem Golfplatz
Mord im Orientexpreß
Mord im Pfarrhaus
Mord im Spiegel
oder Dummheit ist gefährlich
Mord in Mesopotamien
Mord nach Maß
Ein Mord wird angekündigt
Die Morde des Herrn ABC
Morphium
Nikotin
Poirot rechnet ab
Rächende Geister
Rotkäppchen und der böse Wolf
Ruhe unsanft
Die Schattenhand
Das Schicksal in Person
Schneewittchen-Party
Ein Schritt ins Leere
16 Uhr 50 ab Paddington
Der seltsame Mr. Quin
Sie kamen nach Bagdad
Das Sterben in Wychwood
Der Tod auf dem Nil
Tod in den Wolken
Der Tod wartet
Der Todeswirbel
Tödlicher Irrtum
oder Feuerprobe der Unschuld
Die Tote in der Bibliothek
Der Unfall und andere Fälle
Der unheimliche Weg
Das unvollendete Bildnis
Die vergeßliche Mörderin
Vier Frauen und ein Mord
Vorhang
Der Wachsblumenstrauß
Wiedersehen mit Mrs. Oliver
Zehn kleine Negerlein
Zeugin der Anklage

Agatha Christie

Das fehlende Glied in der Kette

Scherz
Bern – München – Wien

Überarbeitete Fassung der einzig berechtigten Übertragung
aus dem Englischen von Dorothea Gotfurt
Titel des Originals: »The Mysterious Affair at Styles«
Schutzumschlag von Heinz Looser
Foto: Thomas Cugini

17. Auflage 1991, ISBN 3-502-50988-3

Gesamtherstellung: Ebner Ulm

1

Das ungeheure Interesse, das die Affäre Styles seinerzeit in der Öffentlichkeit erregte, hat sich zwar inzwischen etwas gelegt, jedoch bin ich nun von meinem Freund Hercule Poirot und von der Familie selbst gebeten worden, den Verlauf der Angelegenheit schriftlich niederzulegen.
Ich möchte zunächst kurz erklären, auf welche Weise ich in diese Sache verstrickt wurde.
Als Verwundeter war ich von der Front zurück in die Heimat geschickt worden, und nachdem ich mehrere Wochen in einem recht deprimierenden Erholungsheim verbracht hatte, bekam ich noch einen Monat Heimaturlaub. Da ich weder nahe Verwandte noch Freunde besaß, überlegte ich mir gerade, wo ich meinen Urlaub verbringen könnte, als ich zufällig John Cavendish begegnete. Während der letzten Jahre hatte ich ihn nur selten gesehen, und ich kannte ihn nicht besonders gut, obschon ich als Junge oft in »Styles«, dem Landgut seiner Mutter in Essex, zu Besuch gewesen war. Er war mindestens fünfzehn Jahre älter als ich, jedoch wirkte er nicht wie ein Mann von fünfundvierzig Jahren.
Wir unterhielten uns angeregt über die guten alten Zeiten, und schließlich lud er mich ein, meinen Urlaub in »Styles« zu verbringen.
»Meine Mutter wird sich riesig freuen, Sie nach langer Zeit einmal wiederzusehen«, fügte er hinzu.
»Geht es Ihrer Mutter gut?« erkundigte ich mich.
»Sehr gut, danke. Sie wissen wohl, daß sie wieder geheiratet hat?«
Ich fürchte, daß ich mein Erstaunen etwas zu deutlich zeigte. Als Mrs. Cavendish Johns Vater heiratete, war er Witwer gewesen, mit zwei Söhnen; ich hatte sie als eine gutaussehende Frau in mittleren Jahren in Erinnerung. Nun mußte sie etwa siebzig Jahre alt sein. Die lebhafte und energische alte Dame war im Vorstand mehrerer Vereine, und es bereitete ihr ein besonderes Vergnügen, mit huldvoller Miene Wohltätigkeitsbasare zu eröffnen. Sie war sehr großzügig und verfügte über

ein beträchtliches Privatvermögen.
Mr. Cavendish hatte das Landgut »Styles« am Anfang ihrer Ehe gekauft. Er stand so völlig unter dem Einfluß seiner Frau, daß er ihr, bevor er starb, das Gut und den größten Teil seines Vermögens für die Dauer ihres Lebens hinterließ; dieses Testament war seinen Söhnen gegenüber ausgesprochen unfair. Jedoch war ihre Stiefmutter sehr freigebig, und die beiden Knaben waren beim Tode ihres Vaters noch so jung, daß Mrs. Cavendish ihnen wie ihre eigene Mutter erschien.
Lawrence, der jüngere, war ein sehr zartes, schwächliches Kind. Er wurde Arzt, doch gab er die medizinische Laufbahn bald auf, um sich zu Hause seinen literarischen Ambitionen zu widmen. Leider waren seine Gedichte nicht sehr erfolgreich.
John praktizierte eine Zeitlang als Rechtsanwalt, aber auch er zog es vor, sich endgültig auf dem Land niederzulassen. Er war seit zwei Jahren verheiratet und lebte mit seiner jungen Frau in »Styles«; er hätte allerdings lieber ein eigenes Heim gegründet, wenn seine Stiefmutter sich bereit erklärt hätte, ihm einen größeren Monatswechsel zu geben. Aber Mrs. Cavendish zog es vor, ihre eigenen Pläne zu machen, und sie erwartete, daß sich alle anderen nach ihr richteten. In diesem Fall hatte sie bestimmt die Oberhand, da sie den Geldbeutel besaß.
John bemerkte mein Erstaunen über die Wiederverheiratung seiner Mutter und lächelte kläglich.
»Und noch dazu hat sie einen Taugenichts geheiratet«, sagte er verächtlich, »glauben Sie mir, Hastings, dieser Bursche macht uns allen das Leben zur Hölle, besonders Evie – Sie erinnern sich doch noch an Evie?«
»Nein.«
»Dann muß sie erst nach Ihrer Zeit zu uns gekommen sein. Sie ist Mutters Gesellschafterin, unsere Haushälterin – kurz, Mädchen für alles. Evie ist ein prachtvoller Mensch, sie ist weder jung noch schön, aber eine hochanständige Person.«
»Ja, und...?«
»Also – dieser Bursche erschien eines Tages bei uns und behauptete, ein weitläufiger Verwandter von Evie zu sein,

obwohl sie auf diese Verwandtschaft keinen großen Wert zu legen schien. Er ist ein ganz unmöglicher Mensch – er hat einen großen schwarzen Vollbart und trägt bei Wind und Wetter Lackstiefel! Aber bei meiner Mutter hatte er von Anfang an einen Stein im Brett; sie ernannte ihn zu ihrem Privatsekretär. Sie werden sich entsinnen, daß sie Dutzende von Wohltätigkeitsvereinen leitet.«

Ich nickte.

»Durch den Krieg sind es sogar noch mehr geworden, und ich bezweifle nicht, daß der Bursche sich sehr nützlich gemacht hat. Aber wir waren alle wie vor den Kopf geschlagen, als sie uns vor drei Monaten mitteilte, daß sie und Alfred verlobt seien. Der Kerl muß mindestens zwanzig Jahre jünger sein als sie! Es ist natürlich sonnenklar, daß er es lediglich auf ihr Geld abgesehen hat, doch was konnten wir tun? Sie hat uns nicht um unsere Einwilligung gebeten, sondern ihn stillschweigend geheiratet.«

»Es muß für Sie alle eine schwierige Situation sein.«

»Verflucht schwierig!«

Und so geschah es, daß ich drei Tage später auf dem lächerlich kleinen Bahnhof in Styles St. Mary aus dem Zug stieg, einem Bahnhof, der eigentlich gar keine Daseinsberechtigung hat, da er inmitten von grünen Feldern und Wiesen liegt. John Cavendish erwartete mich auf dem Bahnsteig und geleitete mich zu seinem Auto.

»Dank der Beziehungen meiner Mutter haben wir noch etwas Benzin«, bemerkte er.

Das Dorf Styles St. Mary war etwa zwei Meilen vom Bahnhof entfernt, und das Landgut »Styles« lag ungefähr eine Meile hinter dem Dorf. Es war ein ruhiger, warmer Tag – Anfang Juli. Wenn man über das friedliche grüne flache Land von Essex blickte, konnte man sich kaum vorstellen, daß nicht allzu weit von hier ein Weltkrieg tobte. Ich hatte das Gefühl, plötzlich in einer anderen Welt zu sein. Während wir durch das Gartentor fuhren, sagte John:

»Ich fürchte, Sie werden es hier sehr ruhig finden, lieber Hastings.«

»Ich sehne mich geradezu nach Ruhe.«
»Dann wird es Ihnen hoffentlich bei uns gefallen. Ich habe mich freiwillig zur Landarbeit gemeldet und helfe zweimal in der Woche beim Pflügen und Umgraben. Meine Frau hilft täglich auf dem Gut; jeden Morgen um fünf melkt sie bereits die Kühe, danach arbeitet sie durch bis zum Mittagessen. Alles in allem wäre es kein schlechtes Leben, wenn wir uns nicht mit diesem unsympathischen Burschen Alfred Inglethorp abgeben müßten.« Plötzlich verlangsamte er das Tempo und sah auf seine Uhr. »Ob wir Cynthia wohl noch abholen können? Nein, sie muß das Krankenhaus bereits verlassen haben.«
»Cynthia? Ihre Frau?«
»Nein, sie ist nicht meine Frau, sie ist ein Schützling meiner Mutter, die Tochter einer Schulkameradin, die einen berüchtigten Anwalt heiratete, mit dem es ein schlechtes Ende nahm. Das verwaiste Mädchen war ohne einen Penny zurückgeblieben, und meine Mutter nahm sich ihrer an. Cynthia lebt jetzt schon fast zwei Jahre bei uns. Sie arbeitet im Roten-Kreuz-Krankenhaus in Tadminster, sieben Meilen von hier.«
Während seiner letzten Worte fuhren wir vor dem schönen, alten Haus vor. Eine Dame in einem Tweedrock beugte sich über ein Blumenbeet; bei unserer Ankunft richtete sie sich auf.
»Hallo, Evie! Hier ist unser verwundeter Held. Darf ich bekanntmachen: Mr. Hastings – Miss Howard.«
Miss Howard schüttelte meine Hand mit fast übertriebener Herzlichkeit. Sie war eine sympathisch aussehende Frau von etwa vierzig Jahren, mit sehr blauen Augen in einem von der Sonne verbrannten Gesicht, mit einer lauten, tiefen, beinahe männlichen Stimme. Sie war groß und kräftig gebaut, ihre ebenfalls großen Füße steckten in soliden Lederstiefeln. Ich stellte sehr bald fest, daß sie es liebte, in kurzen, abgehackten Sätzen zu sprechen.
»Unkraut schießt nur so aus der Erde. Schneller, als man's ausreißen kann. Werde Sie auch bald zur Arbeit holen – Vorsicht, junger Mann!«

»Ich würde mich mit dem größten Vergnügen nützlich machen«, entgegnete ich.
»Würde ich an Ihrer Stelle nicht sagen – wird Ihnen später leid tun.«
»Sie sind eine Zynikerin, Evie«, sagte John lachend. »Wo trinken wir heute Tee? Im Haus oder im Garten?«
»Im Freien natürlich, zu schön, um im Zimmer zu sitzen.«
»Kommen Sie mit, Evie. Sie haben für heute genug gearbeitet. Wer arbeitet, muß auch essen, nicht wahr?«
»Da mögen Sie recht haben«, sagte Miss Howard und streifte ihre Gartenhandschuhe ab.
Sie führte uns ums Haus zu einer großen Sykomore, in deren Schatten ein gedeckter Teetisch stand.
Eine junge Frau erhob sich von einem der Korbstühle und kam uns entgegen.
»Darf ich Sie mit meiner Frau bekanntmachen, Hastings«, sagte John.
Ich werde den ersten Eindruck, den Mrs. Cavendish auf mich machte, nie vergessen. Ihre schlanke, zarte Gestalt hob sich vom hellen Hintergrund ab, und ich bewunderte ihre außergewöhnlich schönen rehbraunen Augen, in denen ein verborgenes Feuer zu schlummern schien. Einer Frau wie sie war ich noch niemals begegnet; ich glaubte, den wilden, ungezähmten Geist hinter der Maske der vornehmen Ruhe spüren zu können. Nein, diesen ersten Eindruck werde ich nie vergessen.
Sie begrüßte mich mit ein paar liebenswürdigen Worten, ihre Stimme war klar und tief; ich ließ mich in einen Korbstuhl sinken und war außerordentlich froh, John Cavendishs Einladung angenommen zu haben. Mrs. Cavendish reichte mir eine Tasse Tee, und im Verlauf der Unterhaltung verstärkte sich mein erster Eindruck; sie war tatsächlich eine ausnehmend charmante und faszinierende Persönlichkeit. Sie verstand es, interessiert zuzuhören, während ich einige komische Anekdoten aus dem Erholungsheim zum besten gab, die sie, wie ich glaubte, sehr amüsierten. John, obwohl ein netter Bursche, ist leider nicht sehr unterhaltend.

In diesem Augenblick drang eine wohlbekannte Stimme aus der offenen Gartentür:
»Nach dem Tee schreibst du an die Prinzessin, nicht wahr, Alfred? An Lady Tadminster werde ich selbst schreiben und fragen, ob sie am zweiten Tag kommen kann. Oder sollten wir die Antwort der Prinzessin abwarten? Falls sie ablehnt, könnte Lady Tadminster das Fest am ersten Tag eröffnen, und Mrs. Crosbie am zweiten. Dann müssen wir uns noch wegen des Schulfestes mit der Herzogin in Verbindung setzen.«
Es folgte das undeutliche Murmeln einer Männerstimme, darauf klar und deutlich die Antwort von Mrs. Inglethorp:
»Selbstverständlich hat es bis nach dem Tee Zeit – wie besorgt du um mich bist, Alfred.«
Die Gartentür wurde etwas weiter geöffnet, und eine hübsche, weißhaarige alte Dame mit etwas herrischen Zügen kam in den Garten. Ein Mann folgte ihr in leicht unterwürfiger Haltung.
Mrs. Inglethorp begrüßte mich mit großer Herzlichkeit.
»Welche Freude, Sie nach all den Jahren wiederzusehen, Mr. Hastings. Darf ich dir Mr. Hastings vorstellen, Liebling, und darf ich Sie mit meinem Mann bekanntmachen.«
Ich betrachtete den »Liebling« interessiert. Er machte wirklich einen etwas sonderbaren Eindruck, und der mir von John beschriebene Bart war tatsächlich ganz ungewöhnlich lang und schwarz. Er trug einen goldgerahmten Kneifer, und seine Züge waren seltsam starr. Plötzlich kam mir der Gedanke, daß er sich auf einer Bühne natürlicher ausnehmen würde als im Leben. Seine Stimme war ziemlich tief und salbungsvoll. Er gab mir steif die Hand und sagte:
»Ich freue mich, Ihre Bekanntschaft zu machen, Mr. Hastings.«
Dann sagte er zu seiner Frau: »Ich glaube, dieses Kissen ist ein wenig feucht, liebste Emily.«
Sie lächelte ihm zärtlich zu, während er mit allen Anzeichen von Besorgtheit ein anderes Kissen auf den Sessel legte. Merkwürdig, daß die sonst so vernünftige Frau in diesen Burschen vernarrt war!
Mit der Ankunft von Mr. Inglethorp wurde die Atmosphäre

gespannt, fast feindselig. Miss Howard gab sich nicht die geringste Mühe, ihre Gefühle zu verbergen, aber Mrs. Inglethorp schien nichts zu bemerken. Sie war noch so lebhaft wie früher und sprach fast ohne Unterbrechung und mit großer Ausführlichkeit über den von ihr organisierten Basar, der bald eröffnet werden sollte. Hin und wieder fragte sie ihren Mann wegen Daten und Terminen. Er blieb auch weiterhin aufmerksam und besorgt. Er mißfiel mir von Anfang an, und ich glaube sagen zu dürfen, daß mein erster Eindruck im allgemeinen ziemlich treffsicher ist.

Jetzt gab Mrs. Inglethorp Miss Howard Anweisungen, verschiedene Briefe zu schreiben; währenddessen fragte mich ihr Mann mit salbungsvoller Stimme:

»Sind Sie Berufsoffizier, Mr. Hastings?«

»Nein, vor dem Krieg habe ich als Versicherungsagent bei Lloyds gearbeitet.«

»Werden Sie nach dem Krieg dorthin zurückkehren?«

»Vielleicht; es ist aber auch möglich, daß ich etwas anderes anfange.«

Mary Cavendish sah mich an.

»Welchen Beruf würden Sie wählen, wenn Ihnen die Wahl völlig freistände?« fragte sie.

»Das kommt darauf an...«

»Haben Sie nicht irgendeine heimliche Lieblingsbeschäftigung? Das haben wir doch alle, meist etwas ganz Ausgefallenes.«

»Sie werden mich auslachen...«

Sie lächelte. »Schon möglich.«

»Ich habe schon immer den Wunsch gehabt, Detektiv zu werden.«

»Ein richtiger Polizist von Scotland Yard? Oder ein Sherlock Holmes?«

»Sherlock Holmes – unbedingt. Aber Spaß beiseite, es interessiert mich wirklich ganz außerordentlich. Ich lernte einmal in Belgien einen berühmten Detektiv kennen, der mich sehr beeindruckte. Er war ein ganz famoser Kerl und erklärte mir, daß es nur darauf ankäme, planmäßig und durchdacht zu arbeiten. Mein System beruht auf seiner Methode; natürlich habe ich es inzwischen vervollkommnet. Er war ein drolliger kleiner Mann, ein richtiger Dandy, aber hochintelligent.«

»Lese auch ganz gern einen guten Kriminalroman«, bemerkte Miss Howard. »Wird natürlich viel Unsinn geschrieben. Verbrecher wird im letzten Kapitel entdeckt. Alle ganz sprachlos. Beim wirklichen Verbrechen sieht die Sache selbstverständlich anders aus – da weiß man gleich Bescheid.«

»Es hat aber doch zahllose unaufgeklärte Verbrechen gegeben«, stellte ich fest.

»Spreche nicht von der Polizei – spreche von den Leuten, die es betrifft, von der Familie. Der kann man keinen Sand in die Augen streuen, würde gleich Bescheid wissen.«

»Sie glauben also, daß Sie, wenn Sie in ein Verbrechen – sagen wir in einen Mordfall – verwickelt wären, den Mörder sofort herausfinden würden?« fragte ich belustigt.

»Zweifellos. Könnte es vielleicht den Anwälten nicht beweisen, würde aber meiner Sache ganz sicher sein. Rein gefühlsmäßig würde ich ihn erkennen, wenn er in meine Nähe käme.«

»Vielleicht wäre es eine ›Sie‹«, bemerkte ich.

»Möglich, aber ein Mord ist eine Gewalttat, würde ich eher einem Mann zutrauen.«

»Außer, wenn es sich um einen Giftmord handelt«, sagte Mrs. Cavendish mit klarer Stimme. »Gerade gestern erzählte mir Dr. Bauerstein, daß es eine ganze Reihe Gifte gebe, von deren Existenz und Wirkung die Ärzte so gut wie nichts wüßten und daher in vielen Fällen gar nicht auf den Gedanken einer Vergiftung kämen.«

»Das ist ja eine gruselige Unterhaltung, Mary«, sagte Mr. Inglethorp. »Es überläuft mich kalt – ach, da kommt Cynthia!«

Ein junges Mädchen in Schwesterntracht lief mit leisen Schritten über den Rasen.

»Du hast dich verspätet, Cynthia. Darf ich dir Mr. Hastings vorstellen – Mr. Hastings – Miss Murdoch.«

Cynthia Murdoch war frisch und jung, voller Energie und Lebensfreude. Sie nahm ihre Mütze ab, und ich bewunderte

ihr weichgewelltes kastanienbraunes Haar und die kleine weiße Hand, die nach der Teetasse griff. Mit dunklen Augen und Augenbrauen wäre sie eine Schönheit gewesen.
Sie ließ sich neben John auf den Rasen fallen und lächelte mich an, als ich ihr eine Platte mit belegten Broten reichte.
»Setzen Sie sich doch auf den Rasen. Es ist viel schöner, als auf einem Stuhl zu sitzen.«
Ich glitt gehorsam auf das Gras.
»Wie ich höre, arbeiten Sie in Tadminster, Miss Murdoch?«
Sie nickte. »Ja, leider.«
»Setzt man Ihnen sehr zu?«
»Das würde ich mir nicht gefallen lassen«, erwiderte sie keck.
»Ich habe eine Kusine, die Krankenschwester ist«, sagte ich.
»Sie hat eine Heidenangst vor der Oberschwester.«
»Das wundert mich nicht, Mr. Hastings. Viele Oberschwestern sind zum Fürchten! Aber ich bin gottlob keine Krankenpflegerin, ich bin in der Apotheke beschäftigt.«
»Wie viele Leute haben Sie schon vergiftet?« fragte ich lächelnd.
»Hunderte«, erwiderte sie lachend.
»Cynthia!« rief Mrs. Inglethorp. »Könntest du ein paar Briefe für mich schreiben?«
»Selbstverständlich, Tante Emily.«
Sie sprang sofort auf, und irgend etwas in ihrem Benehmen wies darauf hin, daß sie in einer abhängigen Lage war und daß Mrs. Inglethorp trotz ihrer Gutmütigkeit dafür sorgte, sie das nie vergessen zu lassen.
Die alte Dame sagte nun zu mir:
»John wird Ihnen Ihr Zimmer zeigen. Um halb acht wird zu Abend gegessen, wir haben die späten Dinners seit einiger Zeit aufgegeben. Lady Tadminster, die Frau unseres Abgeordneten, macht es ebenso. Sie ist, wie ich, der Meinung, daß man sparen und den anderen mit gutem Beispiel vorangehen muß. Unser Haushalt hat sich dem Krieg angepaßt. Wir vergeuden nichts, wir heben jedes Stückchen Papier auf, packen es in Säcke und schicken es zur Sammelstelle.«
Ich drückte ihr meine Anerkennung aus, dann folgte ich John

ins Haus und über die breite Treppe, die sich auf halber Höhe nach rechts und links gabelte und in die verschiedenen Flügel des Hauses führte. Mein Zimmer befand sich im linken Flügel, mit Aussicht auf den Park.
John ließ mich allein, und wenige Minuten später sah ich ihn von meinem Fenster aus langsam Arm in Arm mit Cynthia Murdoch über den Rasen wandern. Dann hörte ich Mrs. Inglethorp ungeduldig »Cynthia!« rufen und sah das Mädchen schnell zurück ins Haus laufen. Im selben Augenblick löste sich ein Mann aus dem Schatten eines Baumes und ging in die gleiche Richtung. Er war etwa vierzig Jahre alt, hatte sehr dunkles Haar und ein melancholisches, glattrasiertes Gesicht. Anscheinend war er in einem Zustand großer Erregung. Im Vorbeigehen blickte er herauf zu meinem Fenster, und ich erkannte ihn sofort, obwohl er sich in den fünfzehn Jahren, in denen ich ihm nicht begegnet war, sehr verändert hatte. Er war Lawrence Cavendish, Johns jüngerer Bruder. Ich fragte mich, warum er wohl so erregt sein mochte. Jedoch dachte ich nicht lange über ihn nach, sondern wandte mich praktischeren Dingen zu.
Der Abend verging auf sehr angenehme Weise, und nachts träumte ich von der geheimnisvollen, schönen Mary Cavendish. Der nächste Morgen war klar und sonnig, und ich begann mich auf einen reizenden Ferienaufenthalt zu freuen.
Ich sah Mrs. Cavendish nicht vor dem Mittagessen; sie schlug mir vor, einen Spaziergang mit ihr zu machen, und wir verbrachten einen bezaubernden Nachmittag im Wald. Gegen fünf Uhr kehrten wir zurück zum Haus.
Als wir die große Halle betraten, kam uns John entgegen und bat uns, ihm ins Herrenzimmer zu folgen. Ich sah ihm sofort an, daß sich etwas Unangenehmes ereignet haben mußte.
»Eine schöne Bescherung, Mary! Evie hat sich mit Alfred Inglethorp gezankt, und sie ist im Begriff, uns zu verlassen.«
»Evie will uns verlassen?«
John nickte traurig.
»Ja, sie hat sich bei Mutter beklagt, und daraufhin – aber hier kommt sie selbst.«

Miss Howard kam ins Zimmer. Ihre Lippen waren fest zusammengepreßt; sie trug einen kleinen Handkoffer. Sie sah aufgeregt und entschlossen aus, und etwas herausfordernd.
»Jedenfalls habe ich ihr die Meinung gesagt«, bemerkte sie erregt.
»Das kann doch nicht wahr sein, liebste Evie«, sagte Mrs. Cavendish.
Miss Howard nickte mit verbissenem Gesicht.
»Es ist wahr! Habe leider verschiedenes zu Emily gesagt, das sie mir nicht so schnell vergeben und vergessen wird. Mache mir nichts daraus, wenn ich ihr dadurch die Augen wenigstens ein bißchen geöffnet habe. Ist aber wahrscheinlich alles an ihr abgeglitten. Ich sagte ihr ins Gesicht: ›Sie sind eine törichte alte Frau – der Mann ist über zwanzig Jahre jünger als Sie, und Sie wissen ganz genau, warum er Sie geheiratet hat – Ihres Geldes wegen! Rate Ihnen, ihm nicht zuviel zu geben, der Pächter Raikes hat eine sehr hübsche junge Frau. Fragen Sie doch Ihren Alfred selbst, wieviel Zeit er dort verbringt.‹ Natürlich war sie sehr ärgerlich, aber ich fuhr fort: ›Ob es Ihnen paßt oder nicht, ich muß Sie warnen. Der Mann wäre imstande, Sie in Ihrem eigenen Bett zu ermorden. Er ist ein schlechter Kerl! Sie können sagen, was Sie wollen, ich bleibe dabei: er ist grundschlecht.‹«
»Und was antwortete sie?«
»›Mein geliebter Alfred – mein einziger Alfred – gemeine Verleumdungen – unverschämte Lügen – meinen geliebten Mann zu beschuldigen – je eher Sie mein Haus verlassen, desto besser...‹ Und deshalb werde ich gehen.«
»Aber doch nicht gleich?«
»Doch – sofort.«
Wir starrten sie einen Augenblick sprachlos an. Nachdem John Cavendish sich vergeblich bemüht hatte, sie umzustimmen, verließ er das Zimmer, um die Abfahrtszeiten der Züge festzustellen. Seine Frau folgte ihm.
Nachdem sie gegangen waren, veränderte sich Miss Howards Gesichtsausdruck, und sie sagte:
»Sie sind ein anständiger Mensch, Mr. Hastings, ich kann

mich doch auf Sie verlassen, nicht wahr?«
Ich war ziemlich erstaunt. Sie legte ihre Hand auf meinen Arm und fuhr im Flüsterton fort:
»Bitte, behüten Sie meine arme Emily, Mr. Hastings. Sie ist von Gaunern umgeben – ich traue der ganzen Bande nicht, und glauben Sie mir, ich weiß, was ich sage. Jeder einzelne ist knapp bei Kasse und versucht Geld von ihr zu bekommen. Ich habe sie, so gut ich konnte, beschützt. Aber wenn ich fort bin, werden sie alle versuchen, ihre Gutmütigkeit auszunutzen.«
»Ich werde alles tun, was in meiner Macht steht, Miss Howard, aber ich bin davon überzeugt, daß Sie die Dinge in Ihrer augenblicklichen Erregung etwas zu schwarz sehen.«
Sie schüttelte nachdrücklich den Kopf.
»Sie können sich auf mein Urteil verlassen, junger Mann. Bin schon beträchtlich länger auf der Welt als Sie. Ich bitte Sie nur darum, Ihre Augen offenzuhalten. Sie werden bald merken, was los ist.«
Durch das offene Fenster hörte man das Geräusch eines vorfahrenden Autos, danach Johns Stimme. Miss Howard stand auf und ging zur Tür. Die Hand auf der Türklinke, drehte sie sich noch einmal zu mir um und sagte:
»Und lassen Sie vor allen Dingen diesen Schurken nicht aus den Augen – ihren Mann.«
Sie hatte keine Zeit, mehr zu sagen, da man ihr jetzt von allen Seiten »Lebewohl« zurief und ihr die Hand zum Abschied drückte. Die Inglethorps traten nicht in Erscheinung.
Als das Auto abfuhr, löste sich Mrs. Cavendish plötzlich aus der Gruppe, um einem großen, bärtigen Mann entgegenzugehen, der sich dem Haus näherte. Sie errötete, während sie ihm die Hand entgegenstreckte.
»Wer ist das?« fragte ich in scharfem Ton, denn ich hatte sofort eine instinktive Abneigung gegen den Mann gefaßt.
»Dr. Bauerstein«, erwiderte John kurz.
»Und wer ist Dr. Bauerstein?«
»Er verbringt einen Erholungsaufenthalt im Dorf, nachdem er einen Nervenzusammenbruch hatte. Er ist ein Spezialist aus London, ein sehr berühmter Mann auf dem Gebiet der Gift-

kunde, wie man mir sagt.«
»Und er ist sehr befreundet mit Mary«, warf Cynthia ein.
John Cavendish runzelte die Stirn und wechselte das Thema.
»Gehen wir auf einen kleinen Spaziergang, Hastings, um diesen peinlichen Zwischenfall zu vergessen. Die gute Evie nimmt leider niemals ein Blatt vor den Mund, aber sie ist ein grundanständiger, zuverlässiger Mensch.«
Wir wanderten über einen Feldweg zu einem Wäldchen, das an das Gut grenzte und zum Dorf führte. Auf dem Rückweg begegneten wir einer aparten, etwas zigeunerhaft wirkenden jungen Frau, die uns freundlich grüßte.
»Hübsches Mädchen«, sagte ich.
Johns Gesicht nahm einen harten Ausdruck an.
»Das ist Mrs. Raikes.«
»Wenn ich mich nicht irre, hat Miss Howard sie erwähnt ...«
»Stimmt«, sagte John schroff.
Ich dachte an die weißhaarige alte Dame in dem großen Haus, dann an das kecke Gesicht, das uns soeben zugelächelt hatte, und ich wurde plötzlich von bösen Vorahnungen erfüllt, die ich jedoch sehr bald wieder verdrängte.
»›Styles‹ ist wirklich ein besonders schöner Landsitz«, sagte ich zu John.
Er nickte ziemlich verdrießlich.
»Ja, es ist eine schöne Besitzung, und eines Tages wird sie mir gehören – eigentlich sollte ich schon längst der Eigentümer sein, wenn mein Vater ein vernünftiges Testament gemacht hätte. Dann würde ich jetzt keine Geldsorgen haben ...«
»Sie haben Geldsorgen?«
»Ich gebe offen zu, daß meine finanzielle Lage verzweifelt ist, lieber Hastings.«
»Könnte Ihr Bruder Ihnen nicht aushelfen?«
»Lawrence? Der hat seinen letzten Penny dafür ausgegeben, seine lausigen Gedichte in Luxusausgaben zu veröffentlichen. Nein, wir sind alle bettelarm. Ich muß zugeben, daß Mutter uns gegenüber immer sehr großzügig war – bis zu ihrer Heirat.«
Er unterbrach sich stirnrunzelnd.

Ich fühlte zum erstenmal, daß sich die Atmosphäre seit Evie Howards Abfahrt verändert hatte – ihre Anwesenheit war merkwürdigerweise mit einem Gefühl der Sicherheit verknüpft gewesen, an dessen Stelle jetzt Unsicherheit und ein gewisses allgemeines Mißtrauen getreten waren. Ich erinnerte mich an das finstere Gesicht von Dr. Bauerstein, und für einen Augenblick schien die Luft von einem sich unabwendbar nähernden Grauen erfüllt zu sein.

2

Ich war am 5. Juli in »Styles« angekommen, und ich werde jetzt die Ereignisse des 16. und 17. Juli beschreiben. Um es dem Leser leichter zu machen, will ich versuchen, den Ablauf der Dinge so genau wie möglich zu schildern. Alle diese Vorfälle wurden erst bei der Gerichtsverhandlung, nach langen, eingehenden Kreuzverhören klargestellt.

Zwei Tage nach Miss Howards Abreise erhielt ich einen Brief von ihr, in dem sie mir mitteilte, daß sie in dem großen Kreiskrankenhaus in Middlingham als Schwester arbeite – Middlingham ist eine Industriestadt, etwa fünfzehn Meilen von »Styles« entfernt. Sie bat mich, ausfindig zu machen, ob Mrs. Inglethorp den Wunsch habe, sich wieder mit ihr zu versöhnen.

Mein angenehmer Erholungsaufenthalt wurde nur von der mir unerklärlichen Tatsache getrübt, daß Mrs. Cavendish eine ausgesprochene Vorliebe für Dr. Bauerstein an den Tag legte. Warum ihr der Mann so gut gefiel, konnte ich nicht begreifen. Sie lud ihn oft ins Haus ein, oder sie machte ausgedehnte Ausflüge in seiner Gesellschaft. Ich muß gestehen, daß er mir keineswegs sympathisch war.

Der 16. Juli fiel auf einen Montag, und es war ein höchst unruhiger Tag. Am Sonnabend war der berühmte Basar eröffnet worden, und im Zusammenhang damit sollte am Montag abend eine Wohltätigkeitsveranstaltung stattfinden, bei der Mrs. Inglethorp Kriegsgedichte deklamieren wollte. Am Morgen waren wir alle damit beschäftigt, den Saal im Dorf mit Girlanden und Blumen zu schmücken, in dem die Veranstaltung stattfinden sollte. Wir aßen spät zu Mittag, während des Nachmittags ruhten wir uns im Garten aus. Es fiel mir auf, daß John sich merkwürdig benahm. Er schien erregt und unruhig zu sein.

Nach dem Tee legte sich Mrs. Inglethorp hin, um sich vor den Anstrengungen des Abends auszuruhen. Ich forderte Mary Cavendish auf, mit mir ein Tennismatch zu spielen.

Um viertel vor sieben rief uns Mrs. Inglethorp zum Abendbrot. Wir mußten uns ziemlich beeilen, um zur Zeit fertig zu sein, und noch vor Ende der Mahlzeit fuhr bereits das Auto vor.

Die Vorstellung war sehr erfolgreich, und Mrs. Inglethorps Rezitation wurde mit stürmischem Beifall belohnt. Es wurden auch lebende Bilder gestellt, an denen Cynthia teilnahm. Sie fuhr nicht mit uns nach Hause, da sie von Freunden, die ebenfalls bei den lebenden Bildern mitgewirkt hatten, für den Abend und über Nacht eingeladen worden war.

Am nächsten Morgen frühstückte Mrs. Inglethorp im Bett, weil sie ziemlich übermüdet war, aber um halb eins erschien sie frisch und munter, um mit Lawrence und mir einer Einladung zum Mittagessen Folge zu leisten.

»Mrs. Rolleston hat mir eine ganz reizende Einladung geschickt, sie ist die Schwester von Lady Tadminster, und die Rollestons sind eine unserer vornehmsten alten Familien.«

Mary bedauerte es, nicht mit uns kommen zu können, da sie bereits eine Verabredung mit Dr. Bauerstein hatte.

Nach einem sehr guten Mittagessen fuhren wir in angeregter Stimmung nach Hause. Lawrence schlug vor, den kleinen Umweg über Tadminster zu machen, um Cynthia einen Besuch in der Krankenhausapotheke abzustatten. Mrs. Inglethorp erwiderte, sie halte das für eine sehr gute Idee, aber da sie noch mehrere Briefe schreiben müßte, würde sie uns dort absetzen und weiterfahren; wir könnten dann mit Cynthia im Pferdewagen nach Hause kommen.

Der Portier des Krankenhauses ließ uns nicht durch, bis

Cynthia erschien, um für uns zu bürgen. Sie sah in ihrem langen weißen Kittel besonders frisch und niedlich aus. Sie führte uns in ihr Heiligtum hinauf und stellte uns ihrer Kollegin vor, einer nicht sehr liebenswürdigen Person, die Cynthia Nibs nannte.
»Diese vielen Flaschen«, sagte ich, während meine Augen den kleinen Raum überflogen, »wissen Sie wirklich, was jede einzelne enthält?«
»Könnten Sie nicht ein wenig origineller sein?« fragte Cynthia mit einem Stoßseufzer. »Wer immer hierherkommt, stellt die gleiche Frage. Wir haben schon erwogen, dem ersten, der sie nicht stellt, einen Preis zu verleihen. Und Ihre nächste Frage ist: ›Wie viele Leute haben Sie bereits vergiftet?‹ – habe ich recht?«
Ich gab meine Schuld lachend zu.
»Wenn ihr wüßtet, wie furchtbar leicht man versehentlich jemanden vergiften könnte, würdet ihr nicht darüber scherzen. So, und jetzt wollen wir Tee trinken. Wir haben einen kleinen Geheimvorrat im Schrank. Nein, nicht in diesem, Lawrence, das ist der Giftschrank. In dem großen Schrank auf der anderen Seite – ja, das ist der richtige.«
Beim Tee ging es lustig zu, und später halfen wir Cynthia beim Abwaschen. Wir waren gerade dabei, den letzten Teelöffel fortzulegen, als an die Tür geklopft wurde. Cynthia und Nibs zuckten erschreckt zusammen.
»Herein«, rief Cynthia in streng professionellem Ton.
Eine schüchterne junge Hilfsschwester erschien mit einer Flasche in der Hand, die sie Nibs reichen wollte. Diese winkte ab und verwies sie an Cynthia mit der etwas unklaren Bemerkung:
»*Ich* bin heute eigentlich gar nicht da.«
Cynthia nahm die Flasche und betrachtete sie mit ernster Miene. »Diese Flasche hätte heute morgen heraufgeschickt werden sollen.«
»Die Oberschwester bittet um Verzeihung, sie hat es vergessen.«
»Die Oberschwester sollte die Vorschriften lesen, die vor

unserer Tür angeschlagen sind.«
Ich schloß aus dem scheuen Ausdruck der jungen Schwester, daß sie der gefürchteten Oberschwester diese Bestellung bestimmt nicht ausrichten würde.
»Vor morgen kann die Medizin nun nicht mehr angefertigt werden.«
»Ginge es nicht doch noch heute abend?«
»Wir werden sehen, was sich tun läßt«, erwiderte Cynthia huldvoll, »aber wir sind mit Arbeit überlastet.«
Die kleine Hilfsschwester verließ das Zimmer, und Cynthia nahm sofort eine Glasdose von einem Brett, füllte die Medizinflasche und stellte sie auf einen Tisch vor der Tür.
Ich lachte.
»Die Disziplin muß wohl aufrechterhalten werden?«
»Allerdings. Kommen Sie mit auf unseren Balkon; von dort können Sie fast alle Stationen des Krankenhauses sehen.«
Ich folgte Cynthia und ihrer Kollegin auf den Balkon, und sie zeigten mir die verschiedenen Stationen. Lawrence blieb zurück, aber auch er wurde einen Augenblick später von Cynthia auf den Balkon gerufen. Dann sah sie auf ihre Armbanduhr.
»Nichts mehr zu tun, Nibs?«
»Nein.«
»Gut, dann können wir zuschließen und gehen.«
An diesem Nachmittag hatte ich Lawrence in einem ganz anderen Licht gesehen. Es war schwer, ihn näher kennenzulernen. Er war in fast jeder Beziehung das Gegenteil seines Bruders John – ungewöhnlich scheu und zurückhaltend. Und doch besaß er einen gewissen Charme, und ich glaubte, daß man ihn bei näherer Bekanntschaft sehr liebgewinnen könnte. Cynthia gegenüber erschien er mir immer besonders gehemmt, und auch sie war in seiner Gegenwart etwas schüchtern. Jedoch an diesem Nachmittag unterhielten sie sich mit ungezwungener Fröhlichkeit.
Als wir durch das Dorf fuhren, fiel mir ein, daß ich Briefmarken kaufen wollte, und wir hielten vor der Post.
Beim Verlassen der Post stieß ich fast mit einem kleinen Mann zusammen, der gerade hineingehen wollte. Ich trat einen

Schritt zur Seite und entschuldigte mich. Plötzlich schloß er mich mit einem Freudenschrei in die Arme und küßte mich herzlich.
»*Mon ami,* Hastings!« rief er entzückt. »Es ist also tatsächlich *mon ami* Hastings!«
»Poirot!« sagte ich erfreut.
Ich ging mit ihm zu unserem Pferdewagen.
»Ich habe eben zu meiner Freude einen guten alten Bekannten getroffen, Miss Cynthia – Monsieur Poirot, den ich seit Jahren nicht mehr gesehen habe.«
»Wir kennen Monsieur Poirot gut«, entgegnete Cynthia, »aber wir hatten keine Ahnung, daß er ein Freund von Ihnen ist.«
»Natürlich kenne ich Mademoiselle Cynthia«, sagte Poirot ernst. »Die gute Mrs. Inglethorp ist verantwortlich für mein Hiersein.« Ich sah ihn fragend an, und er fuhr fort: »Jawohl, mein Freund, sie hat mir und sieben meiner Landsleute Gastfreundschaft gewährt; wir alle sind leider Flüchtlinge. Wir Belgier werden ihrer immer mit Dankbarkeit gedenken.«
Poirot sah recht sonderbar aus. Er war nur etwa einen Meter fünfzig groß, aber seine Haltung war sehr merkwürdig. Er hatte einen Eierkopf, den er stets ein wenig zur Seite geneigt hielt, und einen kleinen, sehr steifen und militärischen Schnurrbart. Er war unglaublich ordentlich gekleidet, ich glaube, daß ihm der kleinste Schmutzfleck unangenehmer gewesen wäre als eine Schußwunde. Und doch war dieser überelegante kleine Mann, der, wie ich zu meinem Bedauern feststellte, jetzt stark hinkte, seinerzeit einer der gefeiertsten Angehörigen der belgischen Kriminalpolizei gewesen. Er war ein Detektiv mit einem ganz außergewöhnlichen Spürsinn, und es war ihm wieder und wieder gelungen, die verzwicktesten Fälle mit Erfolg zu lösen.
Er zeigte mir das kleine Haus, in dem er mit seinen Landsleuten wohnte, und ich versprach, ihm bald einen Besuch abzustatten. Dann schwenkte er zum Abschied seinen Hut, und wir fuhren weiter.
»Ein reizender Kerl«, meinte Cynthia. »Natürlich wußten wir nicht, daß Sie mit ihm befreundet sind.«

»Sie haben Ihre Gastfreundschaft einem sehr berühmten Mann gewährt.«

Auf dem Heimweg erzählte ich von den vielen Erfolgen und Triumphen meines Freundes Hercule Poirot.

Wir kamen in guter Stimmung zu Hause an. Als wir die Halle betraten, kam Mrs. Inglethorp aus ihrem Boudoir. Ihre Wangen waren gerötet, und sie sah bestürzt aus.

»Ist irgend etwas geschehen, Tante Emily?« fragte Cynthia.

»Nein, wie kommst du denn darauf«, erwiderte Mrs. Inglethorp scharf. Dann fiel ihr Blick auf Dorkas, das Hausmädchen, das gerade ins Eßzimmer ging; sie bat sie, ihr einige Briefmarken in ihr Boudoir zu bringen.

»Ja, sofort, Madam.« Das alte Dienstmädchen zögerte, dann fügte es hinzu: »Ich glaube, Sie sollten ins Bett gehen, Madam. Sie sehen sehr müde aus.«

»Vielleicht haben Sie recht, Dorkas, aber ich muß jetzt erst meine Briefe schreiben, damit sie noch mit der letzten Post abgehen. Haben Sie das Feuer in meinem Zimmer angezündet?«

»Jawohl, Madam.«

»Dann werde ich mich sofort nach dem Abendessen hinlegen.«

Sie ging zurück in ihr Boudoir, und Cynthia starrte ihr nach.

»Ich möchte nur wissen, was los ist«, sagte sie zu Lawrence.

Er schien sie nicht gehört zu haben, denn er drehte sich wortlos um und verließ das Haus.

Ich schlug Cynthia vor, mit mir vor dem Abendbrot eine Runde Tennis zu spielen, und sie willigte ein. Ich ging die Treppe hinauf, um meinen Tennisschläger zu holen.

Mrs. Cavendish kam die Treppe herunter, und ich weiß nicht, ob ich mir nur einbildete, daß auch sie müde und verstört aussah.

»Haben Sie einen schönen Spaziergang mit Dr. Bauerstein gemacht?« fragte ich in möglichst gleichgültigem Ton.

»Ich bin nicht ausgegangen«, erwiderte sie schroff. »Wo ist Mrs. Inglethorp?«

»In ihrem Boudoir.«

Ihre Hand umklammerte das Treppengeländer; dann schien sie all ihren Mut für die Begegnung zusammenzunehmen, ging schnell an mir vorüber die Treppe hinunter, durchquerte die Halle und verschwand im Boudoir. Sie machte die Tür hinter sich zu.
Als ich einige Augenblicke später auf dem Weg zum Tennisplatz war, kam ich an den geöffneten Fenstern des Boudoirs vorbei und mußte, ob ich es wollte oder nicht, folgende Unterhaltung anhören:
»Du willst es mir also nicht zeigen«, sagte Mary Cavendish mit der Stimme einer Frau, die sich verzweifelt bemüht, ihre Erregung zu meistern.
»Das hat mit der Sache an sich gar nichts zu tun, liebe Mary«, erwiderte Mrs. Inglethorp.
»Dann kannst du es mir doch zeigen.«
»Ich habe dir doch gesagt, daß es nicht das ist, was du annimmst. Es hat nichts mit dir zu tun.«
Darauf erwiderte Mary Cavendish mit wachsender Bitterkeit: »Natürlich, ich hätte mir gleich sagen sollen, daß du ihn in Schutz nehmen würdest.«
Cynthia, die mich bereits erwartete, begrüßte mich erregt.
»Es hat einen Riesenkrach gegeben – Dorkas hat mir alles erzählt!«
»Was für einen Krach?«
»Zwischen Tante Emily und *ihm*. Hoffentlich hat sie endlich alles herausbekommen.«
Ich dachte an Mrs. Raikes' Zigeunergesicht und an Evie Howards Warnung, aber ich beschloß, klugerweise diese Dinge für mich zu behalten, während Cynthia sich in Spekulationen aller Art erging und schließlich hoffnungsvoll sagte:
»Tante Emily wird ihn hinauswerfen und nie wieder mit ihm sprechen.«
Ich bemühte mich später, John zu finden, aber er schien verschwunden zu sein. An diesem Nachmittag hatte sich zweifellos etwas sehr Folgenschweres ereignet, und obgleich ich mir vornahm, sie zu vergessen, kehrten meine Gedanken doch immer wieder zu der kurzen Unterhaltung zurück, die

ich zufällig angehört hatte. Inwiefern war Mary Cavendish in diese Angelegenheit verwickelt?

Als ich zum Abendessen hinunterkam, war Mr. Inglethorp im Wohnzimmer. Sein Gesicht war so starr und teilnahmslos wie gewöhnlich, und wieder fiel es mir auf, wie unecht er aussah. Mrs. Inglethorp kam als letzte herunter. Sie sah noch immer verstört aus, und während des Essens herrschte ein etwas bedrücktes Schweigen. Inglethorp war ungewöhnlich still und spielte nicht, wie sonst, den aufmerksamen Ehemann. Gleich nach dem Abendessen zog sich Mrs. Inglethorp wieder in ihr Boudoir zurück.

»Bitte, schick mir den Kaffee in mein Zimmer, Mary, ich habe nur noch fünf Minuten Zeit, um einen Brief vor Abgang der letzten Post zu schreiben.«

Cynthia und ich gingen ins Wohnzimmer und setzten uns an das offene Fenster. Mary Cavendish brachte uns unseren Kaffee. Sie schien erregt zu sein.

»Wollt ihr jungen Leutchen Licht haben, oder zieht ihr das Zwielicht vor?« fragte sie. »Würdest du Mrs. Inglethorp ihren Kaffee bringen, Cynthia? Ich werde gleich eingießen.«

»Nicht nötig, Mary«, bemerkte Inglethorp, »ich werde Emily den Kaffee bringen.« Er goß Kaffee in eine Tasse und trug sie vorsichtig aus dem Zimmer.

Lawrence folgte ihm, und Mrs. Cavendish setzte sich zu uns. Wir saßen eine Zeitlang schweigend am Fenster. Es war eine wunderschöne, ruhige, warme Nacht. Mrs. Cavendish fächelte sich mit einem Palmenblatt Kühlung zu.

»Es ist fast zu heiß«, murmelte sie, »es wird wohl ein Gewitter geben.«

Schade, daß die Augenblicke der Harmonie meistens nicht lange dauern. Der paradiesische Friede wurde von einer wohlbekannten, mir höchst unsympathischen Stimme aus der Halle unterbrochen.

»Wieso kommt denn Dr. Bauerstein um diese späte Stunde?« fragte Cynthia.

Ich streifte Mary Cavendish mit einem eifersüchtigen Seitenblick, aber sie schien ganz unbeeindruckt zu sein. Die Farbe

ihrer zarten bleichen Wangen veränderte sich nicht.
Einen Augenblick später nötigte Inglethorp den protestierenden Doktor, zu uns ins Wohnzimmer zu kommen.
»Ich bin wirklich in keinem salonfähigen Zustand«, meinte Dr. Bauerstein lachend.
Über und über mit Schlamm bedeckt, sah er tatsächlich sehr mitgenommen aus.
»Was haben Sie angestellt, Doktor?« fragte Mrs. Cavendish.
»Ich bitte um Entschuldigung, ich wollte wirklich nicht hereinkommen, aber Mr. Inglethorp hat darauf bestanden.«
John kam ins Wohnzimmer geschlendert und sagte: »Sie sind ja in einem tollen Zustand, Bauerstein. Trinken Sie eine Tasse Kaffee und erzählen Sie uns, was Sie erlebt haben.«
Dr. Bauerstein nahm den Kaffee dankend an; dann beschrieb er die Freude, mit der er an einem abgelegenen Ort ein seltenes Farnkraut entdeckte, und wie er, bei dem Versuch es zu pflücken, jämmerlich in einem kleinen Teich gelandet und fast im Morast versunken war.
»Ich bin zwar in der Sonne schnell getrocknet, aber mein Anblick muß alles andere als schön sein«, fügte er hinzu.
In diesem Augenblick rief Mrs. Inglethorp Cynthia von der Halle her, und das junge Mädchen ging schnell hinaus.
»Bitte, bring meinen Aktenkoffer nach oben, ich gehe ins Bett.«
Die Tür zur Halle war sehr breit. Ich stand auf, als Cynthia das Zimmer verließ. John stand neben mir. Es gibt also drei Zeugen, die beschwören können, daß Mrs. Inglethorp die noch bis zum Rand gefüllte Kaffeetasse in der Hand hielt.
Mir war der Abend durch Dr. Bauersteins Auftauchen gründlich verdorben worden. Es hatte den Anschein, daß der Mann uns nie wieder verlassen würde. Als er endlich aufstand, seufzte ich erleichtert.
»Ich gehe mit Ihnen zum Dorf hinunter«, sagte Mr. Inglethorp. »Ich muß mit dem Gutsverwalter über die Abrechnungen sprechen.« Dann fügte er, zu John gewandt, hinzu: »Es braucht niemand auf mich zu warten, ich nehme den Hausschlüssel mit.«

3

Um diesen Teil meiner Geschichte ganz klarzumachen, habe ich den Grundriß des ersten Stocks des Gutshauses aufgezeichnet. Die Dienstbotenzimmer erreicht man durch die Tür B. Sie haben keine Verbindungstür zum rechten Flügel, in dem sich die Zimmer des Ehepaares Inglethorp befinden.

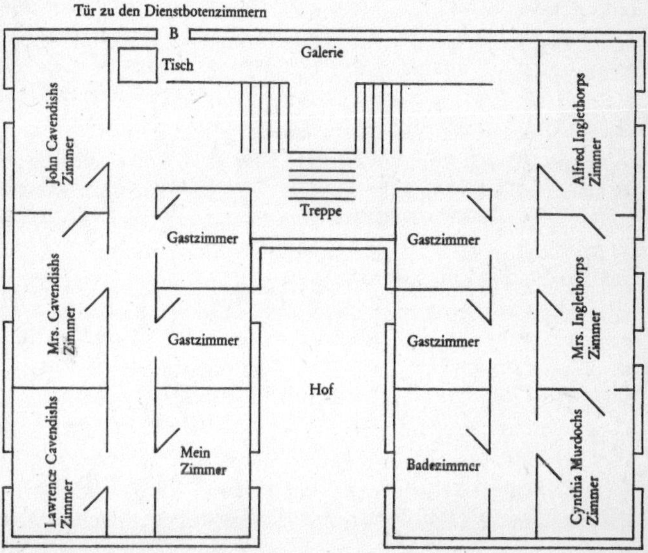

Es schien mitten in der Nacht zu sein, als Lawrence Cavendish mich aufweckte. Er trug eine Kerze, und sein verstörtes Gesicht verriet mir sofort, daß sich etwas Schlimmes ereignet haben mußte.
»Was ist geschehen?« fragte ich.
»Meine Mutter ist plötzlich erkrankt, sie scheint einen schweren Anfall zu haben. Leider hat sie sich eingeschlossen.«
»Ich komme sofort.«
Ich warf mir meinen Morgenrock über und folgte Lawrence über den Korridor und die Galerie zum rechten Flügel des Hauses.
John Cavendish schloß sich uns an, einige Dienstboten standen in einer erregten Gruppe zusammen.
»Was sollen wir nur tun?« fragte Lawrence seinen Bruder.
Seine Unentschlossenheit war mir noch niemals so aufgefallen wie in diesem Augenblick.
John rüttelte heftig an Mrs. Inglethorps Türklinke, jedoch ohne Erfolg. Die Tür war anscheinend von innen verschlossen oder verriegelt worden. Inzwischen war der gesamte Haushalt auf den Beinen. Aus dem Zimmer ertönten grauenhafte Schmerzensschreie. Es mußte unbedingt etwas geschehen.
»Versuchen Sie durch Mr. Inglethorps Zimmer zu gehen«, rief Dorkas. »Die arme Madam!«
Erst jetzt fiel mir auf, daß Mr. Inglethorp nicht anwesend war. John öffnete die Tür zu seinem Zimmer. Es war stockfinster, aber Lawrence folgte uns mit der Kerze, und wir sahen, daß das Bett nicht berührt und das Zimmer nicht benutzt worden war.
Wir gingen sofort auf die Verbindungstür zu, aber auch sie war von innen verschlossen oder verriegelt. Was nun?
Dorkas rang die Hände. »Was machen wir nur?«
»Wir müssen die Tür aufbrechen«, erwiderte John. »Es wird nicht leicht sein. Inzwischen soll eines der Mädchen Baily aufwecken und ihm sagen, daß er Dr. Wilkins holen soll. So, und jetzt werden wir versuchen, die Tür aufzubekommen – halt, einen Augenblick –, führt nicht noch eine Tür in Miss Cynthias Zimmer?«

»Ja, aber die ist immer verriegelt.«
»Ich werde trotzdem schnell noch einmal nachsehen.«
Er rannte über den Korridor in Cynthias Zimmer. Mary Cavendish stand vor dem Bett und versuchte Cynthia wachzurütteln, die außerordentlich fest zu schlafen schien.
John kam zurück.
»Sie ist ebenfalls verriegelt, wir müssen diese Tür aufbrechen; sie ist nicht ganz so solide wie die andere, die zum Korridor führt.«
Wir warfen uns mit vereinten Kräften gegen die schwere Tür, aber es gelang uns nicht sofort, sie einzudrücken. Schließlich jedoch barst das Holz krachend, und wir stolperten zusammen hinein. Lawrence hielt die brennende Kerze in der Hand.
Mrs. Inglethorp lag auf dem Bett; ihr Körper bäumte sich in konvulsivischen Zuckungen. Der kleine Tisch neben dem Bett war umgefallen. Als wir näher kamen, entspannten sich ihre Glieder, und sie fiel zurück auf die Kissen.
John ging durch das Zimmer und zündete das Gaslicht an. Dann schickte er Annie, eines der Hausmädchen, ins Eßzimmer, um Kognak heraufzuholen. Während ich die Tür zum Korridor aufriegelte, ging er zum Bett seiner Mutter.
Ich wandte mich an Lawrence, um zu sagen, daß ich wohl jetzt besser ginge, da ich doch nichts mehr helfen könnte, aber die Worte wollten nicht über meine Lippen kommen. Ich hatte noch niemals einen solchen Ausdruck des Grauens auf dem Gesicht eines Mannes gesehen. Er war leichenblaß, die Kerze zitterte in seiner Hand, das Wachs tropfte auf den Teppich, und er starrte mit entsetztem Blick über meinen Kopf hinweg auf einen Punkt an der gegenüberliegenden Wand. Ich folgte instinktiv seinem Blick, konnte jedoch nichts Außergewöhnliches entdecken. Die noch leise flackernde Glut im Kamin und die Nippsachen auf dem Kaminsims erschienen mir völlig harmlos.
Der heftige Anfall schien sich etwas zu legen, und es gelang Mrs. Inglethorp, in kurzen, abgerissenen Sätzen zu reden.
»Schon besser – ganz plötzlich – zu dumm – mich einzuschließen.«

Ein Schatten fiel über das Bett, und ich sah Mary Cavendish an der Tür stehen; sie hatte ihren Arm um Cynthias Schulter gelegt. Sie schien das völlig verstört und verändert aussehende Mädchen zu stützen. Cynthias Gesicht war gerötet, und sie gähnte ununterbrochen.

»Die arme Cynthia ist furchtbar erschrocken«, sagte Mrs. Cavendish mit tiefer, klarer Stimme. Ich stellte fest, daß sie ihren weißen Landarbeitskittel trug, es mußte also schon später sein, als ich angenommen hatte. Dann sah ich einen schmalen Streifen Tageslicht durch die Vorhänge fallen. Die Zeiger der Uhr auf dem Kaminsims standen auf fast fünf.

Ich fuhr zusammen, als ich einen erneuten Aufschrei vom Bett her hörte. Die unglückliche alte Dame war wieder von einem neuen Krampfanfall befallen worden. Sie wand sich in fürchterlichen Zuckungen. Wir umstanden hilflos das Bett. Ein letzter Krampf bemächtigte sich ihrer, und der schwere Körper wölbte sich, bis er nur noch auf dem Kopf und auf den Fersen zu ruhen schien. Mary und John bemühten sich vergeblich, ihr Kognak einzuflößen. In diesem Augenblick drängte sich Dr. Bauerstein mit gebieterischer Miene ins Zimmer. Er blieb einen Augenblick wie gebannt stehen und starrte auf die grotesk verzerrte Gestalt im Bett; im gleichen Augenblick richtete Mrs. Inglethorp ihre glasigen Augen auf den Doktor und schrie mit erstickter Stimme: »Alfred ... Alfred ...« Dann fiel sie starr zurück auf die Kissen.

Der Arzt war mit zwei großen Schritten am Bett, ergriff ihre Arme, bewegte sie energisch auf und nieder und versuchte auf diese Weise, die Atmungsorgane wiederzubeleben. Er gab den Dienstboten einige knappe Anweisungen und scheuchte uns alle mit einer gebieterischen Geste zur Tür. Wie beobachteten ihn fasziniert, obwohl wir alle fühlten, daß es zu spät war, daß auch er nicht mehr helfen konnte. Ich sah ihm an, daß er selbst nicht viel Hoffnung hatte.

Schließlich gab er es auf und schüttelte ernst den Kopf. In diesem Augenblick hörten wir draußen Schritte, und Dr. Wilkins, Mrs. Inglethorps eigener Arzt, ein gewichtiger kleiner Mann, eilte erregt ins Zimmer.

Dr. Bauerstein erklärte kurz, daß er zufällig am Gartentor vorbeigekommen sei, als das Auto abfuhr, um Dr. Wilkins zum Gutshaus zu holen. Dann wies er auf die leblose Gestalt im Bett.

»Sehr, sehr traurig«, murmelte Dr. Wilkins. »Die arme alte Dame hat immer viel zuviel unternommen – gegen meinen Rat. Ich habe sie oft genug gewarnt, ihr Herz war in keinem guten Zustand. ›Schonen Sie sich‹, habe ich sie gebeten, aber sie hat nicht auf mich gehört, sie bestand darauf, Gutes zu tun, sich ihren Vereinen zu widmen, und nun hat sich die Natur gerächt – ja, die Rache der Natur!«

Ich bemerkte, daß Dr. Bauerstein den Landarzt kritisch beobachtete, schließlich sagte er:

»Die Krämpfe waren außergewöhnlich heftig, schade, daß Sie es nicht selbst mit ansehen konnten. Dr. Wilkins – ich würde es als Tetanus bezeichnen.«

»Aha«, bemerkte Dr. Wilkins mit intelligenter Miene.

»Ich möchte mit Ihnen unter vier Augen sprechen«, sagte Dr. Bauerstein.

Er fragte John: »Sie haben doch nichts dagegen?«

»Selbstverständlich nicht.«

Wir marschierten alle hinaus auf den Korridor und ließen die beiden Ärzte hinter uns zurück; ich hörte, wie sich ein Schlüssel im Schloß drehte.

Wir gingen langsam die Treppe hinunter. Ich war ungeheuer erregt. Ich besitze ein gewisses Talent, logische Schlußfolgerungen zu ziehen, und Dr. Bauersteins Benehmen schien mich in meinen phantastischen Theorien und Spekulationen zu bestärken.

Mary Cavendish legte ihre Hand auf meinen Arm.

»Was ist geschehen? Warum sieht Dr. Bauerstein so... so sonderbar aus?«

Ich blickte sie an.

»Wissen Sie, was ich glaube?«

»Was?«

Ich sah mich um, weil ich mich versichern wollte, daß die anderen außer Hörweite waren, dann flüsterte ich ihr zu:

»Ich glaube, daß sie vergiftet worden ist, und ich bin sicher, daß Dr. Bauerstein den gleichen Verdacht hat.«

»*Was?*« Sie drückte sich an die Wand, ihre Pupillen weiteten sich erschreckend, dann rief sie mit einem plötzlichen Aufschrei: »Nein – nein – nein! Das nicht – nein!« Und mit einem entsetzten Blick rannte sie die Treppe hinauf. Ich folgte ihr, weil ich fürchtete, daß sie ohnmächtig werden könnte. Ich fand sie gegen das Treppengeländer gelehnt; sie war leichenblaß, und sie winkte ungeduldig ab, als ich mich näherte.

»Nein, lassen Sie mich in Ruhe! Ich möchte allein sein, wenigstens für ein paar Minuten. Gehen Sie hinunter zu den anderen.«

Ich gehorchte zögernd und fand John und Lawrence im Eßzimmer. Wir sahen uns schweigend an, aber ich glaube, daß uns allen die Worte auf der Zunge lagen, die ich endlich aussprach:

»Wo ist Mr. Inglethorp?«

John schüttelte den Kopf.

»Im Haus ist er nicht.«

Unsere Augen trafen sich. Wo *war* Alfred Inglethorp. Seine Abwesenheit erschien uns sonderbar, unerklärlich. Ich dachte an Mrs. Inglethorps letzte Worte. Was hätte sie uns noch sagen wollen, wenn ihr genug Zeit verblieben wäre?

Schließlich hörten wir die Ärzte die Treppe herunterkommen. Dr. Wilkins sah aufgeregt und wichtig aus; er versuchte seine Bewegung unter einer Maske von Würde zu verbergen. Dr. Bauerstein blieb im Hintergrund, sein ernstes, bärtiges Gesicht war unverändert. Dr. Wilkins war der Sprecher. Er wandte sich an John: »Ich möchte Sie um Ihre Einwilligung zu einer Obduktion ersuchen, Mr. Cavendish.«

»Ist das notwendig?« fragte John mit schmerzlichem Gesicht.

»Unbedingt«, erwiderte Dr. Bauerstein.

»Wollen Sie damit andeuten, daß ...«

»Daß weder Dr. Wilkins noch ich unter den obwaltenden Umständen den Leichenschein ausstellen können.«

John senkte den Kopf.

»In diesem Fall bleibt mir keine Wahl. Ich gebe meine Zu-

stimmung.«
»Ich danke Ihnen«, erwiderte Dr. Wilkins. »Wir würden vorschlagen, sie morgen abend stattfinden zu lassen...«, er blinzelte ins Tageslicht, »... vielmehr heute abend. Wie die Dinge liegen, ist es leider unmöglich, eine gerichtliche Untersuchung zu vermeiden, diese Formalitäten lassen sich nicht umgehen. Trotzdem möchte ich Sie bitten, sich nicht zu sehr aufzuregen.«
Es entstand eine kurze Pause, dann nahm Dr. Bauerstein zwei Schlüssel aus der Tasche und überreichte sie John.
»Hier sind die Schlüssel der beiden Zimmer. Ich habe sie abgeschlossen, und ich würde es richtig finden, sie auch weiterhin verschlossen zu halten.«
Danach verabschiedeten sich die beiden Ärzte.
Mir war eine Idee durch den Kopf gegangen, und ich hielt den Augenblick, sie auszusprechen, für gekommen, obwohl ich gewisse Hemmungen hatte. Ich wußte, daß John es haßte, die Dinge an die Öffentlichkeit zu bringen, und daß er ein Optimist war, der versuchte, allen Schwierigkeiten aus dem Weg zu gehen. Es mochte nicht leicht sein, ihn von der Richtigkeit meines Planes zu überzeugen. Lawrence war nicht so konventionell und hatte mehr Phantasie als sein Bruder, daher würde er wahrscheinlich auf meiner Seite sein. Zweifellos war für mich der Moment gekommen, die Führung zu übernehmen.
»Ich möchte Sie etwas fragen, John.«
»Ja?«
»Sie erinnern sich wohl daran, daß ich von meinem Freund Poirot sprach, nicht wahr? Von dem berühmten belgischen Detektiv...«
»Ja.«
»Würden Sie mir gestatten, ihn zu bitten, die Untersuchung des Falles zu übernehmen?«
»Was – jetzt? Vor der Obduktion?«
»Ja. Jede Minute kann von größter Wichtigkeit sein, falls – falls es sich um ein Verbrechen handelt.«
»Unsinn!« rief Lawrence ärgerlich. »Meiner Ansicht nach ist

das Ganze ein Hirngespinst von Dr. Bauerstein. Wilkins wäre nie auf so etwas gekommen, wenn Bauerstein ihn nicht darauf gebracht hätte. Aber das ist bei ihm eine fixe Idee, er ist Spezialist auf dem Gebiet der Giftkunde, und natürlich wittert er überall Gift.«

Ich muß gestehen, daß mich Lawrences Einstellung überraschte. Ich hatte nicht erwartet, daß er sich so heftig gegen meinen Vorschlag wehren würde.

John zögerte.

»Ich bin nicht deiner Ansicht, Lawrence«, meinte er schließlich. »Ich wäre mehr dafür, Hastings freie Hand zu lassen, obwohl auch ich es vorziehen würde, noch etwas abzuwarten. Wir wollen keinen Skandal heraufbeschwören.«

»Nein, nein! Davor brauchen Sie sich nicht zu fürchten«, erwiderte ich schnell. »Poirot ist ungeheuer diskret.«

»Also gut, tun Sie, was Sie wollen. Ich überlasse es Ihnen. Mir scheint der Fall allerdings völlig klar zu sein, falls – falls sich unser Verdacht bestätigen sollte. Möge Gott mir vergeben, wenn ich ihm Unrecht tue.«

Ich sah auf meine Uhr. Es war sechs. Ich beschloß, keine Zeit zu verlieren.

Dennoch gestattete ich mir eine Verzögerung von fünf Minuten, die ich in der Bibliothek verbrachte, bis ich ein medizinisches Werk fand, in dem eine Beschreibung von Strychninvergiftung stand.

4

Das Haus im Dorf, in dem die Belgier wohnten, lag in unmittelbarer Nähe des Parktors. Man konnte den vielfach gewundenen Einfahrtsweg vermeiden und Zeit sparen, wenn man über den schmalen Pfad ging, der durch das hohe Gras führte, und ich wählte diese Abkürzung. Ich war fast beim Pförtnerhaus angelangt, als ich plötzlich einen Mann auf mich zulaufen sah. Es war Mr. Inglethorp. Wo war er gewesen? Wie

wollte er seine Abwesenheit erklären?
Er sprach erregt auf mich ein.
»Um Gottes willen! Das ist ja grauenhaft! Meine arme Frau! Ich habe es eben erst gehört.«
»Wo sind Sie gewesen?« fragte ich.
»Denby hat mich gestern abend sehr lange aufgehalten, wir waren erst um ein Uhr nachts mit unserer Arbeit fertig, und dann stellte ich fest, daß ich den Hausschlüssel vergessen hatte. Da ich nicht den ganzen Haushalt aufwecken wollte, übernachtete ich bei Denby.«
»Wie haben Sie es erfahren?«
»Wilkins hat Denby aufgeweckt, und er hat es mir dann mitgeteilt. Meine arme Emily! Sie war ein so edler Mensch, sie hat sich aufgeopfert – hat sich zu viel zugemutet.«
Ich war angeekelt – der scheinheilige, heuchlerische Kerl, dachte ich.
»Ich bin leider sehr in Eile«, sagte ich und war froh, daß er mich nicht fragte, wohin ich gehe.
Wenige Minuten später klopfte ich an Poirots Haustür.
Als sich niemand zeigte, kopfte ich nochmals ungeduldig. Danach wurde ein Fenster im oberen Stock vorsichtig geöffnet, und Poirot selbst blickte heraus.
Er war erstaunt, mich zu sehen. Ich erzählte ihm kurz von der Tragödie, die sich abgespielt hatte, und bat ihn, uns zu helfen.
»Einen Augenblick, *mon ami*, ich werde Sie hereinlassen, und Sie können mir alles genau beschreiben, während ich mich ankleide.«
Wenige Sekunden später schloß er die Haustür auf, und ich folgte ihm in sein Zimmer. Er schob mir einen Sessel hin, und ich erzählte ihm gewissenhaft, was sich ereignet hatte, ohne auch nur die geringfügigste Kleinigkeit auszulassen, während er begann, sorgfältig Toilette zu machen.
Ich wiederholte die letzten Worte der sterbenden Mrs. Inglethorp, ich erwähnte die Abwesenheit ihres Mannes, den Streit am Tag vorher, die kurze Unterhaltung zwischen Mary und ihrer Schwiegermutter, die ich mit angehört hatte, sowie die Unstimmigkeiten zwischen Mrs. Inglethorp und Miss Ho-

ward, und die seltsamen Andeutungen der letzteren.
Leider gelang es mir nicht, mich so klar und präzise auszudrücken, wie ich es gern getan hätte. Ich wiederholte mich, dann wieder vergaß ich gewisse Einzelheiten zu erwähnen, auf die ich später zurückkam. Poirot lächelte verständnisvoll.
»Sie sind ein wenig aufgeregt, aber machen Sie sich nichts daraus, *mon ami*, das ist nur zu begreiflich. Lassen Sie sich Zeit, immer mit der Ruhe! Wir werden die Vorfälle nach und nach gemeinsam in die richtige Reihenfolge bringen, und wenn wir alles korrekt eingeordnet haben, werden wir versuchen, das Wichtigste zu behalten und das Unwichtige zu eliminieren.«
»Sehr richtig. Aber wie entscheidet man, was wichtig und was unwichtig ist? Das scheint die Hauptschwierigkeit zu sein.«
Poirot schüttelte energisch den Kopf, während er sich daranmachte, seinen Schnurrbart zu bürsten.
»Durchaus nicht. *Voyons!* Die erste Tatsache führt zur zweiten, und paßt die dritte dazu? Ja – *merveilleux!* Also weiter! Nun folgt eine ganz unscheinbare Kleinigkeit – aber nein – sonderbar – hier fehlt etwas. Ein Glied in der Kette fehlt. Wir müssen es finden, wir müssen weitersuchen, denn selbst die kleinste, unwichtig erscheinende Einzelheit mag von ausschlaggebender Bedeutung sein. Wehe dem Detektiv, der sagt: ›Ach was, vergessen wir diese unwichtige Einzelheit.‹ Nein, *mon ami*, so kommt man nicht weiter. Alles ist wichtig, merken Sie sich das.«
»Ich weiß, das haben Sie schon immer gesagt. Deshalb habe ich Ihnen alles erzählt, was es zu erzählen gibt, selbst gewisse Dinge, die meiner Ansicht nach bedeutungslos sind.«
»Ich bin auch sehr zufrieden mit Ihnen. Sie haben ein gutes Gedächtnis, und Sie haben mir einen genauen Bericht gegeben – die Reihenfolge war natürlich durchaus nicht korrekt, aber das halte ich Ihrer Erregung zugute, und darauf möchte ich es auch zurückführen, daß Sie eine ungeheuer wichtige Einzelheit ausgelassen haben.«
»Und was wäre das?« fragte ich.
»Sie haben mir nicht mitgeteilt, ob Mrs. Inglethorp gestern

abend viel gegessen hat.«
Ich sah ihn erstaunt an. Der Verstand des kleinen Mannes schien durch den Krieg gelitten zu haben. Er war damit beschäftigt, sorgfältig seine Jacke abzubürsten, bevor er sie anzog, und diese Aufgabe schien ihn voll und ganz auszufüllen.
»Ich kann mich nicht entsinnen«, entgegnete ich, »außerdem weiß ich nicht recht...«
»Sie wissen nicht recht? Aber es ist von größter Wichtigkeit.«
»Das ist mir unverständlich«, erwiderte ich leicht beleidigt.
»Wenn ich mich richtig erinnere, hat sie nicht viel gegessen, da die Aufregungen ihr den Appetit verschlagen hatten – das ist ja auch nur zu natürlich.«
»Ja, nur zu natürlich«, wiederholte Poirot nachdenklich.
Er öffnete eine Schublade, der er ein kleines Aktenköfferchen entnahm, dann sagte er zu mir: »Ich bin fertig. Wir werden jetzt zum *château* gehen und die Dinge an Ort und Stelle untersuchen. *Pardon, mon ami,* Sie scheinen sich in Eile angekleidet zu haben – Ihre Krawatte sitzt etwas schief – gestatten Sie.« Er zog die Krawatte mit einem geschickten Griff gerade. »*Ça y est!* Wollen wir gehen?«
Wir eilten durch das Dorf und kamen zum Parkgitter neben dem Pförtnerhaus. Dort machte Poirot einen Augenblick halt, um traurig über den herrlichen Park zu blicken, auf dem noch der Morgentau glitzerte.
»So schön, so wunderschön! Und die arme, unglückliche, vom Kummer gebeugte Familie...«
Während er sprach, sah er mich durchdringend an, und ich fühlte, wie ich unter seinem starren Blick errötete.
War die Familie wirklich vom Kummer gebeugt? War die Trauer über Mrs. Inglethorps Tod tatsächlich so tief? Ich begriff plötzlich, daß die Stimmung im Haus nicht verzweifelt unglücklich war. Mrs. Inglethorp hatte es nicht verstanden, sich die Liebe ihrer Umgebung zu erwerben. Ihr Tod war ein entsetzlicher Schock, aber er würde keine tiefen Wunden hinterlassen.
Poirot schien meinen Gedanken zu folgen. Er nickte ernst mit

dem Kopf.
»Sie haben recht«, stellte er fest. »Und schließlich war sie keine Blutsverwandte. Sie war den Söhnen gegenüber gutmütig und großzügig, aber sie war nicht die Mutter. Die Bande des Blutes sind stärker als alle anderen, vergessen Sie das nicht, *mon ami*.«
»Wollen Sie mir nicht sagen, warum Sie sich dafür interessieren, ob Mrs. Inglethorp reichlich zu Abend gegessen hat, Poirot? Ich habe mir den Kopf darüber zerbrochen, aber ich weiß wirklich nicht, in welchem Zusammenhang das mit der Angelegenheit steht.«
Nach kurzem Schweigen antwortete er:
»Ich will es Ihnen erklären, obwohl ich das im allgemeinen, wie Sie wissen, erst am Ende eines Falles zu tun pflege. Im Augenblick nehmen wir an, daß Mrs. Inglethorp an Strychninvergiftung gestorben ist; wahrscheinlich war das Gift in ihrem Kaffee.«
»Ja, und?«
»Um wieviel Uhr wurde der Kaffee serviert?«
»Etwa um acht Uhr.«
»Sie muß ihn also zwischen acht und halb neun getrunken haben, bestimmt nicht später. Strychnin wirkt ziemlich schnell – etwa innerhalb einer Stunde. Jedoch zeigten sich die Folgen im Fall von Mrs. Inglethorp erst um fünf Uhr morgens – nach neun Stunden! Nach einer Mahlzeit mag sich die Wirkung des Giftes verzögern, allerdings kaum in diesem Ausmaß. Immerhin muß man die Möglichkeit in Betracht ziehen. Aber Ihrer Ansicht nach hat sie nur wenig zu Abend gegessen, und doch haben sich die Symptome erst neun Stunden später gezeigt, und das, mein Freund, ist höchst sonderbar! Vielleicht wird man bei der Autopsie einen Grund dafür feststellen – inzwischen müssen wir diese Tatsache im Auge behalten.«
Als wir uns dem Haus näherten, kam John uns entgegen. Sein Gesicht war müde und eingefallen.
»Eine furchtbare Sache, Monsieur Poirot«, sagte er. »Hastings hat Ihnen wohl erklärt, daß wir die Angelegenheit keinesfalls an die große Glocke hängen wollen?«

»Ich bin ganz im Bilde.«
»Vorläufig beruht alles nur auf einem Verdacht, wir haben bisher keine Beweise.«
»Ich verstehe; es handelt sich um eine Vorsichtsmaßnahme.«
John nahm eine Zigarette aus seinem Etui und steckte sie sich an, dann sagte er zu mir: »Wissen Sie, daß dieser Bursche – daß Inglethorp zurückgekommen ist?«
»Ja, ich habe ihn unterwegs getroffen.«
John warf das Streichholz auf ein Blumenbeet. Das konnte Poirot nicht mitansehen; er bückte sich, hob es auf und verscharrte es im Sand.
»Sehr schwierig – man weiß nicht, wie man sich ihm gegenüber benehmen soll«, stellte John fest.
»Diese Schwierigkeit wird nicht lange andauern«, sagte Poirot ruhig.
John sah ihn verständnislos an. Dann reichte er mir die beiden Schlüssel, die Dr. Bauerstein ihm gegeben hatte.

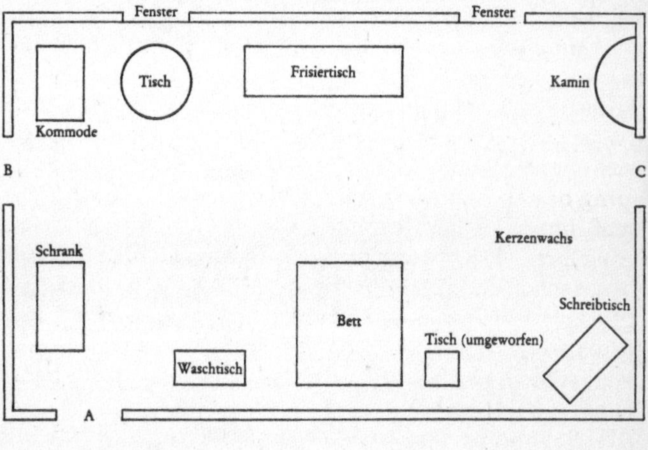

Mrs. Inglethorps Schlafzimmer

A Tür zum Korridor
B Tür zu Mr. Inglethorps Zimmer
C Tür zu Cynthias Zimmer

»Bitte, zeigen Sie Monsieur Poirot alles, was er sehen möchte.«
»Sind die Zimmer verschlossen?« fragte Poirot.
»Ja. Dr. Bauerstein hielt es für richtig.«
Poirot nickte nachdenklich.
»Dann muß er seiner Sache ganz sicher sein. Gut, das erleichtert uns vieles.«
Wir gingen zusammen hinauf zu dem Zimmer, in dem sich die Tragödie abgespielt hatte. Ich lege der Einfachheit halber einen Plan des Zimmers bei, in den ich die wichtigsten Möbelstücke eingezeichnet habe.
Poirot schloß die Tür von innen zu und begann, das Zimmer gründlich zu besichtigen. Er sprang wie ein behender Grashüpfer von einem Gegenstand zum anderen. Ich blieb an der Tür stehen, weil ich es für richtig hielt, nichts zu berühren. Jedoch schien meine rücksichtsvolle Haltung Poirot nicht zu beeindrucken.
»Was haben Sie, mein Freund?« fragte er. »Warum stehen Sie denn dort – wie sagt man doch? – wie angewachsen?«
Ich erklärte, daß ich nichts berühren und keine Fußspuren hinterlassen wollte.
»Fußspuren? Was für eine sonderbare Idee! Nachdem bereits eine halbe Armee durch das Zimmer marschiert ist, werden wir bestimmt keine Fußabdrücke vorfinden, die uns helfen könnten. Kommen Sie und helfen Sie mir bei meinen Untersuchungen. Ich werde meinen kleinen Koffer vorläufig abstellen.«
Er stellte ihn auf den runden Tisch am Fenster, aber er hatte schlecht gewählt, denn die Tischplatte war lose, sie senkte sich, und der Koffer rutschte auf den Fußboden.
»*En voilà une table!*« rief Poirot. »Wie Sie sehen, mein Freund, kann man in einem großen Haus wohnen und trotzdem keinen Komfort haben.«
Nach dieser tiefsinnigen Betrachtung setzte er seine Untersuchung fort.
Zunächst widmete er seine Aufmerksamkeit einem kleinen violetten Aktenkoffer, mit einem Schlüssel im Schloß, der auf dem Schreibtisch stand. Er nahm den Schlüssel aus dem

Schloß, gab ihn mir und bat mich, ihn genau zu betrachten. Ich konnte nichts Bemerkenswertes feststellen. Es war ein gewöhnlicher kleiner Schlüssel zu einem Sicherheitsschloß, durch den ein Stückchen verbogener Draht gezogen worden war.

Als nächstes untersuchte er den Rahmen der Tür, die wir eingestoßen hatten, und er stellte fest, daß der Riegel tatsächlich vorgeschoben war. Sodann ging er zur gegenüberliegenden Tür, die in Cynthias Zimmer führte. Wie ich ihm schon gesagt hatte, war diese Tür verriegelt. Er hielt es aus irgendeinem Grund für notwendig, sie mehrmals auf- und zuzuriegeln, jedoch bemühte er sich, es so leise wie möglich zu tun. Plötzlich entdeckte er etwas am Riegel, das ihn zu interessieren schien und das er mit einer kleinen Zange vorsichtig abnahm und in einen Briefumschlag tat, den er sofort zuklebte.

Auf der Kommode stand ein Tablett mit einem Spirituskocher und einem kleinen Kochtopf, dessen Boden mit einer dunklen Flüssigkeit bedeckt war. Daneben befand sich eine Untertasse und eine Tasse, die benutzt worden war.

Ich fragte mich, wieso ich diesen gewiß wichtigen Anhaltspunkt bisher übersehen hatte. Poirot benetzte eine Fingerspitze mit der Flüssigkeit und kostete sie vorsichtig. Dann schnitt er eine Grimasse.

»Kakao – anscheinend mit Rum gewürzt.«

Danach begann er, sich die auf dem Boden verstreuten Gegenstände neben dem umgestoßenen Tisch am Bett anzusehen: eine Leselampe, einige Bücher, Streichhölzer, ein Schlüsselbund und die Scherben einer Kaffeetasse.

»Sehr sonderbar«, bemerkte Poirot.

»Ich muß gestehen, daß mir nichts Sonderbares auffällt.«

»Wirklich nicht? Sehen Sie sich die Lampe an; der Glaszylinder ist an zwei Stellen gebrochen. Die Teile liegen, wie sie gefallen sind. Aber die Kaffeetasse ist fast zu Pulver zerstampft.«

»Es muß eben jemand daraufgetreten sein«, meinte ich.

»Sehr richtig, es muß jemand darauf *getreten* sein«, wieder-

holte Poirot mit merkwürdigem Nachdruck.
Dann erhob er sich von den Knien und ging langsam zum Kaminsims. Nachdenklich, fast geistesabwesend, schob er die verschiedenen Nippsachen hin und her – ein sicheres Zeichen innerer Erregung. Schließlich sagte er:
»*Mon ami*, jemand hat diese Tasse absichtlich zertreten, und zwar entweder weil sie Strychnin enthielt, oder – und dieser Grund wäre der ernsthaftere – weil sie keins enthielt.«
Ich antwortete nicht. Ich verstand ihn nicht, aber ich wußte, daß es keinen Sinn hatte, ihn um eine Erklärung zu bitten.
Kurz darauf fuhr er mit seinen Untersuchungen fort. Er hob den Schlüsselbund vom Fußboden auf, und nach genauer Betrachtung wählte er einen besonders glänzenden Schlüssel, mit dem er den kleinen violetten Lederkoffer zu öffnen versuchte. Der Schlüssel paßte, und er öffnete den Koffer, jedoch nach kurzem Zögern schloß er ihn sogleich wieder und steckte den Schlüsselbund sowie den Schlüssel, der ursprünglich im Schloß gesteckt hatte, in die eigene Tasche.
»Ich bin nicht berechtigt, diese Papiere durchzusehen, aber es müßte unbedingt sofort getan werden.«
Danach unterzog er die Waschtischschubladen einer genauen Untersuchung. Als er zum Fenster auf der linken Seite des Zimmers ging, erregte ein runder, auf dem dunklen Teppich kaum sichtbarer Fleck sein besonderes Interesse. Er kniete sich nieder, untersuchte ihn genau und roch sogar daran. Schließlich füllte er ein paar Tropfen Kakao in ein Reagenzglas, das er sorgfältig verschloß. Danach zog er ein kleines Notizbuch aus der Tasche und begann zu schreiben.
»Wir haben in diesem Raum sechs besonders interessante Feststellungen gemacht. Wollen Sie sie aufzählen, oder soll ich es tun?«
»Bitte tun Sie es«, erwiderte ich schnell.
»Wie Sie wollen. Erstens: eine zu Pulver zerstampfte Kaffeetasse. Zweitens: ein Aktenköfferchen mit einem Schlüssel im Schloß. Drittens: einen Fleck auf dem Fußboden.«
»Der mag schon seit einiger Zeit dort gewesen sein«, unterbrach ich ihn.

»Nein, denn er ist noch feucht und riecht nach Kaffee. Viertens: ein winziges Stückchen grüner Stoff – kaum mehr als zwei oder drei Fädchen, aber deutlich erkennbar.«

»Das haben Sie also in den Briefumschlag getan!«

»Ja. Vielleicht wird sich herausstellen, daß es von Mrs. Inglethorps Kleid stammt und ganz unwichtig ist – das wird man sehen. Fünftens: *dies.*« Er wies mit einer dramatischen Geste auf einen großen Wachstropfen auf dem Fußboden, neben dem Schreibtisch. »Ich bin davon überzeugt, daß das Wachs erst gestern auf den Boden getropft ist, sonst wäre es längst von einem der tüchtigen Hausmädchen mit einem heißen Bügeleisen und Löschpapier entfernt worden. Auf meinem besten Hut war einmal... aber das gehört nicht zur Sache.«

»Es ist höchstwahrscheinlich gestern abend passiert – wir alle waren sehr aufgeregt –, es wäre auch möglich, daß Mrs. Inglethorp selbst ihre Kerze umgeworfen hat.«

»Hat nur einer von Ihnen eine brennende Kerze gehabt?«

»Ja, und zwar Lawrence Cavendish, und er war in einem Zustand höchster Erregung. Er schien plötzlich hinter oder über dem Kaminsims etwas zu entdecken, das ihn völlig aus der Fassung brachte.«

»Tatsächlich? Sehr interessant«, erwiderte Poirot schnell und betrachtete die Wand hinter dem Kamin. »Jedoch kann der Wachstropfen nicht von seiner Kerze stammen, da es ein weißer Wachsfleck ist. Mr. Lawrences Kerze, die noch auf dem Frisiertisch steht, ist rosa, und Mrs. Inglethorp hat keinen Leuchter im Zimmer; auf ihrem Nachttisch stand nur eine Leselampe.«

»Und was schließen Sie daraus?« fragte ich.

Mein Freund Poirot beantwortete diese Frage nicht, sondern schlug mir vor, meine eigenen Schlußfolgerungen zu ziehen.

»Und der sechste Punkt?« fragte ich. »Ich nehme an, der Kakao.«

»Nein, obwohl es nicht ganz unmöglich wäre«, meinte Poirot nachdenklich. »Den sechsten Punkt möchte ich im Augenblick für mich behalten.«

Nach einem schnellen Blick durch das Zimmer sagte er:

»Weiter ist hier nichts zu tun, glaube ich, falls nicht...« Er starrte lange und nachdenklich in die kalte Asche im Kamin. »Das Feuer brennt – und es zerstört – falls nicht zufällig – sehen wir einmal nach.«
Er kniete sich vor den Kamin und begann sorgfältig die Asche zu durchsuchen. Plötzlich rief er überrascht: »Geben Sie mir die kleine Zange, Hastings!«
Ich überreichte sie ihm, und er holte mit großer Vorsicht ein kleines Stück halb verkohltes Papier aus der Asche.
»Hier! Was halten Sie davon, *mon ami*?«
Ich sah mir das abgerissene Eckchen genau an, auf dem nur noch die Buchstaben *ment* zu lesen waren.
Ich wußte nicht, was ich davon halten sollte. Es war besonders dickes Papier – kein gewöhnliches Briefpapier. Plötzlich kam mir eine Idee.
»Es muß das Stück eines Testaments sein, Poirot!« rief ich erregt.
»Sehr richtig.«
Ich sah ihn scharf an.
»Sie sind nicht erstaunt?«
»Nein, ich habe es erwartet«, erwiderte er ernst.
Ich gab ihm das Stückchen Papier zurück, das er sorgfältig in seinem Aktenköfferchen verstaute. Mir schwirrte der Kopf. Was bedeutete diese Komplikation mit dem Testament? Wer hatte es vernichtet? Die Person, die den Wachsflecken auf dem Fußboden hinterlassen hatte? Allem Anschein nach ja. Aber wie war es jemand gelungen, hineinzukommen? Alle Türen waren von innen verriegelt gewesen...
»So, mein Freund, jetzt müssen wir gehen«, sagte Poirot eifrig. »Ich möchte dem Hausmädchen einige Fragen stellen – sie heißt doch Dorkas, nicht wahr?«
Wir kamen durch Alfred Inglethorps Zimmer, in dem sich Poirot lange genug aufhielt, um es kurz, aber gründlich zu besichtigen. Wir verschlossen die Tür zu seinem und zu Mrs. Inglethorps Zimmer wie zuvor.
Ich führte ihn, seinem Wunsch entsprechend, hinunter ins Boudoir und machte mich auf die Suche nach Dorkas.

Als ich mit ihr zurückkehrte, war das Boudoir leer.
»Wo sind Sie, Poirot?« rief ich.
»Ich bin hier, mein Freund.«
Er war durch die geöffnete Terrassentür getreten und schien die verschieden geformten Blumenbeete zu bewundern.
»Wundervoll, ganz wundervoll«, murmelte er. »Diese Symmetrie! Sehen Sie sich das halbmondförmige Beet an, und dieses Rechteck – ein wahrhaft erfreulicher Anblick. Auch die Pflanzen sind bewunderungswürdig angeordnet, sie sind wohl erst kürzlich gepflanzt worden?«
»Ja, ich glaube gestern nachmittag. Bitte, kommen Sie ins Zimmer, Poirot, Dorkas ist hier.«
»*Eh bien, eh bien.* Gönnen Sie mir diese Augenweide für einen kleinen Moment.«
»Natürlich, aber diese Angelegenheit ist wichtiger.«
»Und woher wissen Sie, daß die schönen Begonien nicht ebenso wichtig sind?«
Ich zuckte die Achseln. Es lohnte sich kaum, seine Frage zu beantworten.
»Sie sind nicht meiner Ansicht? Nun – man kann nie wissen. So, und jetzt werden wir hineingehen und die wackere Dorkas verhören.«
Dorkas stand mit gefalteten Händen im Boudoir. Auf dem gewellten grauen Haar saß ein weißes Häubchen; sie sah genauso aus, wie man sich ein braves, altmodisches Dienstmädchen vorstellt.
Anfangs war ihre Einstellung Poirot gegenüber ziemlich ablehnend, jedoch gelang es ihm, ihr Mißtrauen zu überwinden.
»Bitte, Platz zu nehmen, Mademoiselle.«
»Vielen Dank.«
»Sie sind schon jahrelang im Haus angestellt, nicht wahr?«
»Ja, zehn Jahre.«
»Eine lange Zeit – und Sie haben Mrs. Inglethorp sehr gern gehabt, nicht wahr?«
»Sie ist immer gut zu mir gewesen.«
»Dann werden Sie gewiß nicht abgeneigt sein, mir einige Fragen zu beantworten, die ich Ihnen mit Mr. Cavendishs

Einwilligung stellen möchte.«
»Selbstverständlich, Monsieur Poirot.«
»Ich möchte damit beginnen, Sie nach den Ereignissen des gestrigen Nachmittags zu fragen. Mrs. Inglethorp hatte einen Streit, nicht wahr?«
»Ja, aber darüber sollte ich wirklich nicht...« Dorkas wurde unsicher.
Poirot sah sie scharf an.
»Meine liebe Dorkas, es ist unbedingt notwendig, daß ich jede Einzelheit dieses Streites erfahre. Glauben Sie nicht, daß Sie die Geheimnisse Ihrer Herrin preisgeben – sie ist tot, und wir müssen alles wissen, wenn wir ihren Tod rächen wollen. Nichts kann sie zurück ins Leben rufen, aber falls es sich um ein Verbrechen handelt, können wir wenigstens dafür sorgen, daß der Mörder bestraft wird.«
»Amen«, sagte Dorkas heftig. »Ich will ja keine Namen nennen, aber in diesem Haus gibt es *jemand*, den niemand leiden kann, und es war ein schwarzer Tag, als *er* zum erstenmal den Fuß über unsere Schwelle setzte.«
Poirot wartete, bis sich ihre Erregung etwas gelegt hatte, dann fuhr er fort:
»Um auf diesen Streit zurückzukommen: Was können Sie mir darüber sagen?«
»Also – ich ging gestern zufällig durch die Halle...«
»Um wieviel Uhr?«
»Das weiß ich nicht genau, aber es war noch lange nicht Zeit zum Tee – vielleicht war es vier, oder etwas später. Und wie ich schon sagte, ich kam zufällig durch die Halle, als ich laute, ärgerliche Stimmen aus diesem Zimmer hörte. Ich wollte wirklich nicht lauschen, aber Sie wissen ja, wie das so ist – ich bin doch stehengeblieben. Die Tür war zu, aber Mrs. Inglethorp sprach so laut und deutlich, daß ich alles genau verstehen konnte. ›Du hast mich belogen und betrogen‹, sagte sie. Mr. Inglethorps Antwort konnte ich nicht verstehen, weil er viel leiser sprach. Mrs. Inglethorp erwiderte: ›Was fällt dir ein? Ich habe dich ernährt und ausgehalten. Du schuldest mir alles, und das ist dein Dank! Du ziehst unseren guten Namen in den

Schmutz!‹ Was er darauf sagte, verstand ich wieder nicht, aber sie fuhr fort: ›Du magst jetzt sagen, was du willst, ich werde meine Entschlüsse nicht ändern. Und glaube nur nicht, daß ich mich vor einem Skandal fürchte.‹ Dann glaubte ich, sie herauskommen zu hören, und ging schnell weiter.«

»Sind Sie sicher, daß es Mr. Inglethorps Stimme war?«

»Ganz sicher, Monsieur Poirot, wer hätte es sonst sein können?«

»Und was geschah dann?«

»Als ich später wieder zurück in die Halle kam, war alles ruhig. Um fünf Uhr klingelte Mrs. Inglethorp und bestellte eine Tasse Tee – nichts zu essen. Sie sah furchtbar verstört und leichenblaß aus. ›Ich habe einen schweren Schlag erlitten, Dorkas‹, sagte sie. ›Das tut mir sehr leid, Madam. Vielleicht wird Ihnen der Tee guttun‹, antwortete ich. Sie hatte etwas in der Hand, ich weiß nicht, ob es ein Briefbogen war oder nur ein beschriebenes Stück Papier, und sie starrte immerzu darauf, als könne sie ihren Augen nicht trauen. Sie flüsterte vor sich hin, fast als hätte sie meine Anwesenheit vergessen: ›Diese wenigen Worte haben alles verändert.‹ Und dann sagte sie zu mir: ›Man soll den Männern nicht trauen, sie verdienen es nicht, Dorkas.‹ Ich ging schnell hinaus, und dann brachte ich ihr eine Tasse starken Tee ins Boudoir; sie bedankte sich und sagte, daß sie sich danach sicher besserfühlen würde, und dann: ›Ich weiß nicht, was ich tun soll, Dorkas. Ein Eheskandal ist etwas Entsetzliches, wenn ich könnte, würde ich ihn vertuschen.‹ Dann kam Mrs. Cavendish herein, und sie sagte weiter nichts.«

»Hatte sie den Brief, oder was immer es war, noch in der Hand?«

»Ja.«

»Was kann sie später damit gemacht haben?«

»Das weiß ich nicht genau; vielleicht hat sie ihn in den kleinen violetten Schreibkoffer eingeschlossen.«

»Hob sie ihre wichtigen Papiere darin auf?«

»Ja, sie brachte ihn jeden Morgen mit herunter und nahm ihn jeden Abend mit hinauf.«

»Wann hat sie den dazugehörigen Schlüssel verloren?«
»Sie hat ihn gestern mittag vermißt und bat mich, sorgfältig danach zu suchen. Sie hat sich sehr darüber aufgeregt.«
»Aber sie besaß doch einen zweiten Schlüssel, nicht wahr?«
»O ja.«
Dorkas sah ihn erstaunt an, und ich, ehrlich gesagt, ebenfalls. Wie kam er auf diese Sache mit dem verlorenen Schlüssel? Poirot lächelte.
»Zerbrechen Sie sich nicht den Kopf, Dorkas, es ist meine Aufgabe, gewisse Dinge festzustellen. Ist das der verlorene Schlüssel?« Er zog den Schlüssel aus der Tasche, den er oben im Schloß des Schreibkoffers gefunden hatte.
Dorkas schienen die Augen aus dem Kopf zu fallen.
»Natürlich, das ist er. Wo haben Sie ihn gefunden? Ich habe doch überall gesucht.«
»Mag sein, aber er befand sich gestern nicht am selben Platz wie heute. So, nun zu etwas anderem: Besaß Mrs. Inglethorp ein dunkelgrünes Kleid?«
»Nein, Monsieur Poirot.«
»Sind Sie ganz sicher?«
»Ja, ganz sicher.«
»Hat sonst jemand im Haus ein dunkelgrünes Kleid?«
Dorkas überlegte.
»Miss Cynthia hat ein grünes Abendkleid.«
»Hell- oder dunkelgrün?«
»Ziemlich hell, es ist so eine Art – ich glaube, man nennt es Chiffon.«
»Nein, das interessiert mich nicht. Und sonst besitzt niemand etwas Dunkelgrünes?«
»Nicht, daß ich wüßte.«
Es war unmöglich, Poirot anzusehen, ob er enttäuscht war. Er bemerkte nur: »Gut, lassen wir es dabei bewenden. Fahren wir fort: Glauben Sie, daß Mrs. Inglethorp gestern abend ein Schlafpulver genommen hat?«
»Nein, gestern abend bestimmt nicht.«
»Wieso wissen Sie das so genau?«
»Weil die Schachtel leer war. Sie hat das letzte vor zwei Tagen

genommen und sich seitdem keines mehr anfertigen lassen.«
»Sind Sie ganz sicher?«
»Ja, ganz sicher.«
»Das wäre also klar! Hat Mrs. Inglethorp Sie übrigens gestern darum gebeten, Ihre Unterschrift auf ein Dokument zu setzen?«
»Meine Unterschrift? Nein.«
»Gestern abend, als Mr. Lawrence und Mr. Hastings zu ihr kamen, war sie damit beschäftigt, Briefe zu schreiben. Sie haben wohl keine Ahnung, an wen diese Briefe adressiert waren?«
»Leider nicht. Ich bin abends ausgegangen. Vielleicht kann Annie es Ihnen sagen, aber sie ist ein unachtsames Ding, sie hat nicht mal die Kaffeetassen abgeräumt – wenn ich mich nicht selbst um alles kümmere, geht alles drunter und drüber.«
Poirot hob die Hand.
»Da sie nun einmal nicht abgeräumt wurden, möchte ich Sie bitten, die Tassen noch etwas länger stehenzulassen. Ich möchte sie untersuchen.«
»Wie Sie wünschen, Monsieur Poirot.«
»Um welche Zeit haben Sie gestern abend das Haus verlassen?«
»Ungefähr um sechs.«
»Vielen Dank, Dorkas, weiter habe ich Sie nichts zu fragen.«
Er stand auf und schlenderte zum Fenster. »Ich habe vorhin die Blumenbeete bewundert. Wie viele Gärtner sind eigentlich hier angestellt?«
»Jetzt nur noch drei. Vor dem Krieg hatten wir fünf. Damals wurde alles noch standesgemäß gehalten. Ich wünschte, Sie hätten den Garten sehen können, er war einfach herrlich. Aber jetzt haben wir nur den alten Menning, den jungen William und so eine von diesen neumodischen Gärtnerinnen, die in Kniehosen herumläuft. Zeiten sind das ...«
»Die guten alten Zeiten kommen wieder, Dorkas, wenigstens hoffe ich es von Herzen. Und nun schicken Sie mir bitte Annie herein.«
»Ja, gern, Monsieur Poirot.«

»Woher wußten Sie, daß Mrs. Inglethorp Schlafpulver nahm?« fragte ich neugierig, nachdem Dorkas das Zimmer verlassen hatte. »Und wieso wußten Sie, daß Mrs. Inglethorp den Schlüssel verloren hatte und einen zweiten besaß?«
»Eins nach dem anderen. Daher weiß ich von den Schlafpulvern ...« Er zeigte mir eine kleine Pappschachtel, wie man sie in den Apotheken bekommt.
»Wo haben Sie die gefunden?«
»In der Waschtischschublade in Mrs. Inglethorps Schlafzimmer. Das war Nummer sechs auf meiner Liste.«
»Da das letzte Pulver bereits vor zwei Tagen genommen wurde, ist die Schachtel wohl nicht von Bedeutung?«
»Wahrscheinlich nicht. Aber fällt Ihnen an dieser Schachtel nichts Besonderes auf?«
Ich betrachtete sie genau.
»Nein, eigentlich nicht.«
»Sehen Sie sich das Etikett an.«
Ich studierte das Schildchen eingehend: »Mrs. Inglethorp. Ein Pulver ist bei Bedarf abends einzunehmen.«
»Nein, mir fällt nichts auf.«
»Auch nicht, daß der Name der Apotheke nicht angegeben ist?«
»Das ist allerdings eigenartig!«
»Haben Sie jemals von einem Apotheker gehört, der eine *Medikamentenschachtel* ohne seine aufgedruckte Adresse hergibt?«
»Nein, allerdings nicht.«
Ich war jetzt sehr erregt, aber Poirot meinte ruhig:
»Kein Grund zur Aufregung. Die Erklärung liegt auf der Hand.«
Da Annie in diesem Augenblick erschien, konnte ich Poirot nicht weiter ausfragen. Annie war ein hübsches, kräftiges Mädchen, das ganz offensichtlich sehr aufgeregt war und die Tragödie im Haus vielleicht sogar in gewisser Weise genoß.
Poirot kam sofort zur Sache. Er erklärte kurz:
»Ich habe Sie rufen lassen, weil ich dachte, Sie könnten uns etwas über die Briefe sagen, die Mrs. Inglethorp gestern abend

geschrieben hat. Wie viele waren es? Und könnten Sie mir sagen, an wen sie adressiert waren?«
Annie überlegte.
»Es waren vier Briefe. Einer war an Miss Howard, einer an den Rechtsanwalt Mr. Wells, und die anderen beiden – ich glaube, ich kann mich nicht mehr erinnern – oh, doch, einer war an die Firma Ross in Tadminster – die Lebensmittellieferanten. An den vierten kann ich mich nicht entsinnen.«
»Versuchen Sie es«, sagte Poirot eindringlich.
Annie zerbrach sich vergeblich den Kopf.
»Tut mir leid, aber ich kann mich mit dem besten Willen nicht erinnern – vielleicht war es mir gar nicht aufgefallen.«
»Macht nichts«, meinte Poirot, ohne ein sichtbares Zeichen der Enttäuschung. »Jetzt möchte ich Sie etwas anderes fragen. In Mrs. Inglethorps Zimmer befindet sich ein Kochtopf mit einem Rest Kakao. Hat sie jeden Abend Kakao getrunken?«
»Wir haben ihr jeden Abend Kakao ins Zimmer gestellt, und sie hat ihn sich nachts aufgewärmt, wenn sie darauf Appetit hatte.«
»War es gewöhnlicher Kakao?«
»Ja. Es war Milchkakao, mit einem Teelöffel Zucker und außerdem noch mit zwei Teelöffeln Rum.«
»Wer hat ihn gewöhnlich in ihr Zimmer gebracht?«
»Ich.«
»Um wieviel Uhr?«
»Meistens wenn ich die Vorhänge zuzog.«
»Haben Sie ihn direkt von der Küche ins Schlafzimmer gebracht?«
»Nein, auf dem Gasherd ist nämlich nicht viel Platz, und deshalb hat die Köchin den Kakao immer schon gemacht, bevor sie das Gemüse fürs Abendessen aufgestellt hat, und dann hab ich ihn nach oben getragen und auf den Tisch neben die Schwingtür gestellt. Später hab ich ihn dann ins Schlafzimmer gebracht.«
»Die Schwingtür ist im linken Flügel, nicht wahr?«
»Jawohl.«
»Und steht der Tisch auf dieser Seite der Tür oder auf der

anderen – näher zu den Dienstbotenzimmern?«
»Auf dieser Seite.«
»Um wieviel Uhr haben Sie ihn gestern hinaufgebracht?«
»So ungefähr um Viertel nach sieben.«
»Und wann haben Sie den Kakao in Mrs. Inglethorps Zimmer gestellt?«
»Als ich die Fenster zumachte, gegen acht. Mrs. Inglethorp kam schon ins Zimmer, bevor ich fertig war.«
»Der Kakao hat also zwischen Viertel nach sieben und acht Uhr auf dem Tisch im linken Flügel gestanden?«
»Ja – stimmt.« Annie war hochrot geworden, und jetzt platzte sie ganz unerwartet heraus. »Und wenn *wirklich* Salz drin war, ist es nicht meine Schuld gewesen. Ich habe das Salz gar nicht in der Hand gehabt.«
»Wie kommen Sie darauf, daß Salz im Kakao war?« fragte Poirot.
»Weil ich es auf dem Tablett gesehen habe, Monsieur Poirot.«
»Tatsächlich?«
»Ja, es hat wie grobes Küchensalz ausgesehen. Als ich das Tablett hinaufbrachte, war es mir nicht aufgefallen, aber als ich es holte, um es in Mrs. Inglethorps Schlafzimmer zu bringen, fiel es mir auf. Vielleicht hätte ich es wieder in die Küche bringen und die Köchin bitten sollen, frischen Kakao zu machen, aber ich war in Eile, weil Dorkas ausgegangen war, und dachte, daß der Kakao schon in Ordnung sein würde und daß das Salz nur versehentlich aufs Tablett gelangt wäre. Dann hab ich es also mit dem Schürzenzipfel abgewischt und in ihr Schlafzimmer hineingetragen.«
Ich konnte meine Erregung nur mit Mühe unterdrücken. Ohne daß sie es wußte, hatte uns Annie mit wichtigem Beweismaterial versehen. Wie erstaunt wäre sie gewesen, hätte sie erkannt, daß das Küchensalz in Wirklichkeit Strychnin war, eines der gefährlichsten Gifte, die wir kennen. Ich bewunderte Poirots Ruhe. Seine Selbstdisziplin war erstaunlich. Ich erwartete die nächste Frage mit Ungeduld, jedoch enttäuschte sie mich.
»War die Tür zu Miss Cynthias Zimmer verriegelt, als Sie ins

Schlafzimmer kamen?«
»O ja. Sie ist immer verriegelt, sie ist niemals offen gewesen.«
»Und wissen Sie, ob die Tür zu Mr. Inglethorps Zimmer ebenfalls verriegelt war?«
Annie zögerte.
»Das weiß ich nicht genau; die Tür war zu, aber ich kann mich nicht entsinnen, ob sie verriegelt war.«
»Hat Mrs. Inglethorp die Tür von innen verriegelt, nachdem Sie das Zimmer verließen?«
»Nein, nicht gleich, aber wahrscheinlich tat sie es etwas später. Sie hat die Tür zum Korridor meistens verriegelt.«
»Haben Sie einen Wachsfleck auf dem Fußboden bemerkt, als Sie gestern das Zimmer aufräumten?«
»Einen Wachsfleck? Nein, bestimmt nicht. Mrs. Inglethorp hatte gar keine Kerze, nur eine Leselampe.«
»Wenn ein großer Wachsfleck auf dem Boden gewesen wäre, hätten Sie ihn doch bestimmt bemerkt, nicht wahr?«
»Ja, und ich hätte ihn mit Löschpapier und einem heißen Bügeleisen entfernt.«
Dann wiederholte Poirot die Frage, die er Dorkas gestellt hatte.
»Besaß Mrs. Inglethorp ein grünes Kleid?«
»Nein.«
»Oder ein grünes Cape oder eine Stola, oder vielleicht einen – wie sagt man doch – einen Wettermantel?«
»Nein, nicht daß ich wüßte.«
»Sonst hatte auch niemand im Haus etwas Grünes?«
Annie überlegte.
»Nein, Monsieur Poirot.«
»Sind Sie ganz sicher?«
»Ja, ganz sicher.«
»*Bien*. Das wäre alles. Ich danke Ihnen sehr.«
Mit einem nervösen Kichern verließ Annie das Zimmer. Ich mußte meiner unterdrückten Erregung Luft machen.
»Ich gratuliere Ihnen, Poirot«, rief ich begeistert. »Sie haben eine große Entdeckung gemacht!«
»Was für eine große Entdeckung?«
»Daß der Kakao vergiftet war, natürlich – und nicht der Kaffee.

Das erklärt alles! Selbstverständlich wirkte das Gift erst am Morgen, da der Kakao erst während der Nacht getrunken wurde.«

»Sie glauben also, daß der *Kakao* das Strychnin enthielt, Hastings?«

»Natürlich – das Salz auf dem Tablett – was hätte es sonst sein können?«

»Vielleicht Salz«, erwiderte Poirot lakonisch.

Ich zuckte die Achseln. Wenn er diesen Standpunkt einnehmen wollte, würde ich mich nicht mit ihm streiten. Es kam mir – und nicht zum erstenmal – in den Sinn, daß der gute Poirot alt wurde. Wahrscheinlich hatte er Glück, daß er sich mit jemandem zusammengetan hatte, dessen Gehirn noch nicht eingerostet war.

Poirot beobachtete mich stillvergnügt.

»Sie sind wohl nicht mit mir zufrieden, *mon ami*?«

»Es kommt mir nicht zu, Ihnen Vorschriften zu machen, lieber Poirot«, bemerkte ich kühl. »Sie haben ebenso wie ich das Recht, bei Ihrer eigenen Meinung zu bleiben.«

»Ausgezeichnet, mein Freund, ich verstehe...« Er stand auf. »So, mit diesem Zimmer wäre ich nun fertig. Wem gehört übrigens der kleinere Schreibtisch in der Ecke?«

»Mr. Inglethorp.«

»Aha.« Er versuchte den Rollverschluß in die Höhe zu schieben. »Abgeschlossen! Vielleicht paßt einer von Mrs. Inglethorps Schlüsseln.« Er versuchte verschiedene Schlüssel. Schließlich, nachdem er sie geschickt hin- und hergedreht hatte, stieß er einen kleinen Freudenschrei aus: »*Voilà!* Es ist zwar nicht der richtige Schlüssel, aber ich werde es damit schaffen.« Er schob den Rolldeckel zurück und warf einen schnellen Blick auf die ordentlich aufgeschichteten Papiere. Zu meinem Erstaunen prüfte er sie nicht, sondern sagte nur bewundernd, während er den Schreibtisch wieder verschloß: »Dieser Mr. Inglethorp ist wirklich ein ordnungsliebender Mensch.«

Das höchste Lob, das Poirot einem Mann spenden konnte, war, ihn als »ordnungsliebend« zu bezeichnen. Während er weiterplauderte, fühlte ich, daß mein Freund leider nicht mehr der alte war...

»Briefmarken waren nicht in seinem Schreibtisch, aber sie mögen vorher dagewesen sein, *eh, mon ami*?« Seine Augen schweiften durchs Zimmer. »Dieses Boudoir hat uns nichts weiter zu bieten – es hat sich kaum gelohnt – bis auf das.«

Er nahm einen zerknitterten Briefumschlag aus der Tasche und warf ihn mir zu. Es war ein sonderbares Dokument. Ein einfacher, schmutziger alter Umschlag, über den quer einige Worte gekritzelt waren:

besesen
Ich bin besessen
Er ist besessen
Ich bin besessen
besessen

5

»Wo haben Sie das gefunden?« fragte ich Poirot gespannt.

»Im Papierkorb. Erkennen Sie die Handschrift?«

»Ja, es ist Mrs. Inglethorps Schrift. Aber was soll das bedeuten?«

Poirot zuckte die Achseln.

»Schwer zu sagen, jedenfalls ist es ein Anhaltspunkt.«

Plötzlich fuhr mir ein toller Gedanke durch den Kopf. War Mrs. Inglethorp vielleicht nicht im Vollbesitz ihrer geistigen Kräfte gewesen? Litt sie unter Zwangsvorstellungen? Glaubte sie, vom Teufel besessen zu sein, und wäre es in diesem Fall nicht durchaus denkbar, daß sie sich das Leben genommen hatte?

Ich war im Begriff, Poirot meine Theorie auseinanderzusetzen, als er sagte: »So, und nun wollen wir die Kaffeetassen untersuchen.«

»Wozu denn das, mein lieber Poirot? Das erübrigt sich doch wohl, nachdem wir von dem Kakao wissen.«

»*Oh! là là!* Dieser unglückliche Kakao«, sagte Poirot ironisch. Er schien sich sehr zu amüsieren; er lachte und reckte seine Arme in gespielter Verzweiflung zum Himmel empor. Ich fand sein Verhalten äußerst taktlos.
»Da Mrs. Inglethorp ihren Kaffee selbst mit hinaufnahm, weiß ich wirklich nicht, was Sie noch finden sollten«, meinte ich betont unfreundlich. »Aber vielleicht glauben Sie, daß wir ein Päckchen Strychnin auf dem Kaffeetablett entdecken werden.«
Poirot wurde sofort wieder ernst.
Er hakte mich unter und sagte: »*Ne vous fâchez pas, mon ami*! Gestatten Sie mir, mich für die Kaffeetassen zu interessieren, dann werde ich Ihren Kakao respektieren. Abgemacht? Gut.«
Er war so lieb und drollig, daß ich gegen meinen Willen lachte. Dann gingen wir Arm in Arm ins Wohnzimmer, wo die Kaffeetassen und das Tablett noch ebenso dastanden, wie wir sie zuletzt gesehen hatten.
Poirot bat mich, die Geschehnisse des Vorabends zu rekapitulieren. Er hörte mir aufmerksam zu; er legte besonderen Wert darauf, nochmals festzustellen, wo die verschiedenen Tassen standen.
»Mrs. Cavendish stand also neben dem Tablett und schenkte ein. Ja... Dann kam sie zu dem Fenster, neben dem Sie mit Miss Cynthia saßen. Ja... Hier sind die drei Tassen. Und die halbausgetrunkene Tasse auf dem Kaminsims gehörte Mr. Lawrence Cavendish. Und die Tasse auf dem Tablett?«
»War John Cavendishs Tasse; ich sah, wie er sie abstellte.«
»Gut, eins, zwei, drei, vier – aber wo ist Mr. Inglethorps Tasse?«
»Er trinkt keinen Kaffee.«
»Dann stimmt soweit alles. Einen Augenblick, mein Freund.«
Er nahm mit größter Sorgfalt ein paar Tropfen aus jeder Tasse und verschloß sie in verschiedenen Reagenzgläsern; vorher kostete er den Kaffee aus den einzelnen Tassen. Sein Gesichtsausdruck veränderte sich auf sonderbare Weise, die ich nur als halb erstaunt und halb erleichtert beschreiben kann.
»*Bien* – ich hatte eine Idee, aber sie war offensichtlich falsch«,

stellte er schließlich fest. »Ganz falsch – und doch – aber es spielt keine Rolle.«
Mit einem charakteristischen Achselzucken schob er, was immer ihn beunruhigen mochte, beiseite. Ich hätte ihm sofort sagen können, daß seine fixe Idee mit dem Kaffee in eine Sackgasse führen würde, aber ich hielt meine Zunge im Zaum. Poirot mochte alt geworden sein, aber er war ein berühmter Mann gewesen.
»Das Frühstück steht auf dem Tisch«, rief John Cavendish, der aus der Halle kam. »Sie werden doch mit uns frühstücken, Monsieur Poirot?«
Poirot nahm die Einladung dankend an.
Ich beobachtete John, der seine Fassung wiedergewonnen hatte. Die Ereignisse der Nacht hatten bei ihm einen Schock verursacht, den er jedoch schnell überwunden zu haben schien. Er besaß, im Gegensatz zu seinem Bruder, nicht sehr viel Phantasie.
John war seit dem frühen Morgen damit beschäftigt gewesen, Telegramme zu verschicken – eines der ersten an Miss Howard –, die Zeitungen zu benachrichtigen und alle die traurigen Pflichten zu erfüllen, die ein Todesfall mit sich bringt.
»Darf ich fragen, wie die Dinge stehen? Glauben Sie, daß meine Mutter eines natürlichen Todes gestorben ist, oder – oder müssen wir uns auf das Schlimmste vorbereiten?«
»Ich muß Sie leider bitten, sich keine falschen Hoffnungen zu machen, Mr. Cavendish«, erwiderte Poirot ernst. »Welcher Meinung sind die anderen Familienmitglieder?«
»Mein Bruder Lawrence ist davon überzeugt, daß wir uns umsonst aufregen. Er meint, daß alles auf einen gewöhnlichen Herzschlag hindeutet.«
»So, so – sehr interessant«, murmelte Poirot. »Und Mrs. Cavendish?«
Johns Gesicht verfinsterte sich für einen Moment.
»Ich habe keine Ahnung, was meine Frau darüber denkt.«
Dieser Antwort folgte ein betretenes Schweigen, das John mit sichtlicher Anstrengung brach.
»Sagte ich Ihnen, daß Mr. Inglethorp zurückgekommen ist?«

Poirot neigte den Kopf.
»Es ist für uns alle eine peinliche Situation. Natürlich muß man ihn behandeln wie immer, aber der Gedanke, möglicherweise mit einem Mörder am Tisch zu sitzen, ist unerträglich.«
Poirot nickte verständnisvoll.
»Das ist nur zu begreiflich... ich möchte Ihnen eine Frage stellen, Mr. Cavendish: Mr. Inglethorp ist gestern abend nicht nach Hause gekommen, weil er den Hausschlüssel vergessen hatte; stimmt das?«
»Ja.«
»Ich nehme an, Sie sind sicher, daß er den Schlüssel tatsächlich vergaß? Daß er ihn nicht doch mitnahm?«
»Ich habe keine Ahnung; ich bin nicht auf den Gedanken gekommen, nachzusehen. Wir legen den Schlüssel immer in eine Kommodenschublade in der Halle. Ich werde nachsehen, ob er da ist.«
Poirot hob die Hand mit einem schwachen Lächeln.
»Nein, nein, jetzt ist es zu spät, Mr. Cavendish. Er wird bestimmt dasein. Wenn Mr. Inglethorp den Schlüssel mitgenommen hat, wird er ihn inzwischen längst zurückgelegt haben.«
»Sie glauben also –«
»Ich glaube gar nichts. Wenn zufällig heute morgen jemand nachgesehen und festgestellt hätte, daß der Schlüssel da ist, wäre es ein Beweis zu Inglethorps Gunsten gewesen. Das ist alles.«
John sah verdutzt aus.
»Machen Sie sich darüber keine Gedanken«, sagte Poirot verbindlich. »Gehen wir, Ihrer liebenswürdigen Einladung folgend, jetzt zum Frühstück.«
Alle waren im Eßzimmer versammelt, und natürlich war die Stimmung sehr gedrückt. Wir litten alle unter der Reaktion, die jedem Schock folgt, jedoch bemühten wir uns, unsere Gefühle nicht zu zeigen, wie man es von gut erzogenen Menschen erwartet. Ich konnte nicht umhin, mir zu überlegen, ob es den Anwesenden wirklich sehr schwerfiel, sich zu beherrschen. Ich blickte in die Runde, doch sah ich keine

verweinten roten Augen. Ich glaubte mit Recht annehmen zu dürfen, daß Dorkas am tiefsten von der rein persönlichen Seite der Tragödie betroffen worden war.
Von Alfred Inglethorp, der in widerlich heuchlerischer Weise die Rolle des trauernden Witwers spielte, will ich nicht sprechen. Wußte er, daß wir ihn verdächtigten? Sicherlich spürte er es, obwohl wir versuchten, es nicht zu zeigen. Fürchtete er sich heimlich, oder war er davon überzeugt, daß sein Verbrechen ungestraft und unentdeckt bleiben würde?
Aber verdächtigten ihn wirklich alle? Was glaubte Mrs. Cavendish? Ich beobachtete sie, während sie graziös, gelassen und ruhig am Ende des Tisches saß. Sie trug ein graues Kleid mit langen Ärmeln und weißen Spitzenmanschetten, die über ihre schlanken Gelenke fielen; sie sah bildschön aus und rätselhaft wie eine Sphinx. Sie sprach kaum ein Wort, und doch fühlte ich, daß wir alle von ihrer starken Persönlichkeit beherrscht wurden.
Und die kleine Cynthia? Hatte sie einen Verdacht? Ich fand, daß sie sehr müde und krank aussah, und das Sprechen fiel ihr offenbar schwer. Ich fragte, ob sie sich schlechtfühle, und sie antwortete ganz offen:
»Ja, ich habe entsetzliche Kopfschmerzen.«
»Möchten Sie nicht noch eine Tasse Kaffee trinken, Mademoiselle?« fragte Poirot höflich. »Nichts ist so erfrischend wie Kaffee und so gut gegen *mal de tête*.« Er sprang auf und nahm ihre Tasse.
»Danke, keinen Zucker«, sagte Cynthia, als er die Zuckerzange ergriff.
»Keinen Zucker? Das haben Sie sich wohl im Krieg abgewöhnt?«
»Nein, ich nehme niemals Zucker in den Kaffee.«
»*Sacré*«, murmelte Poirot, während er ihr die gefüllte Tasse zurückbrachte.
Ich allein hatte seinen fast geflüsterten Ausruf gehört, und aufblickend stellte ich zu meinem Erstaunen fest, daß der kleine Poirot krampfhaft versuchte, seine Aufregung zu verbergen. Seine Augen leuchteten grün wie die einer Katze. Er

mußte etwas gehört oder gesehen haben, das ihn stark beeindruckte – aber was war es? Ich halte mich im allgemeinen nicht für begriffsstutzig, aber ich muß gestehen, daß mir nichts Besonderes aufgefallen war.
Unmittelbar darauf wurde die Tür geöffnet, und Dorkas erschien.
»Mr. Wells möchte Sie sprechen«, sagte sie zu John.
Ich entsann mich, daß Wells der Name des Anwalts war, an den Mrs. Inglethorp gestern abend geschrieben hatte.
John stand sofort auf.
»Führen Sie ihn in mein Arbeitszimmer.« Dann wandte er sich an uns und sagte erklärend: »Der Anwalt meiner Mutter.« Er fügte leise hinzu: »Er ist gleichzeitig der Richter; vielleicht möchten Sie mitkommen?«
Wir bejahten die Frage und folgten ihm aus dem Zimmer. John ging voran, und ich benutzte die Gelegenheit, um Poirot zuzuflüstern: »Es wird also eine gerichtliche Untersuchung stattfinden?«
Poirot nickte zerstreut. Er schien so völlig in Gedanken verloren zu sein, daß ich nicht umhin konnte, neugierig zu fragen:
»Was ist geschehen? Sie hören mir ja gar nicht zu.«
»Stimmt, mein Freund, ich bin sehr beunruhigt.«
»Warum?«
»Weil Mademoiselle Cynthia keinen Zucker in ihren Kaffee tut.«
»Was? Das kann doch nicht Ihr Ernst sein!«
»Doch, es ist mir sogar bitter ernst. Irgend etwas ist mir unverständlich, mein Instinkt war ganz richtig.«
»Was für ein Instinkt?«
»Mein Instinkt, die Kaffeetassen zu untersuchen. *Chut!* Sprechen wir jetzt nicht mehr davon!«
Wir folgten John in sein Arbeitszimmer, und er machte die Tür hinter uns zu.
Mr. Wells war ein sympathischer Mann in mittleren Jahren, mit durchdringenden Augen und einem typischen Juristenmund. John stellte uns vor und erklärte den Grund unseres

Hierseins.
»Wollen Sie bitte zur Kenntnis nehmen, daß die Angelegenheit streng vertraulich behandelt werden muß, Mr. Wells. Wir hoffen noch immer, daß es möglich sein wird, weitere Nachforschungen zu vermeiden.«
»Sie können sich durchaus auf mich verlassen«, meinte Mr. Wells beruhigend. »Ich wünschte nur, daß wir Ihnen die Leichenschau und die Voruntersuchung ersparen könnten, aber leider sind sie unvermeidlich, da der Arzt keinen Totenschein ausgestellt hat.«
»Ich verstehe.«
»Kluger Kerl, dieser Bauerstein, sehr bekannter Toxikologe, wie ich höre.«
»Allerdings«, bestätigte John ziemlich zurückhaltend. Dann fragte er zögernd: »Werden wir alle als Zeugen auftreten müssen?«
»Auf jeden Fall Sie und Mr. Inglethorp.« Nach einer kurzen Pause fügte der Anwalt hinzu: »Alle anderen Aussagen werden einfach eine Bestätigung sein – eine reine Formsache.«
»Ich verstehe.«
John schien erleichtert zu sein, jedoch konnte ich nicht begreifen, warum.
»Wenn es Ihnen paßt, würde ich die Voruntersuchung auf Freitag ansetzen, so daß die Ärzte genügend Zeit haben, ihren Bericht abzufassen. Die Leichenschau soll heute abend stattfinden, nicht wahr?«
»Ja.«
»Sie wären also mit meinem Vorschlag einverstanden?«
»Durchaus.«
»Ich brauche Ihnen nicht zu sagen, wie unendlich ich diese tragische Affäre bedauere, mein lieber Cavendish.«
»Können Sie uns nicht helfen, das Rätsel zu lösen, das diesem Trauerspiel zugrunde liegt, Monsieur?« fragte Poirot, der bisher kein Wort gesprochen hatte.
»Ich?«
»Ja; wir hörten, daß Mrs. Inglethorp gestern abend an Sie geschrieben hat. Sie sollten den Brief heute früh erhalten

haben.«
»Jawohl, aber er enthielt nichts von Bedeutung. Sie bat mich nur, heute zu ihr zu kommen, da sie meinen Rat in einer sehr wichtigen Angelegenheit einholen wollte.«
»Hat sie angedeutet, um was es sich handelte?«
»Leider nicht.«
»Das ist schade«, meinte John.
»Jammerschade«, sagte Poirot ernst.
In dem darauffolgenden Schweigen blickte Poirot in Gedanken verloren vor sich hin. Schließlich wandte er sich wieder an den Anwalt:
»Ich möchte Ihnen eine Frage stellen, und ich hoffe, daß es nicht gegen die berufliche Etikette verstößt, sie zu beantworten. Wer wird Mrs. Inglethorps Vermögen erben?«
Der Anwalt zögerte kurz, dann erwiderte er:
»Da ihr letztes Testament sowieso bald bekanntwerden wird, glaube ich, falls Mr. Cavendish nichts dagegen hat –«
»Natürlich nicht«, warf John dazwischen.
»– Ihnen diese Frage beantworten zu können. In ihrem Testament vom August vorigen Jahres vermachte Mrs. Inglethorp ihr ganzes Vermögen – abgesehen von verschiedenen kleinen Summen, die sie dem Personal hinterließ – ihrem Stiefsohn, Mr. John Cavendish.«
»Verzeihen Sie die Frage, Mr. Cavendish – war das nicht Mr. Lawrence Cavendish gegenüber ziemlich unfair?«
»Nein, ich finde nicht, denn dem Testament des Vaters zufolge sollte John zwar die Besitzungen erben, aber Lawrence sollte nach dem Tod seiner Stiefmutter eine große Summe Bargeld erhalten, die seinerzeit für ihn sichergestellt worden war. Mrs. Inglethorp hat ihrem älteren Stiefsohn ihr Privatvermögen hinterlassen, weil sie wußte, daß er ›Styles‹ instand halten müßte. Nach meiner Ansicht war das eine gerechte Verteilung.«
Poirot nickte nachdenklich.
»Aha. Aber wenn ich mich nicht irre, wird das Testament, nach Ihrem englischen Recht, bei einer Wiederverheiratung automatisch ungültig, nicht wahr?«

Mr. Wells nickte.
»Ja, ich wollte gerade fortfahren und sagen, daß das Dokument seine Gültigkeit verloren hat.«
»*Tiens!*« sagte Poirot. Nach kurzem Überlegen fragte er: »Hat Mrs. Inglethorp Bescheid gewußt?«
»Das weiß ich nicht – vielleicht.«
»Ja, sie wußte es«, teilte uns John unerwartet mit. »Wir haben uns erst gestern darüber unterhalten, daß ihr Testament durch die Wiederverheiratung ungültig wurde.«
»Nur noch eine Frage, Mr. Wells. Sie sprachen vorhin von ihrem ›letzten‹ Testament – hatte Mrs. Inglethorp vorher schon ein anderes Testament gemacht?«
»Sie hat durchschnittlich mindestens jedes Jahr ein neues Testament gemacht«, erwiderte der Anwalt seelenruhig. »Sie hat ihre Meinung oft gewechselt und einmal diesem, einmal jenem Familienmitglied Vermögensteile hinterlassen.«
»Nehmen wir an, sie hätte, ohne Ihr Wissen, ein neues Testament zugunsten einer Person gemacht, die kein Familienmitglied war, sagen wir – Miss Howard –, würde Sie das überraschen?« fragte Poirot.
»Nicht im geringsten.«
»Aha ...« Poirot schien im Augenblick nichts weiter fragen zu wollen. Ich trat auf ihn zu, während John und der Anwalt diskutierten, ob man Mrs. Inglethorps Papiere jetzt durchsehen sollte.
»Glauben Sie, daß Mrs. Inglethorp Miss Howard ihr ganzes Vermögen hinterlassen hat?« fragte ich im Flüsterton.
Poirot lächelte.
»Nein.«
»Warum haben Sie es dann erwähnt?«
»Scht!«
John Cavendish näherte sich Poirot.
»Wollen Sie mitkommen, Poirot? Wir wollen die Papiere meiner Mutter durchsehen. Mr. Inglethorp ist bereit, alles Mr. Wells und mir zu überlassen.«
»Was das Verfahren wesentlich vereinfacht«, murmelte der Anwalt, »da er, dem Buchstaben nach, natürlich das Recht

hätte –« Er vollendete den Satz nicht.
»Wir werden mit dem Schreibtisch im Boudoir beginnen«, erklärte John, »danach werden wir ins Schlafzimmer gehen. Sie hat die wichtigen Dokumente in einem kleinen violetten Schreibkoffer aufbewahrt, den wir sorgfältig prüfen müssen.«
»Ja, es ist durchaus möglich, daß wir ein späteres Testament vorfinden werden als das in meinem Besitz befindliche«, meinte der Anwalt.
»Es *existiert* ein späteres Testament«, sagte Poirot.
»Was?« Der Anwalt und John sahen ihn erstaunt an.
»Oder vielmehr – es *hat* existiert«, fuhr mein Freund Poirot fort.
»Was soll das heißen? Wo ist es jetzt?«
»Verbrannt.«
»Verbrannt?«
»Ja, sehen Sie –« Er holte das halb verkohlte Papierstückchen, das wir in Mrs. Inglethorps Kamin gefunden hatten, aus der Tasche und gab es dem Anwalt mit einer kurzen Erklärung.
»Es könnte ein altes Testament sein.«
»Das glaube ich nicht, ich bin im Gegenteil ziemlich sicher, daß es erst gestern nachmittag gemacht worden ist.«
»Was? Unmöglich!« riefen beide gleichzeitig.
Poirot wandte sich an John.
»Wenn Sie mir gestatten, den Gärtner rufen zu lassen, werde ich es Ihnen beweisen.«
»Selbstverständlich, aber ich verstehe nicht –«
Poirot hob die Hand.
»Bitte tun Sie es! Später können Sie mir so viele Fragen stellen, wie Sie wollen.«
»Also gut.« Er klingelte, und kurz darauf erschien Dorkas.
»Würden Sie Manning bitten, zu mir zu kommen, Dorkas.«
»Jawohl, Mr. Cavendish.«
Dorkas ging hinaus, und wir warteten schweigend. Poirot allein schien völlig ruhig zu sein; er staubte eine Ecke des Bücherregals ab.
Das Knirschen von Nagelschuhen auf dem Kies kündigte das Herannahen des Gärtners an. John sah Poirot fragend an – er

nickte.
»Kommen Sie herein, Manning. Ich möchte mit Ihnen sprechen«, sagte John.
Manning trat langsam und zögernd durch die Terrassentür. Er blieb in der Nähe der Tür stehen und drehte seine Mütze verlegen zwischen den Fingern. Sein Rücken war gebeugt, aber er war wahrscheinlich jünger, als er aussah. Seine Augen waren scharf und intelligent und standen im Gegensatz zu seiner gedehnten, vorsichtigen Sprechweise.
»Dieser Herr will Ihnen einige Fragen stellen, Manning, und ich möchte Sie bitten, sie ihm zu beantworten«, sagte John.
»Sehr wohl, Mr. Cavendish.«
Poirot trat schnell einen Schritt vor. Manning sah ihn leicht verächtlich an.
»Sie haben gestern auf der Südseite des Hauses ein Begonienbeet bepflanzt, nicht wahr, Manning?«
»Jawohl, William und ich.«
»Und Mrs. Inglethorp kam ans Fenster und rief Sie, nicht wahr?«
»Jawohl, stimmt.«
»Erzählen Sie mir in Ihren eigenen Worten, was sich dann ereignet hat.«
»Eigentlich nicht viel. Sie bat William, runter ins Dorf zu fahren und irgendein Formular zu holen – Letzter Wille, oder so was Ähnliches, ich weiß nicht genau, was sie ihm aufgeschrieben hat.«
»Und dann?«
»Dann ist er ins Dorf gefahren und wieder zurückgekommen.«
»Und was taten Sie dann?«
»Dann haben wir weiter Begonien gepflanzt.«
»Hat Mrs. Inglethorp Sie nicht noch einmal gerufen?«
»Ja, mich und William.«
»Und dann?«
»Wir mußten hereinkommen, und dann mußten wir unsern Namen unter dies lange Formular setzen, hinter ihre eigene Unterschrift.«
»Haben Sie gelesen, was über ihrer Unterschrift stand?« fragte

Poirot scharf.
»Nein, da hatte sie Löschpapier draufgelegt.«
»Und Sie haben das Dokument unterzeichnet?«
»Jawohl, erst ich und dann William.«
»Was hat sie danach damit getan?«
»Also – sie hat es in einen langen Briefumschlag getan, und dann hat sie es in einen violetten Koffer gesteckt, der auf dem Schreibtisch stand.«
»Um wieviel Uhr hat sie Sie zum erstenmal gerufen?«
»Muß so gegen vier gewesen sein.«
»Nicht früher? Könnte es nicht halb vier gewesen sein?«
»Nein, das glaube ich nicht – eher etwas nach vier.«
»Vielen Dank, Manning, das wäre alles«, sagte Poirot freundlich.
Der Gärtner sah John an, der ihm zunickte. Daraufhin murmelte Manning etwas Unverständliches, legte einen Finger grüßend an die Stirn und ging mit vorsichtigen Schritten durch die Terrassentür ins Freie.
Wir sahen uns erstaunt an.
»Welch sonderbarer Zufall«, meinte John.
»Ein Zufall? Was wollen Sie damit sagen?«
»Daß meine Mutter am Tag ihres Todes noch ein Testament gemacht hat.«
Mr. Wells räusperte sich und bemerkte trocken:
»Sind Sie so sicher, daß es ein Zufall war, Cavendish?«
»Wie meinen Sie das?«
»Sie haben mir erzählt, daß Ihre Mutter gestern nachmittag einen heftigen Streit mit jemandem hatte –«
»Was soll das bedeuten?« rief John mit zitternder Stimme. Er war bleich geworden.
»Die Folge dieses Streites war, daß Ihre Mutter plötzlich und unerwartet ein neues Testament gemacht hat, dessen Inhalt wir niemals erfahren werden, da sie mit niemandem darüber gesprochen hat. Zweifellos wollte sie heute morgen mit mir darüber reden – aber es war zu spät. Das Testament ist verschwunden, und das Geheimnis wird mit ihr begraben werden. Ich fürchte, daß es sich hier nicht um einen Zufall

handelt, Cavendish, und ich bin sicher, daß auch Sie meiner Meinung sind, Monsieur Poirot?«
»Wie dem auch sei, wir sind Monsieur Poirot sehr dankbar, daß er uns über diese Dinge informiert hat«, unterbrach ihn John. »Ohne ihn hätten wir niemals von der Existenz dieses Testaments erfahren. Ich darf wohl nicht fragen, wodurch Sie darauf gekommen sind, Monsieur?«
Poirot erwiderte lächelnd:
»Durch einen bekritzelten alten Briefumschlag und durch ein neu bepflanztes Begonienbeet.«
Ich glaube, daß John weitere Fragen gestellt hätte, wenn nicht in diesem Augenblick ein Auto vorgefahren wäre. Wir alle blickten zum Fenster.
»Evie!« rief John. »Entschuldigen Sie mich, Wells!« Er ging schnell hinaus in die Halle.
Poirot blickte mich fragend an.
»Miss Howard«, erklärte ich.
»Aha – ich freue mich, daß sie gekommen ist. Diese Frau hat Verstand, und ihr Herz sitzt auf dem rechten Fleck, Hastings. Leider hat der liebe Gott sie nicht mit Schönheit gesegnet.«
Johns Beispiel folgend ging ich in die Halle, wo Miss Howard sich bemühte, den langen Schleier, der um ihr Haupt gewunden war, zu entfernen. Als sie ihre Augen auf mich richtete, fühlte ich mich plötzlich sehr schuldbewußt. Hier stand die Frau, die mich so ernsthaft gewarnt hatte und deren Warnung ich keine Beachtung geschenkt, sondern sie, im Gegenteil verdrängt hatte. Jetzt war sie tragischerweise mehr als gerechtfertigt und ich zutiefst beschämt. Ich fragte mich, ob die Tragödie auch stattgefunden hätte, wenn sie in »Styles« geblieben wäre, oder ob der Täter sich vor ihrem wachsamen Blick gefürchtet hätte ...
Als sie mir kräftig die Hand schüttelte, war ich etwas erleichtert. Ihr Blick war traurig, aber nicht vorwurfsvoll, und die geröteten Augenlider verrieten, daß sie viel geweint hatte. Jedoch war ihr Benehmen unverändert.
»Bin sofort losgefahren, als ich das Telegramm bekam. Komme gerade von der Nachtschicht. Habe mir ein Auto gemietet –

war der schnellste Weg.«
»Haben Sie heute schon etwas gegessen, Evie?« fragte John.
»Nein.«
»Das dachte ich mir. Kommen Sie, der Frühstückstisch ist noch nicht abgeräumt worden, und ich bestelle Ihnen frischen Tee.«
Dann sagte er zu mir: »Kümmern Sie sich bitte um Evie, Hastings, Wells wartet auf mich. Oh, hier kommt Monsieur Poirot – er hilft uns nämlich, Evie.«
Miss Howard gab Poirot die Hand, dann fragte sie John mißtrauisch: »Was soll das heißen? Inwiefern hilft er uns?«
»Er hilft uns bei der Untersuchung.«
»Nichts zu untersuchen. Haben sie ihn noch nicht ins Gefängnis gesteckt?«
»Ins Gefängnis? Wen?«
»Alfred Inglethorp natürlich!«
»Vorsicht, liebe Evie! Lawrence ist der Ansicht, daß Mutter einem Herzschlag erlegen ist.«
»Lawrence ist ein Narr«, erwiderte Miss Howard. »Selbstverständlich hat Alfred Inglethorp die arme Emily umgebracht – wie ich vorausgesagt habe.«
»Bitte, sprechen Sie nicht so laut, liebe Evie. Es ist im Augenblick nicht angebracht zu sagen, was wir denken. Die gerichtliche Voruntersuchung findet erst am Freitag statt.«
»Unsinn! Ihr seid alle komplett verrückt«, meinte Miss Howard verächtlich. »Bis dahin hat der Mann das Land verlassen, er wird genug Verstand haben, nicht hier darauf zu warten, daß man ihn hängt.«
John Cavendish sah sie hilflos an.
»Ich weiß, was los ist, Sie haben Vertrauen zu den Ärzten«, fuhr sie anklagend fort. »Falsch – soll man nie haben. Was wissen die? Nichts – gar nichts – oder wenn sie was wissen, ist es noch gefährlicher. Ich weiß Bescheid, Vater war Arzt. Dieser kleine Dr. Wilkins ist völlig vertrottelt. Herzschlag – du liebe Zeit! Jedes Kind weiß, daß ihr Mann sie vergiftet hat; ich habe ja schon immer gesagt, daß er sie in ihrem eigenen Bett umbringen würde. Jetzt hat er es getan – die Ärmste! Und Sie

wollen mir weismachen, daß es ein Herzschlag war und daß man die gerichtliche Voruntersuchung abwarten muß. Sie sollten sich schämen, John Cavendish!«

»Was soll ich denn tun?« fragte John, der ein leichtes Lächeln nicht unterdrücken konnte. »Ich kann ihn doch nicht eigenhändig zur nächsten Polizeiwache schleppen, Evie.«

»Irgendwas werden Sie doch tun können. Finden Sie heraus, auf welche Weise er es getan hat – der raffinierte Kerl! Wird wohl Fliegenpapier eingeweicht haben. Fragen Sie die Köchin, ob welches fehlt.«

Mir wurde es in diesem Augenblick klar, daß es eine schwierige Aufgabe war, Miss Howard und Inglethorp unter demselben Dach zu haben und einen Zusammenstoß zu verhindern. Ich beneidete John nicht. Ich sah ihm an, daß er sich der Schwierigkeit der Lage voll bewußt war. Zunächst einmal versuchte er, sich seiner Verantwortung durch Flucht zu entziehen – er verließ das Zimmer.

Dorkas brachte frischen Tee. Nachdem sie das Zimmer verlassen hatte, kam Poirot, der am Fenster gestanden hatte, zu Miss Howard hinüber und setzte sich ihr gegenüber auf einen Stuhl.

»Ich möchte Sie etwas fragen, Mademoiselle«, sagte er ernst.

»Schießen Sie los«, erwiderte Miss Howard nicht allzu freundlich.

»Ich hoffe, daß ich auf Ihre Hilfe zählen kann.«

»Ich werde Ihnen mit dem größten Vergnügen helfen, Alfred an den Galgen zu bringen«, antwortete sie prompt. »Hängen ist noch zu gut für ihn, er sollte gevierteilt und gerädert werden – wie in den guten alten Zeiten.«

»Dann sind wir uns einig, auch ich will den Verbrecher an den Galgen bringen.«

»Alfred Inglethorp?«

»Ihn oder einen anderen.«

»Von einem anderen kann gar nicht die Rede sein. Bevor *er* in dieses Haus kam, ist die arme Emily ja nicht ermordet worden, obwohl sie schon immer von Gaunern umgeben war, die es jedoch wenigstens nur auf ihren Geldbeutel abgesehen hatten

und ihr nicht nach dem Leben trachteten. Aber zwei Monate nachdem Mr. Alfred Inglethorp auf der Bildfläche erschien, war das Unglück geschehen.«
»Sie können sich auf mich verlassen, Miss Howard«, bemerkte Poirot sehr ernst. »Wenn Mr. Inglethorp der Mörder sein sollte, wird er der gerechten Strafe nicht entrinnen, darauf gebe ich Ihnen mein Ehrenwort.«
»Das klingt schon besser«, meinte Miss Howard etwas liebenswürdiger.
»Sie müssen mir vertrauen! Ihre Hilfe kann sehr wertvoll für mich sein, ich will Ihnen auch sagen, warum: Sie sind die einzige in diesem Haus, deren Augen vom Weinen gerötet sind.«
Miss Howard blinzelte, und der Ton ihrer rauhen Stimme klang etwas verändert, als sie sagte:
»Wenn Sie daraus schließen, daß ich sie gern hatte, so haben Sie recht. Emily war eine egoistische alte Frau; sie war zwar sehr großzügig, aber sie erwartete, daß ihre Großzügigkeit belohnt wurde. Sie sorgte dafür, daß niemand ihre Wohltaten vergaß – und deshalb wurde sie von niemandem geliebt. Glaube allerdings nicht, daß ihr das jemals aufgefallen ist; ich hoffe jedenfalls nicht. Bei mir lag der Fall von Anfang an ganz anders. ›Sie bezahlen mir soundsoviel Pfund im Jahr, das bin ich Ihnen wert, gut, ich nehme es an. Aber keine Geschenke, nicht einmal ein Paar Handschuhe, oder eine Theaterkarte.‹ Sie begriff meine Einstellung nicht – war sogar manchmal beleidigt, sprach von meinem ›dummen Stolz‹. Aber das war es nicht – es läßt sich schwer erklären –, jedenfalls habe ich meine Selbstachtung nicht verloren, und ich war die einzige von der ganzen Bande, die es sich leisten konnte, Emily gern zu haben. Ich beschützte sie vor den anderen, ich nahm mich ihrer in jeder Weise an – und dann kam dieser zungenfertige Schuft ins Haus, und schon war meine liebevolle Fürsorge vergessen.«
Poirot nickte mitfühlend.
»Ich verstehe, wie Ihnen zumute ist, Mademoiselle. Es ist nur zu natürlich. Und Sie halten uns für lauwarm, Sie glauben, daß

uns Feuer und Energie fehlen – aber Sie irren sich.«
In diesem Augenblick steckte John seinen Kopf zur Tür herein und bat Poirot und mich, mit hinauf in Mrs. Inglethorps Zimmer zu kommen, da er und Wells die Durchsuchung des Schreibtisches im Boudoir beendet hatten.
Während wir die Treppe hinaufstiegen, fragte John leise:
»Was wird geschehen, wenn sich Miss Howard und Inglethorp begegnen?«
Ich zuckte hilflos die Achseln.
»Ich bat Mary, sie, wenn möglich, voneinander fernzuhalten.«
»Wird ihr das gelingen?«
»Schwer zu sagen – allerdings wird Inglethorp selbst keinen großen Wert darauf legen, mit ihr zusammenzutreffen.«
»Sie haben die Schlüssel noch, Poirot?« fragte ich, als wir bei der Tür des verschlossenen Zimmers ankamen.
Poirot gab John den Schlüssel, dieser schloß auf, und wir traten ein. Der Anwalt ging sofort auf den Schreibtisch zu, und John folgte ihm.
»Ich glaube, meine Mutter hat fast alle wichtigen Papiere in diesem kleinen Schreibkoffer aufbewahrt«, sagte er.
Poirot zog ein kleines Schlüsselbund aus der Tasche.
»Gestatten Sie – ich habe den Koffer heute morgen vorsichtshalber verschlossen.«
»Aber er ist nicht mehr verschlossen.«
»Unmöglich!«
»Sehen Sie doch...«, und John hob den Kofferdeckel an.
»*Mille tonnerres*«, rief Poirot entsetzt. »Und ich habe beide Schlüssel in meiner Tasche!« Er stürzte sich auf den Koffer.
»*En voilà une affaire!* Das Schloß ist aufgebrochen worden.«
»Was?«
Poirot stellte den Koffer wieder hin.
»Aber wer hat es aufgebrochen? Und warum? Wann? Die Tür war doch verschlossen!« riefen wir alle durcheinander.
Poirot antwortete kategorisch, fast mechanisch.
»Wer? Das ist die Frage. Warum? Wenn ich das nur wüßte. Wann? Innerhalb der letzten Stunde – seitdem ich hier gewesen bin. Die Tür war zwar verschlossen, aber ein so gewöhn-

liches Schloß kann man mit jedem anderen Türschlüssel öffnen.«
Wir sahen uns fassungslos an. Poirot ging zum Kaminsims. Er war äußerlich ruhig, aber seine Hände, die aus alter Gewohnheit die Nippes auf dem Sims geraderückten, zitterten heftig. Schließlich sagte er: »Es gibt nur eine Erklärung, und zwar, daß in diesem Koffer etwas lag – vielleicht nur eine unwichtig erscheinende Kleinigkeit –, das den Mörder mit dem Verbrechen in Zusammenhang gebracht hätte. Es war für ihn von ausschlaggebender Wichtigkeit, dieses Beweismaterial zu zerstören, zu verhindern, daß es anderen in die Hände fiel. Deshalb hat er das große Risiko auf sich genommen, diesen Raum zu betreten. Da der Koffer verschlossen war, sah er sich gezwungen, das Schloß aufzubrechen und so seine Anwesenheit zu verraten.«
»Was kann er nur gesucht haben?«
»Wenn ich das wüßte«, entgegnete Poirot ärgerlich. »Irgendein Dokument, vielleicht den Papierfetzen, den Dorkas gestern nachmittag in Mrs. Inglethorps Hand bemerkte. Und ich – ich Unglücksrabe, bin nicht daraufgekommen! Ich habe mich wie ein Idiot benommen, ich hätte diesen Koffer nicht hierlassen dürfen, ich hätte ihn nicht aus der Hand lassen sollen! Aber jetzt ist es zu spät – es ist fort – zerstört – halt, ist es tatsächlich zerstört? Vielleicht besteht noch Hoffnung – wir dürfen nichts unversucht lassen!«
Er raste wie ein Verrückter aus dem Zimmer, und ich folgte ihm, sowie ich mich von meinem Schrecken erholt hatte, aber als ich zum Treppenabsatz kam, war er bereits verschwunden. Mary Cavendish stand an der Stelle, an der die Treppe nach links und rechts abzweigte, und starrte in die Halle, in die Richtung, in der er verschwunden war.
»Was ist denn Ihrem merkwürdigen kleinen Freund zugestoßen, Mr. Hastings? Er ist eben wie ein wildgewordener Stier an mir vorbeigerast.«
»Er hat sich sehr über etwas aufgeregt«, bemerkte ich unsicher. Ich wußte wirklich nicht, ob es in Poirots Sinne wäre, über diese Dinge zu sprechen. Als sich Mrs. Cavendishs aus-

drucksvoller Mund zu einem kleinen Lächeln verzog, versuchte ich, die Unterhaltung auf ein anderes Thema zu bringen.
»Sie sind sich wohl noch nicht begegnet?« fragte ich.
»Wer?«
»Mr. Inglethorp und Miss Howard.«
Sie sah mich mißbilligend an.
»Würden Sie das Zusammentreffen für eine Katastrophe halten?«
»Sie vielleicht nicht?« entgegnete ich erstaunt.
»Nein«, sagte sie ruhig lächelnd. »Ich hätte nichts gegen einen tüchtigen Krach – ein Gewitter reinigt die Luft. Im Augenblick denken wir alle zuviel und sagen zuwenig.«
»John ist anderer Meinung; er versucht ein Zusammentreffen der beiden zu verhindern.«
»Ach, John...«
Ihr Ton irritierte mich, und ich sagte herausfordernd:
»John ist ein prachtvoller Mensch.«
Sie sah mich lange und nachdenklich an, dann meinte sie:
»Sie halten zu Ihren Freunden, das gefällt mir.«
»Gehören Sie nicht auch zu meinen Freunden?«
»Ich bin keine sehr zuverlässige Freundin.«
»Warum sagen Sie so etwas?«
»Weil es wahr ist. Heute bin ich reizend zu meinen Freunden, morgen habe ich sie vielleicht schon vergessen.«
Ich weiß nicht, wieso mir die taktlose Bemerkung entfuhr:
»Aber zu Dr. Bauerstein sind Sie immer reizend.«
Gleich darauf bedauerte ich meine Worte. Sie sah mich starr an, ihr Ausdruck veränderte sich völlig, es war, als würde plötzlich ein eiserner Vorhang heruntergelassen, hinter dem die wirkliche Mary Cavendish verschwand. Sie drehte sich wortlos um und eilte die Treppe hinauf, während ich ihr wie ein Idiot nachstarrte.
Lautes Geschrei aus der Halle scheuchte mich aus meinen Gedanken auf; ich hörte Poirots erregte Stimme. Wie ärgerlich, daß mein eigenes diplomatisches Verhalten nun sinnlos geworden war. Der kleine Mann schien das ganze Haus in sein Vertrauen ziehen zu wollen. Ich persönlich hielt sein Beneh-

men für äußerst unklug und bedauerte wieder einmal, daß er dazu neigte, in Augenblicken der Erregung den Kopf zu verlieren. Ich ging schnell hinunter. Bei meinem Anblick beruhigte sich Poirot sofort. Ich zog ihn zur Seite.

»Halten Sie das wirklich für angebracht, mein Lieber?« fragte ich. »Wollen Sie, daß das ganze Haus von dieser Sache erfährt? Sie könnten dem Verbrecher kaum einen größeren Gefallen tun.«

»Glauben Sie, Hastings?«

»Ich bin davon überzeugt.«

»Also gut, ich werde Ihrem Rat folgen, mein Freund.«

»Schön – leider ist es dazu schon etwas zu spät.«

»Stimmt.«

Er sah so verstört und unglücklich aus, daß er mir leid tat, obgleich ich meine Kritik auch weiterhin für gerechtfertigt hielt.

»Gehen wir, *mon ami*«, meinte er schließlich.

»Haben Sie hier alles erledigt?«

»Im Augenblick, ja. Wollen Sie mit mir ins Dorf hinuntergehen?«

»Gern.«

Er ergriff sein Aktenköfferchen, und wir gingen durch die offene Terrassentür ins Wohnzimmer. Cynthia Murdoch kam auch gerade, und Poirot ließ sie höflich vorangehen.

»Verzeihung, darf ich Ihnen eine Frage stellen, Mademoiselle?«

»Natürlich«, erwiderte sie leicht erstaunt.

»Haben Sie jemals Medizin für Mrs. Inglethorp angefertigt?«

Cynthia errötete.

»Nein.«

»Nur das Pulver?«

Jetzt wurde Cynthia blutrot, während sie verlegen erwiderte:

»O ja, ihre Schlafpulver habe ich einmal angefertigt.«

»Waren es diese?«

Poirot zeigte ihr die leere Schachtel, in der sich die Schlafpulver befunden hatten.

Sie nickte.

»Können Sie mir sagen, was es war? Sulfonal? Veronal?«
»Nein, es war ein Brompräparat.«
»Vielen Dank, Mademoiselle. Auf Wiedersehen.«
Während wir uns schnell vom Haus entfernten, sah ich ihn wiederholt von der Seite an. Es war mir schon oft aufgefallen, daß seine Augen grün wurden, wenn ihn etwas erregte. Jetzt leuchteten sie wie Smaragde.
Schließlich begann er:
»Ich habe eine Idee, mein Freund, eine sonderbare und vielleicht ganz unmögliche Idee, und doch – und doch paßt alles zusammen.«
Ich zuckte die Achseln. Insgeheim dachte ich, daß Poirot sich zu oft von seinen phantastischen Ideen hinreißen ließ. In diesem Fall lag die Wahrheit doch gewiß auf der Hand.
»Das erklärt also das leere Etikett auf der Schachtel«, bemerkte ich. »Ganz einfach, ich weiß nicht, warum ich nicht selbst daran dachte.«
Poirot schien mir nicht zuzuhören.
»Sie haben noch etwas entdeckt, *là-bas*«, sagte er und wies mit seinem Daumen in Richtung »Styles«. »Mr. Wells erzählte es mir, während wir nach oben gingen.«
»Was war das?«
»Man hat in einer verschlossenen Schreibtischschublade im Boudoir ein Testament gefunden, das Mrs. Inglethorp vor ihrer Heirat gemacht hat und in dem sie Alfred Inglethorp ihr Vermögen hinterließ. Sie muß es zur Zeit ihrer Verlobung getan haben, und es war sowohl für Mr. Wells wie für John Cavendish eine Überraschung. Es war auf einem vorgedruckten Testamentsformular geschrieben, und die Unterschrift war von zwei Dienstboten beglaubigt – nicht von Dorkas.«
»Hat Mr. Inglethorp es gewußt?«
»Er behauptet, nein.«
»Darauf möchte ich mich nicht verlassen«, sagte ich skeptisch. »Diese verschiedenen Testamente sind sehr verwirrend. Sagen Sie, Poirot, wie sind Sie eigentlich durch die auf den Briefumschlag gekritzelten Worte darauf gekommen, daß gestern nachmittag ein neues Testament gemacht worden ist?«

Poirot lächelte.
»Ist es Ihnen nicht auch schon passiert, daß Sie beim Briefeschreiben plötzlich nicht mehr wußten, wie man ein bestimmtes Wort schreibt, *mon ami?«*
»Ja, es ist mir schon oft passiert.«
»Sehen Sie – und haben Sie in einem solchen Fall nicht zunächst versucht, das betreffende Wort auf ein Löschblatt oder auf ein Stück Papier zu schreiben, um festzustellen, ob es richtig aussieht? Nun, das hat Mrs. Inglethorp getan. Sie werden feststellen, daß das Wort ›besessen‹ zuerst mit einem, dann mit zwei s geschrieben worden ist – um ganz sicher zu gehen, daß sie es zum zweitenmal richtig geschrieben hatte, notierte sie noch den Satz: ›Ich bin besessen‹. Und was schloß ich daraus? Daß Mrs. Inglethorp an diesem Nachmittag das Wort ›besessen‹ geschrieben hat, und im Zusammenhang mit dem verkohlten Papierfetzen im Kamin dachte ich an ein Testament, in dem das Wort ›besessen‹ höchstwahrscheinlich vorgekommen ist. Diese Annahme wurde durch eine weitere Wahrnehmung bestätigt. In der allgemeinen Aufregung war im Boudoir an diesem Morgen nicht gekehrt worden, und in der Nähe des Schreibtisches befanden sich Spuren von Kompost und Gartenerde. Da das Wetter wunderschön war, konnten diese Spuren nicht von gewöhnlichen Schuhen stammen. Ich ging zum Fenster und bemerkte sofort, daß eins der Begonienbeete frisch bepflanzt worden war. Der Kompost auf den Beeten hatte genau die gleiche Farbe wie der Schmutz auf dem Fußboden, und außerdem sagten Sie mir, daß die Begonienbeete tatsächlich gestern bepflanzt worden waren. Da ich auf den Beeten Fußabdrücke feststellte, war ich überzeugt, daß einer oder sogar zwei Gärtner in Mrs. Inglethorps Zimmer gewesen waren, und daraus schloß ich, daß sie ein neues Testament gemacht und die Gärtner hereingerufen hatte, um es zu beglaubigen. Die Ereignisse beweisen, daß meine Annahme richtig war.«
»Das war äußerst scharfsinnig«, gab ich zu. »Ich muß gestehen, daß ich die auf den Umschlag gekritzelten Worte ganz anders ausgelegt habe.«

Er lächelte.
»Sie haben Ihrer Phantasie etwas zu freien Lauf gelassen. Die Phantasie ist ein guter Diener, aber ein schlechter Herr. Die einfachste Erklärung ist immer die wahrscheinlichste.«
»Noch eine Frage: Woher wußten Sie, daß der Schlüssel zum Schreibkoffer verlorengegangen war?«
»Ich wußte es nicht. Es war eine Vermutung, die sich später als richtig erwies. Wie Sie sich erinnern, war durch den Schlüssel ein verbogenes Drahtstückchen gezogen, das deutete darauf hin, daß er von einem nicht sehr stabilen Schlüsselring losgerissen worden war. Wenn der Schlüssel verloren und wiedergefunden worden wäre, hätte ihn Mrs. Inglethorp sofort wieder an ihrem Schlüsselbund befestigt, jedoch fand ich an ihrem Bund einen anscheinend nagelneuen, glänzenden Schlüssel, vermutlich das Duplikat, und dadurch kam ich auf den Gedanken, daß jemand anders den Originalschlüssel in das Schloß des kleinen Koffers gesteckt haben mußte.«
»Zweifellos Alfred Inglethorp«, sagte ich.
Poirot warf mir einen sonderbaren Blick zu.
»Sie sind fest davon überzeugt, daß er schuldig ist, nicht wahr?«
»Ja, natürlich; die Beweise gegen ihn häufen sich.«
»Im Gegenteil, verschiedene Punkte sprechen zu seinen Gunsten«, erwiderte Poirot ruhig.
»Aber ich bitte Sie! Ich kenne nur einen...«
»Und der wäre?«
»Daß er gestern abend nicht im Haus war.«
»Nicht ins Schwarze getroffen, *mon ami!* Sie haben den einen Punkt gewählt, der nach meiner Ansicht gegen ihn spricht.«
»Inwiefern?«
»Falls Inglethorp gewußt hätte, daß seine Frau gestern nacht vergiftet werden sollte, wäre er absichtlich nicht zu Hause geblieben. Seine Entschuldigung war offensichtlich falsch. Es bleiben also zwei Möglichkeiten: Entweder wußte er, was sich ereignen würde, oder er hatte einen ganz persönlichen Grund für seine Abwesenheit.«
»Was für einen Grund?« fragte ich skeptisch.

Poirot zuckte die Achseln
»Woher soll ich das wissen? Bestimmt nichts Ehrenwertes. Dieser Inglethorp ist fraglos ein unangenehmer Bursche, aber deshalb ist er nicht gleich ein Mörder.«
Ich schüttelte den Kopf, ich war nicht überzeugt.
»Sie sind also anderer Meinung«, sagte Poirot. »Macht nichts, es wird sich im Lauf der Zeit herausstellen, wer von uns recht hat. Wenden wir uns einem anderen Problem zu; was halten Sie davon, daß alle Schlafzimmertüren von innen verriegelt waren?«
»Hm...« Ich überlegte. »Man muß die Dinge logisch betrachten.«
»Sehr richtig.«
»Also – wir haben mit eigenen Augen gesehen, daß die Türen verriegelt waren, aber die Wachstropfen auf dem Fußboden und das zerstörte Testament beweisen, daß jemand während der Nacht das Zimmer betreten hat – stimmt das?«
»Ja, es stimmt, und Sie drücken sich mit bewunderungswürdiger Klarheit aus. Weiter!«
Ich fuhr ermutigt fort:
»Da die Person nicht durch das Fenster gekommen ist, muß man annehmen, daß Mrs. Inglethorp selbst die Tür von innen geöffnet hat, und das wiederum bestärkt mich in der Annahme, daß es ihr Mann gewesen ist. Es ist nur zu natürlich, daß sie ihm die Tür öffnen würde.«
Poirot schüttelte den Kopf.
»Warum sollte sie? Sie hatte die Tür zu seinem Zimmer verriegelt – und das tat sie im allgemeinen nicht –, weil sie am Nachmittag einen heftigen Streit mit ihm gehabt hatte. Nein, sie hätte ihm ganz bestimmt nicht aufgemacht.«
»Stimmen Sie mit mir überein, daß Mrs. Inglethorp selbst die Tür geöffnet haben muß?«
»Es gibt noch eine andere Möglichkeit. Sie mag vergessen haben, die Tür zum Korridor zu verriegeln, als sie ins Bett ging, und sie mag später – gegen Morgen – aufgestanden sein und es nachgeholt haben.«
»Glauben Sie das wirklich, Poirot?«

»Ich habe nicht behauptet, daß es so war, sondern, daß es so gewesen sein könnte. Und nun etwas anderes: Was halten Sie von der kurzen Unterhaltung zwischen Mrs. Cavendish und ihrer Schwiegermutter, die Sie zufällig hörten?«
»Das hatte ich ganz vergessen«, erwiderte ich nachdenklich. »Es ist und bleibt mir ein Rätsel. Ich kann nicht begreifen, daß die stolze, zurückhaltende Mrs. Cavendish sich in eine Angelegenheit einmischte, die sie nichts anging.«
»Richtig. Sehr merkwürdig, daß eine Frau wie sie sich so benehmen sollte.«
»Sehr sonderbar«, stimmte ich zu. »Aber die Sache ist unwichtig, wir brauchen uns darüber nicht die Köpfe zu zerbrechen.«
Poirot stieß einen tiefen Seufzer aus.
»Habe ich Ihnen nicht schon gesagt, daß man alles in Betracht ziehen muß? Wenn man die Tatsache nicht mit der Theorie in Einklang bringen kann, muß man die Theorie fallenlassen.«
»Nun, man wird ja sehen«, entgegnete ich ärgerlich.

Wir waren bei Poirots kleinem Haus angekommen; er führte mich in sein Zimmer hinauf und bot mir eine der winzigen russischen Zigaretten an, die er gelegentlich rauchte. Ich stellte belustigt fest, daß er die gebrauchten Zündhölzer sorgfältig in ein kleines Porzellantöpfchen tat, und mein Ärger legte sich.
Poirot stellte unsere Stühle vor das offene Fenster, von dem aus man die Dorfstraße überblicken konnte. Die Luft war angenehm warm, es würde ein heißer Tag werden.
Ein hochaufgeschossener junger Mann, der im Sturmschritt über die Straße ging, erregte meine Aufmerksamkeit, weil sich auf seinem Gesicht eine eigenartige Mischung von Entsetzen und Erregung spiegelte.
Auch Poirot war aufmerksam geworden. Er lehnte sich hinaus und sagte: »*Tiens!* Das ist Mr. Mace aus der Apotheke. Er scheint hierherzukommen.«
Der junge Mann blieb vor Poirots Haus stehen, zögerte kurz und begann auf die Tür einzuhämmern.
»Einen Augenblick, ich komme!« rief Poirot.

Er bedeutete mir, ihm zu folgen; er lief schnell die Treppe hinunter und öffnete die Haustür. Mr. Mace begann sofort zu sprechen.
»Verzeihen Sie die Störung, Monsieur Poirot, aber ich hörte, daß Sie eben vom Gutshaus zurückgekommen sind.«
»Ja, das stimmt.«
Der junge Mann befeuchtete seine trockenen Lippen. Sein Gesicht zuckte sonderbar.
»Das ganze Dorf weiß, daß Mrs. Inglethorp plötzlich gestorben ist, man sagt...«, er begann zu flüstern, »daß sie vergiftet wurde.«
Poirots Gesicht blieb ruhig und teilnahmslos.
»Wir überlassen es den Ärzten, die Todesursache festzustellen.«
»Ja, natürlich, ganz richtig«, entgegnete der junge Mann zögernd, aber dann übermannte ihn die Erregung. Er ergriff Poirots Arm und fragte heiser: »Bitte, sagen Sie mir nur eins: ist es etwa Strychnin?«
Poirot gab ihm eine unverbindliche Antwort.
Nachdem der junge Mann gegangen war, sahen wir uns an, und Poirot nickte bedeutungsvoll.
»Ja, er wird bei der gerichtlichen Voruntersuchung als Zeuge vernommen werden«, sagte er sehr ernst.
Wir gingen wieder hinauf. Als ich im Begriff war, eine Frage zu stellen, winkte Poirot ab.
»Noch nicht, *mon ami,* noch nicht. Geben Sie mir Zeit zum Nachdenken, meine Gedanken sind im Augenblick verworren, und das ist schlecht.«
Er saß zehn Minuten lang schweigend und bewegungslos am Fenster; er hob nur gelegentlich die Augenbrauen, und seine Augen wurden grüner und grüner. Schließlich seufzte er tief.
»Gut, gut! Jetzt haben sich meine Gedanken geklärt, obgleich mir der Fall noch nicht ganz klar ist. Er ist äußerst kompliziert, so daß ich selbst vor einem Rätsel stehe – ich, Hercule Poirot! Zwei Tatsachen sind wichtig...«
»Ja?«

»Erstens: das gestrige Wetter.«
»Es war ein strahlend schöner Tag – worauf wollen Sie hinaus, Poirot?«
»Es waren dreißig Grad im Schatten, und das spielt eine große Rolle, mein Freund; hier liegt des Rätsels Lösung.«
»Und der zweite Punkt?« fragte ich.
»Die bedeutungsvolle Tatsache, daß Mr. Inglethorp sehr merkwürdig gekleidet ist, einen schwarzen Bart hat und eine Brille trägt.«
»Ich glaube, Sie machen sich über mich lustig, Poirot.«
»Durchaus nicht, mein Freund.«
»Aber das ist doch kindisch.«
»Nein, es ist von ausschlaggebender Wichtigkeit.«
»Nehmen wir an, der Richter ist der Meinung, daß Inglethorp einen vorsätzlichen Mord begangen hat. Was wird dann aus Ihrer Theorie?«
»Meine Theorie würde unerschüttert bleiben, auch wenn der Richter und zwölf Geschworene einen Fehler gemacht hätten. Aber dazu wird es nicht kommen. Die Geschworenen eines Landbezirks verlassen sich selten auf ihr eigenes Urteil, und Mr. Inglethorp nahm mehr oder weniger die Stellung des Gutsherrn ein. Nein, *das* sollte ich keinesfalls gestatten...«
»*Sie* sollten es nicht gestatten?«
»Nein.«
Ich blickte den sonderbaren kleinen Mann halb belustigt und halb ärgerlich an. Er war so ungeheuer selbstsicher. Er nickte mir zu, als hätte er meine Gedanken gelesen.
»Sie haben mich richtig verstanden, *mon ami*, ich sollte es nicht zulassen.« Er stand auf und legte die Hand auf meine Schulter. Plötzlich veränderte sich sein Ausdruck völlig, und seine Augen füllten sich mit Tränen. »Ich denke an die arme tote Mrs. Inglethorp, sie war nicht besonders beliebt, das weiß ich, aber sie ist zu uns Belgiern sehr gut gewesen – wir stehen in ihrer Schuld.«
Poirot ließ sich nicht unterbrechen und fuhr fort.
»Glauben Sie mir, Hastings, sie würde es mir niemals verzeihen, wenn ich es gestatten würde, daß ihr Mann, Alfred

Inglethorp, *jetzt* verhaftet wird – wenn ein Wort von mir ihn retten könnte!«

6

Während der Zeit bis zur gerichtlichen Voruntersuchung war Poirot ununterbrochen an der Arbeit. Zweimal zog er sich mit Mr. Wells zu einer Besprechung zurück, auch ging er auf lange, einsame Spaziergänge. Ich war recht gekränkt, daß er mich nicht in sein Vertrauen zog, um so mehr, als ich keine Ahnung hatte, was er im Schilde führte.

Ich glaubte, daß er vielleicht beim Bauernhof Raikes Erkundigungen angestellt hatte, und um das herauszufinden, ging ich eines Abends über den Feldweg zu Poirots Haus, in der Hoffnung, ihn auf dem Weg zu Raikes zu treffen. Aber ich hatte kein Glück, und ich wollte nicht zur Farm selbst gehen. Auf dem Rückweg begegnete ich einem alten Bauern, der mich pfiffig von der Seite ansah.

»Sie sind doch vom Gut?« fragte er.

»Ja, ich suche einen Freund. Ich hoffte ihn auf dem Weg zur Farm zu treffen.«

»Vielleicht ein kleiner Herr – der so mit den Händen spricht? Einer von den Belgiern aus dem Dorf?«

»Ja, haben Sie ihn gesehen?« fragte ich eifrig.

»Ja, den hab ich gesehen, und sogar oft. Der ist also Ihr Freund? Ich sage ja – die Herren vom Gut, die sind richtig«, meinte er mit hämischem Lächeln.

»Kommen die Herren vom Gut oft hierher?« fragte ich so harmlos wie möglich.

Er zwinkerte vielsagend.

»*Einer* kommt oft – ich will ja keine Namen nennen – aber er ist sehr freigebig, das muß man ihm lassen – oh, vielen Dank, der Herr!«

Ich ging schnellen Schrittes weiter. Evie Howard hatte also recht gehabt! Der Gedanke an Alfred Inglethorps Freigebig-

keit mit dem Geld seiner Frau widerte mich an. War das Verbrechen des pikanten Zigeunergesichtes wegen begangen worden oder nur aus Geldgier, oder war es eine Mischung von beidem? Wahrscheinlich war es das letztere.
Poirot schien zu meinem Entsetzen fest davon überzeugt zu sein, daß sich Dorkas über den genauen Zeitpunkt des Streites irrte. Er fragte sie wiederholt, ob sie die Stimmen nicht um vier Uhr dreißig gehört habe, und nicht, wie sie behauptete, um vier.
Aber Dorkas blieb bei ihrer Aussage. Sie wußte genau, daß mehr als eine Stunde nach dem Streit vergangen sein mußte. als sie ihrer Herrin um fünf Uhr den Tee brachte.

Die gerichtliche Voruntersuchung fand am Freitag im Dorf statt, im Wirtshaus »Zum Bären«. Poirot und ich saßen zusammen; wir sollten nicht als Zeugen vernommen werden.
Die Präliminarien wurden erledigt. Die Geschworenen besichtigten die Leiche, und John Cavendish identifizierte sie. Im weiteren Verlauf der Verhandlung beschrieb er den Tod seiner Mutter und was sich in den frühen Morgenstunden abgespielt hatte.
Als nächstes kamen die medizinischen Gutachten. Es herrschte atemloses Schweigen, während sich aller Augen auf den berühmten Londoner Toxikologen richteten. Er faßte das Resultat der Obduktion kurz zusammen, das darauf hinauslief, daß Mrs. Inglethorp an Strychninvergiftung gestorben war. Nach den Rückständen zu urteilen, mußte sie mindestens drei Viertel Gran genommen haben, wahrscheinlich aber ein Gran oder etwas mehr.
»Ist es möglich, daß sie das Gift versehentlich geschluckt hat?« fragte der Richter.
»Das würde ich kaum annehmen. Strychnin wird nicht, wie viele andere Gifte, im Haushalt verwandt, und es darf nicht frei verkauft werden.«
»Haben Sie irgendeinen Anhaltspunkt, auf welche Weise ihr das Gift zugeführt wurde?«
»Nein.«

»Wie ich höre, sind Sie vor Dr. Wilkins in ›Styles‹ angekommen.«
»Das stimmt. Ich begegnete dem Auto kurz vor dem Parktor und ging, so schnell ich konnte, zum Gutshaus.«
»Wollen Sie uns genau beschreiben, was sich dann ereignete?«
»Ich betrat Mrs. Inglethorps Zimmer und fand sie in einem starrkrampfähnlichen Zustand vor. Sie wandte sich mir zu und sagte schweratmend: ›Alfred – Alfred –‹«
»Hätte sich das Strychnin in der Tasse Kaffee befinden können, die Mr. Inglethorp seiner Frau nach dem Abendessen brachte?«
»Möglich, aber Strychnin wirkt ziemlich schnell. Die Symptome treten ein bis zwei Stunden nach Einnahme des Giftes auf. Die Wirkung kann unter gewissen Umständen eine langsamere sein, die jedoch im Fall von Mrs. Inglethorp nicht zutreffend sind. Ich nehme an, daß Mrs. Inglethorp den Kaffee nach dem Essen, gegen acht, getrunken hat, jedoch zeigten sich die Symptome erst in den frühen Morgenstunden; daraus müßte man zunächst einmal schließen, daß das Gift wesentlich später eingenommen wurde.«
»Mrs. Inglethorp trank gewöhnlich gegen Mitternacht eine Tasse Kakao. Könnte das Strychnin in dem Kakao gewesen sein?«
»Nein, ich habe selbst eine Probe des Kakaorestes aus dem Kochtopf genommen und sie analysieren lassen. Sie enthielt kein Strychnin.«
Ich hörte Poirot leise vor sich hin kichern.
»Woher wußten Sie es?« flüsterte ich.
»Hören Sie zu!«
»Ich möchte hinzufügen, daß ich über ein anderes Ergebnis der Analyse sehr erstaunt gewesen wäre«, fuhr der Arzt fort.
»Warum?«
»Weil Strychnin einen außergewöhnlich bitteren Geschmack hat. Man kann es in einer Lösung von eins zu siebzehntausend herausschmecken, und es kann nur durch einen besonders starken Geschmack vertuscht werden, bestimmt nicht durch Kakao.«

Einer der Geschworenen fragte, ob das gleiche für Kaffee zutreffe.
»Nein, der bittere Geschmack von Kaffee würde den Strychningeschmack verbergen.«
»Sie halten es also für wahrscheinlicher, daß das Gift im Kaffee war, aber daß die Wirkung aus unbekannten Gründen hinausgeschoben wurde?«
»Ja, aber da die Tasse in Scherben war, bestand keine Möglichkeit, den Inhalt zu analysieren.«
Das beendete Dr. Bauersteins Aussage, die von Dr. Wilkins in allen Punkten bestätigt wurde. Die Möglichkeit eines Selbstmordes wies er unbedingt von der Hand. Er sagte, daß die Tote zwar ein schwaches Herz gehabt habe, sonst aber kerngesund gewesen sei. »Sie ist eine fröhliche, ausgeglichene Frau gewesen und bestimmt keine Selbstmordkandidatin«, fügte er hinzu.
Als nächster wurde Lawrence Cavendish aufgerufen. Seine Aussage war uninteressant, da sie nur eine Bestätigung der Aussage seines Bruders war. Als er im Begriff war, die Stufen hinunterzugehen, zögerte er einen Augenblick, dann sagte er:
»Ich habe noch eine Idee – darf ich sie aussprechen?«
Er sah den Richter fragend an.
»Selbstverständlich, Mr. Cavendish«, erwiderte der Richter schnell. »Wir sind hier, um die Wahrheit zu ergründen, und wir begrüßen jede Anregung, die uns diesem Ziel näherbringen mag.«
»Ich kann mich natürlich irren, aber ich würde es durchaus für möglich halten, daß der Tod meiner Mutter auf natürliche Ursachen zurückzuführen ist.«
»Womit begründen Sie diese Theorie, Mr. Cavendish?«
»Meine Mutter hat seit einiger Zeit ein Stärkungsmittel eingenommen, das Strychnin enthielt.«
»So?« sagte der Richter interessiert, und auch die Zeugen blickten auf.
»Meines Wissens gab es Fälle, in denen der anhaltende Genuß einer derartigen Medizin den Tod hervorgerufen hat«, fuhr Lawrence fort. »Wäre es nicht außerdem möglich, daß sie

versehentlich eine zu große Dosis dieser Medizin eingenommen hat?«
»Wir haben eben aus Ihrem Munde zum erstenmal erfahren, daß Mrs. Inglethorp ein Stärkungsmittel, das Strychnin enthielt, bis zu ihrem Tode zu nehmen pflegte. Wir sind Ihnen für diese Information sehr dankbar, Mr. Cavendish.«
Dr. Wilkins wurde nochmals aufgerufen, jedoch hielt er diese Idee für lächerlich.
»Mr. Cavendishs Theorie ist ganz falsch, das wird Ihnen jeder Arzt bestätigen. In gewissem Sinn ist Strychnin ein kumulatives Gift, aber es kann keinesfalls zu einem Todesfall dieser Art führen, ohne daß sich seit langer Zeit chronische Beschwerden gezeigt hätten, die mir sofort aufgefallen wären. Es ist eine absurde Idee.«
»Und die andere Idee? Was wäre geschehen, wenn Mrs. Inglethorp versehentlich eine zu große Dosis eingenommen hätte?«
»Selbst eine vierfache Dosis würde den Tod nicht herbeigeführt haben. Mrs. Inglethorp bestellte immer eine große Flasche Medizin, da sie sie aus der Apotheke Coots in Tadminster bezog. Sie hätte fast die ganze Flasche auf einmal austrinken müssen, um das bei der Obduktion im Körper befindliche Quantum von Strychnin zu erklären.«
»Sie sind also der Ansicht, daß wir dieses Stärkungsmittel in keiner Weise mit ihrem Tod in Verbindung bringen sollten?«
»Durchaus. Ich halte die Idee, wie gesagt, für lächerlich.«
Derselbe Geschworene, der schon einmal eine Frage gestellt hatte, meinte, daß der Apotheker vielleicht einen Fehler bei der Zubereitung der Medizin gemacht haben könnte.
»Das wäre allerdings möglich«, meinte der Arzt.
Aber Dorkas, die nächste Zeugin, widerlegte auch diesen Verdacht. Die Medizin war bereits vor Wochen geliefert worden, und Mrs. Inglethorp hatte am Tag ihres Todes die letzte Dosis eingenommen.
Damit wurde die Frage der Stärkungsmedizin endgültig als erledigt betrachtet, und der Richter fuhr mit der Untersuchung fort. Nachdem er gehört hatte, daß Dorkas durch heftiges

Klingeln aus dem Schlafzimmer ihrer Herrin geweckt worden war und daraufhin die anderen Bewohner des Hauses aufgeweckt hatte, ging er zu einem weiteren Punkt über, und zwar zu dem am Nachmittag des Todestages stattgefundenen Streit. Der Inhalt der Aussage von Dorkas war Poirot und mir bereits hinreichend bekannt, daher will ich ihn hier nicht wiederholen.

Die nächste Zeugin war Mary Cavendish. Sie stand kerzengerade und sprach mit einer klaren, tiefen und völlig ruhigen Stimme. Sie berichtete, daß ihr Wecker sie, wie gewöhnlich, um vier Uhr dreißig geweckt hatte; während sie sich anzog, hörte sie plötzlich das Geräusch eines fallenden Gegenstandes.

»Wahrscheinlich der Tisch neben dem Bett«, warf der Richter ein.

»Ich öffnete meine Tür und lauschte«, fuhr Mary fort. »Wenige Minuten später hörte ich stürmisches Klingeln, Dorkas kam die Treppe heruntergerannt und weckte meinen Mann, dann gingen wir alle zum Zimmer meiner Schwiegermutter, das jedoch verriegelt war, und –«

Der Richter unterbrach sie.

»Ich glaube, wir brauchen Sie nicht weiter zu bemühen, da uns die folgenden Ereignisse bekannt sind, aber ich wäre Ihnen sehr verbunden, wenn Sie uns alles über den Streit sagen würden, dem Sie am Tag vorher zuhörten.«

»Ich?« Ihr Ton war leicht arrogant. Sie hob die Hand, um ihren Spitzenkragen zurechtzurücken. Ich hatte plötzlich das Gefühl, daß sie versuchte, Zeit zu gewinnen.

»Ja, ich hörte, daß Sie auf der Bank vor dem Fenster des Boudoirs gesessen und gelesen haben«, fuhr der Richter bedächtig fort. »Das entspricht doch den Tatsachen, nicht wahr?«

Das war mir neu, und ich glaubte mit einem Seitenblick auf Poirot feststellen zu können, daß auch er bisher nichts davon gewußt hatte.

Nach einer kurzen, kaum wahrnehmbaren Pause erwiderte sie:

»Ja, das stimmt.«

»Und das Fenster zum Boudoir war offen, nicht wahr?«
Ich glaube bestimmt, daß sie erblaßte, als sie »ja« sagte.
»Dann müssen Sie die Stimmen aus dem Boudoir gehört haben, besonders da sie laut und ärgerlich waren. Sie hätten von Ihrer Bank aus sogar deutlicher sein müssen als in der Halle.«
»Das ist möglich.«
»Wollen Sie wiederholen, was Sie hörten?«
»Ich kann mich nicht erinnern!«
»Wollen Sie behaupten, daß Sie die Stimmen nicht hörten?«
»Doch, die Stimmen habe ich gehört, aber nicht, was sie sagten.«
Leicht errötend fuhr sie fort: »Es ist nicht meine Art, Unterhaltungen privater Natur zuzuhören.«
Aber der Richter gab nicht nach.
»Und Sie erinnern sich wirklich an *nichts,* Mrs. Cavendish? Nicht einmal an ein Wort oder einen Satz, aus dem Sie entnahmen, daß die Unterhaltung *tatsächlich* privater Natur war?«
Sie schien nachzudenken; äußerlich blieb sie so ruhig wie zuvor. Schließlich sagte sie:
»Ja, ich entsinne mich, allerdings nicht genau, daß Mrs. Inglethorp etwas erwähnte – einen Skandal – eine Entfremdung zwischen ihr und ihrem Mann...«
Der Richter lehnte sich befriedigt zurück.
»Das würde mit der Aussage von Dorkas übereinstimmen. Aber, verzeihen Sie die Frage, Mrs. Cavendish, obgleich Sie erkannten, daß es sich um eine persönliche Angelegenheit handelte, sind Sie nicht aufgestanden und fortgegangen?«
Ich bemerkte den haßerfüllten Ausdruck in ihren bernsteinfarbenen Augen. Ich war davon überzeugt, daß sie den Richter in diesem Augenblick gern in Stücke gerissen hätte, jedoch antwortete sie ruhig:
»Nein, ich saß gemütlich auf der Bank und konzentrierte mich auf mein Buch.«
»Sonst haben Sie uns nichts zu erzählen?«
»Nein, sonst nichts.«

Das Verhör war abgeschlossen, jedoch bezweifelte ich, daß der Richter mit dem Resultat zufrieden war. Ich glaube, er nahm an, daß Mary Cavendish mehr hätte aussagen können.
Als nächste wurde Amy Hill aufgerufen; sie war die Verkäuferin, die dem Untergärtner William Earl an jenem Nachmittag ein Testamentsformular verkauft hatte.
Es folgten William Earl und Manning, die bezeugten, daß sie ein Dokument unterzeichnet hatten. Manning war der Meinung, daß es etwa vier Uhr dreißig gewesen war, William glaubte, es sei etwas früher gewesen.
Als nächstes wurde Cynthia Murdoch vernommen, jedoch wußte sie wenig zu sagen. Sie ahnte nichts von der Tragödie, bis sie von Mrs. Cavendish geweckt wurde.
»Haben Sie den Tisch umfallen hören?«
»Nein, ich habe fest geschlafen.«
Der Richter lächelte.
»Ein gutes Gewissen ist das beste Ruhekissen. Ich danke Ihnen, Miss Murdoch, das wäre alles.«
»Miss Howard!«
Miss Howard legte den Brief vor, den Mrs. Inglethorp ihr am Abend des 17. Juli geschrieben hatte und den Poirot und ich natürlich schon kannten. Er lautete folgendermaßen:

»Meine liebe Evie,
können wir die Streitaxt nicht begraben? Es fällt mir nicht leicht, die Dinge zu vergessen, die Sie über meinen Mann sagten, aber ich bin eine alte Frau und habe Sie sehr gern.

Mit herzlichen Grüßen
Ihre
Emily Inglethorp.«

Der Brief wurde den Geschworenen gereicht, die ihn genau betrachteten.
»Leider hilft uns das nicht viel weiter«, meinte der Richter seufzend, »da die Ereignisse des Nachmittags nicht erwähnt werden.«
»Ist doch sonnenklar«, erklärte Miss Howard. »Die arme alte

Emily hatte endlich herausgefunden, daß man sie zum besten gehalten hat.«
»Das geht aber aus diesem Brief nicht hervor«, entgegnete der Richter.
»Nein, weil Emily es niemals fertigbrachte zuzugeben, daß sie im Unrecht war. Aber *ich* kenne sie. Sie wollte, daß ich zurückkomme, aber sie wollte mir nicht eingestehen, daß ich recht hatte. Deshalb hat sie eine direkte Anspielung vermieden, wie es die meisten Leute in solchen Fällen tun. Ich persönlich habe dafür kein Verständnis.«
Mr. Wells lächelte schwach, auch einige der Zeugen schmunzelten. Man hielt Miss Howard wohl für ein Original.
»Außerdem ist dieser ganze Unsinn hier nur Zeitverschwendung«, fuhr sie unbeirrt fort und blickte vom Richter zu den Zeugen. »Nichts als Gerede, dabei wissen wir alle nur zu genau...«
»Vielen Dank, Miss Howard«, unterbrach der Richter ihren Wortschwall.
Ich glaubte, einen Seufzer der Erleichterung zu hören, nachdem er sie zum Schweigen gebracht hatte.
Darauf folgte die Sensation des Tages, als Albert Mace aufgerufen wurde.
Er war unser aufgeregter junger Mann mit dem blassen Gesicht. Auf die Frage des Richters sagte er, er sei geprüfter Apotheker und erst kürzlich in diese Apotheke gekommen; der frühere Assistent sei zum Militärdienst einberufen worden.
Nachdem diese Präliminarien erledigt waren, kam der Richter zur Sache.
»Mr. Mace, haben Sie letzthin Strychnin ohne Rezept verkauft?«
»Ja.«
»Wann war das?«
»Letzten Montag abend.«
»Montag? Nicht Dienstag?«
»Nein. Am Montag, den 16. Juli.«
»Wollen Sie uns sagen, an wen Sie es verkauft haben?«

Es war so still, daß man das Fallen einer Stecknadel hätte hören können.
»Ja, es war Mr. Inglethorp.«
Aller Augen richteten sich auf Alfred Inglethorp, der ruhig und teilnahmslos dasaß. Er zuckte zusammen, als der junge Mann die vernichtenden Worte aussprach. Ich glaubte, daß er vom Stuhl aufstehen würde, aber er blieb sitzen, und ein gut gespielter Ausdruck des Erstaunens trat auf sein Gesicht.
»Sind Sie ganz sicher?« fragte der Richter streng.
»Ja, ich bin ganz sicher.«
»Verkaufen Sie oft Strychnin über den Ladentisch – ohne Rezept?«
Der unglückliche junge Mann wäre unter dem vorwurfsvollen Blick des Richters am liebsten in den Boden versunken.
»Nein, natürlich nicht, aber da ich wußte, wer er ist, habe ich mir nichts dabei gedacht. Ich glaubte, daß sie auf dem Gut einen Hund vergiften wollten.«
Der junge Mann tat mir leid; er hatte es wahrscheinlich gut gemeint und wollte die Kundschaft vom Gut nicht verlieren.
»Müssen bei Giftkäufen nicht Rezepte vorgelegt oder zum mindesten schriftliche Bestätigungen gegeben werden?«
»Ja, ich habe Mr. Inglethorps Unterschrift in dem Buch, in das alle Verkäufe von Giften und Drogen eingeschrieben werden.«
»Haben Sie dieses Buch mitgebracht?«
»Jawohl.«
Das Buch wurde vorgezeigt, und der Richter entließ den unglücklichen Mr. Mace mit einer strengen Verwarnung.
Als Alfred Inglethorp aufgerufen wurde, herrschte atemlose Stille. Wußte er, wie eng die Schlinge bereits um seinen Hals gezogen war?
Der Richter kam sofort zur Sache.
»Haben Sie am vergangenen Montag abend Strychnin gekauft, um damit einen Hund zu vergiften?«
Inglethorp erwiderte in größter Ruhe:
»Nein, das habe ich nicht getan. Wir haben auf dem Gut nur einen Hund, der die Schafe hütet, und der ist kerngesund.«

»Sie leugnen also, am vergangenen Montag von Albert Mace Strychnin gekauft zu haben?«
»Ja.«
»Leugnen Sie auch dieses ab?«
Der Richter überreichte ihm das Buch mit seiner Unterschrift.
»Selbstverständlich. Ich habe eine ganz andere Handschrift, ich werde es Ihnen vorführen.«
Er nahm einen Briefumschlag aus der Tasche, schrieb seinen Namen darauf und gab ihn dem Richter. Die Unterschrift war tatsächlich völlig verschieden von der im Buch des Apothekers.
»Wie erklären Sie sich dann Mr. Maces Aussage?«
»Mr. Mace muß sich irren«, entgegnete Inglethorp gefaßt.
Der Richter zögerte einen Augenblick, dann sagte er:
»Würden Sie uns, der Ordnung halber, mitteilen, wo Sie am Abend des 16. Juli waren?«
»Ich kann mich leider nicht entsinnen.«
»Das ist lächerlich«, entgegnete der Richter scharf. »Ich bitte Sie, es sich nochmals zu überlegen.«
Inglethorp schüttelte den Kopf.
»Ich kann es Ihnen nicht sagen, ich muß wohl spazierengegangen sein.«
»In welche Richtung?«
»Daran kann ich mich nicht mehr erinnern.«
Das Gesicht des Richters wurde sehr ernst. »Waren Sie in Gesellschaft?«
»Nein.«
»Sind Sie irgend jemandem begegnet?«
»Nein.«
»Schade«, meinte der Richter trocken. »Ich schließe aus Ihren Antworten, daß Sie sich weigern, uns zu sagen, wo Sie sich während der Zeit befunden haben, in der Sie, nach Mr. Maces Aussage, in der Apotheke Strychnin gekauft haben?«
»Wenn Sie es so auslegen wollen – ja.«
»Ich warne Sie, Mr. Inglethorp.«
Poirot rang nervös die Hände.
»Sacré«, murmelte er. »*Will* dieser Idiot *unbedingt* verhaftet

werden?«
Inglethorp machte wirklich einen sehr schlechten Eindruck; nicht einmal ein Kind hätte ihm seine dummen Lügen geglaubt. Der Richter ging jedoch zu einem anderen Punkt über, und Poirot seufzte erleichtert auf.
»Am Dienstag nachmittag hatten Sie eine Auseinandersetzung mit Ihrer Frau...«
»Verzeihung, man muß Sie falsch unterrichtet haben«, unterbrach ihn Inglethorp. »Ich habe mich nicht mit meiner geliebten Frau gezankt, das ist eine Verleumdung. Ich war während des ganzen Nachmittags nicht im Haus.«
»Können Sie mir eine Person nennen, die das bezeugen kann?«
»Sie müssen sich auf mein Wort verlassen«, erwiderte Inglethorp hochmütig.
Der Richter nahm sich nicht die Mühe, darauf zu antworten.
»Wir haben zwei Zeugen, die bereit sind, zu beschwören, daß sie den Streit mit angehört haben.«
»Diese Zeugen irren sich.«
Ich war erstaunt. Der Mann sprach so ruhig und überzeugt. Ich sah Poirot von der Seite an, sein glücklicher Ausdruck war mir unverständlich. War er endlich von Alfred Inglethorps Schuld überzeugt?
»Sie haben eben gehört, welches die letzten Worte Ihrer Frau waren, Mr. Inglethorp«, sagte der Richter. »Können Sie sie uns erklären?«
»Ja, natürlich.«
»Bitte, tun Sie es.«
»Die Erklärung ist ganz einfach. Das Zimmer war schwach erleuchtet, Dr. Bauerstein ist etwa so groß wie ich und hat eine ähnliche Figur. Auch er trägt einen Bart. Meine arme Frau muß ihn in dem dämmrigen Licht mit mir verwechselt haben.«
»Das wäre eine Idee«, meinte Poirot leise.
»Halten Sie es für die Wahrheit?« flüsterte ich.
»Nicht unbedingt; jedenfalls wäre es nicht unmöglich.«
»Sie legen die letzten Worte meiner Frau als eine Beschuldigung aus«, fuhr Inglethorp fort, »dagegen waren sie in Wirk-

lichkeit ein Hilferuf.«
Der Richter überlegte einen Augenblick, dann sagte er:
»Ich glaube, Sie selbst schenkten an dem Abend den Kaffee ein und brachten ihn Ihrer Frau?«
»Ich habe ihn eingeschenkt, aber nicht zu ihr gebracht. Ich hatte es vor, aber man sagte mir, daß ein Freund an der Haustür auf mich warte. Auf dem Weg stellte ich den Kaffee auf dem Tisch in der Halle ab. Als ich einige Minuten später wieder durch die Halle kam, war die Tasse nicht mehr da.«
Diese Aussage mochte auf Wahrheit beruhen oder nicht, jedenfalls schien sie Inglethorps Lage nicht zu verbessern, da er in jedem Fall genügend Zeit gehabt hätte, das Gift in den Kaffee zu tun.
In diesem Augenblick stieß mich Poirot an und lenkte meine Aufmerksamkeit auf zwei Männer, die nebeneinander in der Nähe der Tür saßen. Einer war klein und dunkel, er hatte ein spitzes, scharfes Gesicht, der andere war groß und blond.
Ich blickte Poirot fragend an, und er flüsterte mir ins Ohr:
»Wissen Sie, wer der Kleine ist?«
Ich schüttelte den Kopf.
»Kriminalinspektor James Japp von Scotland Yard, genannt Jimmy. Die Ereignisse überstürzen sich, *mon ami.*«
Ich betrachtete die beiden mit Interesse. Ich wäre nie auf den Gedanken gekommen, daß sie etwas mit der Kriminalpolizei zu tun haben könnten. Ich sah sie noch immer fasziniert an, als das Urteil verkündet wurde.
»Vorsätzlicher Mord; der oder die Täter sind unbekannt.«

7

Als wir das Wirtshaus »Zum Bären« verließen, zog Poirot mich sanft zur Seite. Ich begriff, daß er auf die beiden Leute von Scotland Yard wartete, die auch wenige Minuten später erschienen.
Poirot ging sofort auf sie zu und sagte zu dem kleineren:

»Ich fürchte, Sie erinnern sich nicht mehr an mich, Inspektor Japp.«
»Doch – natürlich, Poirot!« rief der Inspektor, dann sagte er zu seinem Kollegen: »Ich habe Ihnen doch von Mr. Poirot erzählt, nicht wahr? Im Jahre 1904 haben wir zusammengearbeitet – es handelte sich um den Falschmünzerskandal Abercrombie –, er wurde schließlich in Brüssel gefaßt; ja, das waren noch Zeiten! Und entsinnen Sie sich an den ›Baron‹ Altara? Das war ein Gauner! Es gelang ihm, der Polizei von halb Europa zu entkommen, aber wir sind ihm in Antwerpen auf die Spur gekommen, und zwar mit Hilfe von Mr. Poirot.«
Während er in Erinnerungen schwelgte, trat ich einen Schritt näher und wurde Inspektor Japp vorgestellt, der uns seinerseits mit Superintendent Summerhaye bekannt machte.
»Ich brauche mich wohl nicht zu erkundigen, was Sie herführt, Gentlemen«, meinte Poirot.
Japp drückte verschmitzt die Augen zu.
»Ich glaube nicht – ziemlich klarer Fall, nicht wahr?«
Aber Poirot erwiderte mit ernster Miene:
»Leider bin ich anderer Ansicht.«
Superintendent Summerhaye öffnete den Mund zum erstenmal:
»Ich bitte Sie, Mr. Poirot, die Sache ist doch sonnenklar. Der Mann ist auf frischer Tat ertappt worden, ich begreife nur nicht, wieso er so töricht war.«
Aber Japp blickte Poirot erwartungsvoll an.
»Legen Sie sich nicht fest, Summerhaye«, bemerkte er schließlich in scherzhaftem Ton. »Poirot und ich sind alte Freunde und Kollegen, und ich habe die größte Hochachtung vor seinem Urteil. Wenn ich mich nicht sehr irre, verfolgt er eine gewisse Spur. Habe ich recht, Monsieur?«
Poirot lächelte.
»Ja, ich habe eine bestimmte Theorie.«
Summerhaye betrachtete Poirot noch immer ziemlich skeptisch, aber Japp fuhr fort:
»Wir haben den Fall bisher nur – sozusagen – von außen gesehen. Wenn erst nach der gerichtlichen Voruntersuchung

festgestellt wurde, daß es sich tatsächlich um einen Mord handelt, ist die Polizei natürlich im Nachteil. Es hängt viel davon ab, sofort zur Stelle zu sein, und in diesem Punkt war Poirot günstiger dran. Wir wären sogar später hiergewesen, wenn nicht zufällig ein Arzt an Ort und Stelle gewesen wäre, der uns durch den Richter von der Sache wissen ließ. Poirot, der von Anfang an hier war, mag sich ein eigenes Urteil gebildet haben. Nach den Zeugenaussagen zu urteilen, hat Alfred Inglethorp fraglos seine Frau umgebracht, und jedem anderen, der das Gegenteil behauptete, würde ich ins Gesicht lachen. Ich muß sagen, ich war erstaunt, daß man Inglethorp nicht sogleich des vorsätzlichen Mordes bezichtigt hat. Ich glaube auch, daß die Geschworenen es getan hätten, wenn der Richter anders reagiert hätte – ich hatte fast das Gefühl, daß er versuchte, sie zurückzuhalten.«

»Vielleicht haben Sie bereits einen Haftbefehl in der Tasche«, meinte Poirot.

Japps ausdrucksvolles Gesicht verwandelte sich in eine starre Maske.

»Vielleicht ja, vielleicht nein«, entgegnete er trocken.

Poirot betrachtete ihn nachdenklich.

»Mir liegt sehr viel daran, daß er nicht verhaftet wird, Messieurs.«

»Das glaube ich gern«, bemerkte Summerhaye ironisch.

Japp starrte Poirot in komischer Ratlosigkeit an.

»Könnten Sie nicht etwas mehr verraten, Mr. Poirot? Eine Andeutung – ein Fingerzeig von Ihnen bedeutet uns viel. Außerdem waren Sie an Ort und Stelle, und – Scotland Yard möchte keinen Fehler machen.«

Poirot nickte ernst.

»Genau was ich auch denke. Machen Sie, was Sie wollen, verhaften Sie Mr. Inglethorp, aber glauben Sie mir, es wird Ihnen keine Lorbeeren eintragen – die Anklage gegen ihn wird sofort zurückgezogen werden – *comme ça!*« Er schnalzte vielsagend mit den Fingern.

Japps Gesicht wurde ernst, obwohl Summerhaye ein verächtliches Grunzen von sich gab. Mir selbst blieb der Mund vor

Erstaunen offenstehen; es gab nur eine Erklärung: Poirot mußte den Verstand verloren haben.
Japp wischte sich die feuchte Stirn mit dem Taschentuch ab. »Das ist unmöglich, Mr. Poirot. *Ich* würde mich auf Sie verlassen, aber ich muß leider an meine Vorgesetzten denken, die mich für verrückt halten würden. Könnten Sie sich nicht etwas klarer ausdrücken?«
Poirot überlegte einen Augenblick.
»Wenn Sie unbedingt darauf bestehen – aber ich tue es sehr ungern, da ich es für besser hielte, im Augenblick allein zu arbeiten, aber wie Sie so richtig andeuteten, das Wort eines alternden, ehemaligen belgischen Kriminalbeamten genügt nicht. Alfred Inglethorp darf nicht verhaftet werden, das habe ich mir geschworen, wie mein Freund Hastings weiß. Gehen Sie jetzt nach ›Styles‹, lieber Japp?«
»In etwa einer halben Stunde. Wir wollen zuerst mit dem Richter und mit dem Arzt sprechen.«
»Gut. Holen Sie mich in einer halben Stunde unterwegs ab – es ist das letzte Haus im Dorf – ich komme mit Ihnen. In ›Styles‹ wird Ihnen Mr. Inglethorp Beweise geben – oder wenn er sich weigert, werde ich es tun –, auf die hin Sie überzeugt sein werden, daß die Anklage gegen ihn auf schwachen Füßen steht. Ist Ihnen das recht?«
»Sehr recht«, erwiderte Japp herzlich. »Darf ich Ihnen als Vertreter von Scotland Yard meinen Dank aussprechen, obwohl ich im Augenblick mit dem besten Willen den schwachen Punkt der Aussagen nicht entdecken kann. Aber Sie haben schon immer über einen bemerkenswerten Spürsinn verfügt. Auf später, Monsieur!«
Die beiden Kriminalbeamten entfernten sich; Summerhaye grinste spöttisch.
Bevor ich Gelegenheit hatte, etwas zu sagen, rief Poirot:
»Nun, mein Freund, was halten Sie davon! *Mon dieu!* Mir wurde während der Verhandlung himmelangst; wer hätte gedacht, daß der Bursche so dickköpfig sein würde, nichts zu sagen? Er hat sich tatsächlich wie ein Verrückter benommen.«
»Hm... Verrücktheit ist meiner Ansicht nach nicht die einzig

mögliche Erklärung«, entgegnete ich. »Wenn er schuldig sein sollte, könnte er sich bestimmt nur durch Schweigen verteidigen, nicht wahr?«

»Haben Sie denn gar keine Phantasie, mein Freund? Wenn *ich* das Verbrechen begangen hätte, könnte ich mir mindestens sieben glaubwürdige Versionen ausdenken, die alle eindrucksvoller wären, als sein eisernes Schweigen.«

Ich mußte lachen.

»Ich bin davon überzeugt, daß Sie sich siebzig Versionen ausdenken könnten, lieber Poirot. Aber, Spaß beiseite, ich kann mir nicht vorstellen, daß Sie noch immer von Inglethorps Unschuld überzeugt sind.«

»Warum sollte ich jetzt nicht mehr davon überzeugt sein! Es hat sich inzwischen nichts geändert.«

»Aber die Beweise sind so überzeugend.«

»Ja, zu überzeugend!«

Wir gingen durch das Gartentor und in sein Haus; dort stiegen wir die nun schon wohlbekannte Treppe zu seinem Zimmer hinauf.

»Ja, ja, *zu* überzeugend«, murmelte Poirot. »Die wirklichen Beweise sind meistens unbestimmt und nicht sehr zufriedenstellend. Sie müssen gründlich untersucht und gesichtet werden. Aber in diesem Fall ist alles klar, wie nach Maß gemacht. Nein, mein Freund, das Ganze ist so raffiniert, daß es seinen Zweck verfehlt.«

»Wie kommen Sie darauf?«

»Solange die Beweise gegen ihn unbestimmt und ungreifbar waren, war es schwer, sie zu widerlegen. Aber in seiner Angst hat der Verbrecher das Netz so fest zugezogen, daß Inglethorp mit einem Ruck loskommen wird.«

Ich schwieg, und Poirot fuhr fort:

»Betrachten wir die Dinge einmal folgendermaßen: ein Mann plant, seine Frau zu vergiften. Bis vor kurzem hat er sich seinen Lebensunterhalt selbst verdient, er kann also nicht ganz unintelligent sein. Was unternimmt er? Er geht zum Dorfapotheker, kauft unter Angabe seines richtigen Namens Strychnin, erzählt eine Lügengeschichte von einem zu vergiftenden Hund, die sich als falsch herausstellen muß. Er benutzt das Gift nicht am selben Tag, sondern er wartet, bis er einen heftigen Streit mit seiner Frau hat, von dem der ganze Haushalt weiß und demzufolge sich der Verdacht auf ihn richten muß. Er denkt nicht daran, sich ein Alibi zu verschaffen, obwohl er wissen muß, daß der Apotheker über den Giftkauf berichten wird. Lächerlich! Wollen Sie mir weismachen, daß sich der Mann so idiotisch benehmen könnte? Nur ein Verrückter, der Selbstmord durch den Strick begehen will, würde so handeln.«

»Ich verstehe noch immer nicht –«, begann ich. Er unterbrach mich.

»Ich auch nicht, *mon ami*. Ich stehe vor einem Rätsel – ich – Hercule Poirot!«

»Wie erklären Sie den Strychninkauf, wenn Sie ihn für unschuldig halten?«

»Ganz einfach; er hat es *nicht* gekauft.«

»Aber Mace hat ihn wiedererkannt.«

»*Pardon, mon ami,* er sah einen Mann mit einem schwarzen Bart und einer Brille wie Mr. Inglethorp, der Mr. Inglethorps auffallende Kleidung trug. Er kann den Mann, den er wahrscheinlich nur von weitem gesehen hat, nicht wiedererkannt haben; Sie erinnern sich, daß er erst seit vierzehn Tagen im Dorf ist und Mrs. Inglethorp die meisten Einkäufe bei Coots in Tadminster macht.«

»Sie glauben also ...«

»*Mon ami,* erinnern Sie sich an die beiden Punkte, von denen ich sprach? Vergessen Sie den ersten für den Augenblick – was war der zweite?«

»Die wichtige Tatsache, daß Alfred Inglethorp einen schwarzen Bart und eine Brille trägt und merkwürdig gekleidet ist«, erwiderte ich.

»Sehr richtig. Nun nehmen Sie einmal an, daß sich jemand als John oder Lawrence Cavendish ausgeben möchte. Wäre das leicht?«

»Nein«, bemerkte ich, »obgleich ein Schauspieler vielleicht –« Poirot unterbrach mich rücksichtslos.

»Und warum wäre es nicht leicht? Ich werde es Ihnen sagen, mein Freund: weil beide glattrasiert sind. Nur einem genialen Schauspieler würde es gelingen, sich im hellen Tageslicht als einer der beiden auszugeben, und auch nur dann, wenn er eine gewisse Ähnlichkeit mit ihnen hätte. Aber bei Alfred Inglethorp liegt der Fall anders. Seine Kleidung, sein Bart, die Brille, die die Augen verbirgt, ziehen die Aufmerksamkeit auf sich. Und was ist der Hauptinstinkt des Verbrechers? Den Verdacht von sich abzulenken, nicht wahr? Und auf welche Weise kann er das am besten tun? Indem er ihn auf einen anderen lenkt. In diesem Fall war der andere nicht schwer zu finden, da alle bereit waren, an Alfred Inglethorps Schuld zu glauben. Es war vorauszusehen, daß er unter Verdacht stehen würde, aber um sicherzugehen, muß man greifbare Beweise haben, wie zum Beispiel den Giftkauf, und der Verkäufer würde sich bestimmt an einen so auffallend aussehenden Mann erinnern. Vergessen Sie nicht, daß der junge Mace Inglethorp vorher nicht gekannt hat, warum sollte er also bezweifeln, daß dieser Mann Alfred Inglethorp war?«
»Das ist durchaus möglich«, sagte ich, von Poirots Redestrom beeindruckt, »aber wenn das der Fall war, warum will er nicht sagen, wo er am Montag nachmittag um sechs gewesen ist?«
»Das ist allerdings ein stichhaltiger Einwand«, meinte Poirot, der sich allmählich etwas beruhigte. »Im Fall seiner Verhaftung würde er wahrscheinlich sprechen, aber ich will nicht, daß es dazu kommt. Ich muß ihm den Ernst seiner Lage klarmachen. Natürlich muß sein Schweigen einen verdächtigen Grund haben. Wenn er seine Frau auch nicht ermordet hat, ist er doch ein Gauner, der bestimmt irgend etwas zu verbergen hat.«
»Was könnte es sein?« fragte ich.
Obgleich ich im Augenblick Poirots Standpunkt begriff, war ich im Grunde genommen noch immer davon überzeugt, daß die offensichtliche Schlußfolgerung die richtige war.
»Können Sie es nicht erraten?« fragte Poirot lächelnd.
»Nein. Und Sie?«
»O ja, ich hatte eine bestimmte Idee, die sich als richtig

erwiesen hat.«
»Davon haben Sie mir nie erzählt«, sagte ich vorwurfsvoll.
Poirot spreizte entschuldigend die Hände.
»*Pardon, mon ami,* Sie waren bisher nicht sehr *sympathique.*«
Dann fuhr er ernst fort: »Sehen Sie jetzt ein, daß er nicht verhaftet werden darf?«
»Vielleicht«, sagte ich unsicher, denn Alfred Inglethorps Schicksal war mir ziemlich gleichgültig; ich glaubte, daß ihm ein gehöriger Schrecken nicht schaden würde.
Poirot, der mich angestrengt beobachtete, seufzte.
»Sagen Sie, mein Freund, was hielten Sie sonst von der Voruntersuchung, abgesehen von Alfred Inglethorp?«
»Nichts Besonderes: Sie verlief eigentlich wie erwartet.«
»Ist Ihnen nichts aufgefallen?«
Ich dachte an Mary Cavendish, aber ich sagte nur:
»Zum Beispiel, was?«
»Vielleicht Mr. Lawrence Cavendishs Aussage?«
Ich war erleichtert.
»Lawrence – nein, ich glaube nicht. Er ist von Natur aus nervös.«
»Fanden Sie die Theorie, daß der Tod seiner Mutter auf eine zu große Dosis des Stärkungsmittels zurückgeführt werden könnte, nicht etwas merkwürdig? *Nein?*«
»Nein, das kann ich nicht behaupten. Die Ärzte machten sich natürlich darüber lustig, aber ich fand es vom Standpunkt eines Laien gesehen ganz natürlich.«
»Aber Lawrence ist kein Laie. Sie selbst erzählten mir, daß er Medizin studiert und sein Doktorexamen gemacht hat.«
»Stimmt, das hatte ich vergessen – sehr sonderbar.«
Poirot nickte.
»Sein Benehmen ist von Anfang an merkwürdig gewesen. Er allein wäre imstande gewesen, die Symptome einer Strychninvergiftung zu erkennen, und doch ist er das einzige Familienmitglied, das unbedingt an der Theorie eines natürlichen Todes festhält. Wenn sein Bruder diese Ansicht geäußert hätte, würde ich es verstehen, da er keinerlei praktische Erfahrung auf medizinischem Gebiet hat und phantasielos ist.

Aber Lawrence – o nein! Und heute hat er diese Theorie vor allen Leuten ausgesprochen, die, wie er selbst wissen muß, lächerlich ist. Denken Sie einmal darüber nach, *mon ami!*«
»Sehr verwirrend«, stimmte ich zu.
»Auch Mrs. Cavendish sagt nicht alles, was sie weiß«, fuhr Poirot fort. »Was halten Sie von ihrem Benehmen?«
»Ich weiß es wirklich nicht. Ich kann mir kaum vorstellen, daß sie Alfred Inglethorp in Schutz nehmen möchte, und doch hat es den Anschein.«
Poirot nickte nachdenklich.
»Ja, sehr eigenartig. Eins steht fest: Sie hat mehr von der ›Privatunterhaltung‹ gehört, als sie zugibt.«
»Aber gerade sie würde bestimmt nicht lauschen.«
»Sehr richtig. Jedenfalls schloß ich aus ihrer Aussage, daß ich einen Fehler gemacht habe. Dorkas hatte recht. Der Streit hat früher, als ich glaubte, stattgefunden, etwa um vier Uhr nachmittags.«
Ich betrachtete ihn neugierig. Mir war die Bedeutung, die er diesem Punkt beilegte, niemals klargeworden.
»Ja, heute sind eine Reihe sonderbarer Dinge ans Licht gekommen«, fuhr Poirot fort. »Und was hatte Dr. Bauerstein so früh am Morgen dort zu suchen? Es wundert mich, daß sich niemand den Kopf darüber zu zerbrechen scheint.«
»Ich glaube, er leidet an Schlaflosigkeit«, sagte ich unsicher.
»Das kann eine sehr gute oder eine sehr schlechte Erklärung sein«, bemerkte Poirot, »und es hilft uns in keiner Weise weiter. Ich werde den klugen Dr. Bauerstein im Auge behalten.«
»Haben Sie sonst noch etwas gegen die Beweisführung einzuwenden?« fragte ich ironisch.
»Wenn einem auffällt, daß Leute nicht die Wahrheit sagen, muß man beginnen, scharf aufzupassen, *mon ami.* Bei der heutigen Voruntersuchung haben, wenn ich mich nicht irre, nur ein oder zwei Personen die Wahrheit gesagt, ohne irgendwelche Ausflüchte zu machen.«
»Das ist wohl etwas übertrieben, Poirot! Ich möchte mir über die Aussagen von Lawrence und Mrs. Cavendish kein Urteil erlauben, aber John und Miss Howard haben doch bestimmt

die Wahrheit gesagt, glauben Sie nicht auch?«
»Beide, *mon ami?* Vielleicht einer von beiden...«
Ich erschrak. Miss Howards vielleicht unwichtige Aussage war mir so klar und eindeutig erschienen, daß ich bisher nicht den leisesten Zweifel an ihrer Ehrlichkeit gehabt hatte. Immerhin besaß ich großen Respekt vor Poirots weisem Urteil, obwohl er manchmal übertrieben dickköpfig war.
»Meinen Sie wirklich?« fragte ich. »Ich hielt Miss Howard immer für ungeheuer offen, und manchmal fast für übertrieben ehrlich.«
Poirot warf mir einen sonderbaren Blick zu, den ich nicht zu deuten wußte. Er wollte etwas sagen, dann biß er sich auf die Lippen.
»Auch Miss Murdoch halte ich durchaus nicht für unehrlich«, fuhr ich fort.
»Nein, aber es war seltsam, daß sie den Tisch nicht umfallen hörte, obwohl sie im Nebenzimmer schlief, während es Mrs. Cavendish, im anderen Flügel, deutlich hörte.«
»Sie ist eben jung und schläft fest.«
»Sehr richtig – sie muß glänzend schlafen.«
Sein Ton gefiel mir nicht recht, aber in diesem Augenblick wurde laut an die Haustür geklopft, und als wir aus dem Fenster blickten, sahen wir die beiden Kriminalbeamten, die unten auf uns warteten.
Poirot nahm seinen Hut, zwirbelte seinen Schnurrbart und bürstete sorgfältig ein unsichtbares Staubkörnchen vom Ärmel. Dann gingen wir die Treppe hinunter und machten uns mit den Kriminalbeamten auf den Weg zum Gut.
Ich glaube, daß das Erscheinen der beiden Scotland-Yard-Beamten für John ein ziemlicher Schock war, obwohl ihm nach der Urteilsverkündung klargeworden sein mußte, daß das Eingreifen der Kriminalpolizei nur eine Zeitfrage sein konnte. Immerhin ließ ihm ihre Gegenwart nun nicht den geringsten Zweifel am Stand der Dinge.
Auf dem Weg nach »Styles« hatten sich Poirot und Japp mit leiser Stimme unterhalten, und ich nahm an, daß es Japp war, der vorschlug, alle Haushaltsmitglieder, mit Ausnahme der

Dienstboten, ins Wohnzimmer zu rufen. Ich wußte, zu welchem Zweck Japp diesen Vorschlag gemacht hatte – Poirot sollte beweisen, daß seine Theorie richtig war.
Ich persönlich wäre nicht auf diesen Gedanken gekommen. Poirot hatte wahrscheinlich triftige Gründe, auf denen sein Glaube an Inglethorps Unschuld basierte, aber ein Mann wie Summerhaye würde greifbare Beweise verlangen, und ich bezweifelte, daß Poirot sie erbringen konnte.
Bald waren wir alle im Wohnzimmer versammelt, und Japp schloß die Tür. Poirot rückte höflich Stühle zurecht. Alle Augen waren auf die Scotland-Yard-Beamten gerichtet. Ich glaube, es wurde uns zum erstenmal klar, daß es sich nicht um einen bösen Traum, sondern um die Wirklichkeit handelte. Man hatte von solchen Dingen gelesen, jetzt war man selbst einer der Schauspieler in einem Drama. Morgen würden wir in allen Zeitungen große Überschriften lesen:

Geheimnisvolle Tragödie in Essex – Reiche Dame vergiftet

Auch Bilder vom Gut »Styles« und Fotografien der »Familie nach der gerichtlichen Voruntersuchung« würden in den Zeitungen zu finden sein, denn der Dorffotograf hatte sich die Gelegenheit nicht entgehen lassen. Im Gutshaus war ein Mord verübt worden, vor uns saßen die Kriminalbeamten, die mit der »Angelegenheit betraut« worden waren. Viele wohlbekannte Phrasen gingen mir durch den Kopf, bevor Poirot die »Verhandlung« eröffnete.
Ich glaube, alle waren erstaunt, daß er und nicht einer der Kriminalbeamten die Initiative ergriff.
Poirot verbeugte sich, als wäre er ein berühmter Professor, der im Begriff ist, einen Vortrag zu halten.
»*Mesdames et messieurs,* ich habe Sie aus einem bestimmten Grund gebeten, sich hier zu versammeln – es handelt sich um Mr. Alfred Inglethorp.«
Inglethorp saß etwas abseits von den anderen, die, vielleicht unbewußt, ihre Stühle von ihm abgerückt hatten. Als Poirot seinen Namen erwähnte, zuckte er zusammen.
»Mr. Inglethorp«, begann Poirot, »ein dunkler Schatten liegt

auf diesem Haus, der Schatten eines Mordes.«
Inglethorp schüttelte traurig den Kopf.
»Meine arme Frau«, murmelte er, »arme Emily – es ist grauenhaft.«
»Ich glaube, Sie erfassen nicht ganz, wie grauenhaft es sich für Sie persönlich auswirken könnte, Mr. Inglethorp«, stellte Poirot fest. Inglethorp schien ihn nicht zu verstehen, und Poirot fügte hinzu: »Sie sind in großer Gefahr, Mr. Inglethorp.«
Die Kriminalbeamten wurden unruhig, aber Poirot fuhr unbeirrt fort: »Verstehen Sie mich, Monsieur?«
»Nein. Was meinen Sie eigentlich?«
»Daß Sie unter dem Verdacht stehen, Ihre Frau ermordet zu haben«, sagte Poirot kurz.
Die anderen hielten den Atem an.
»Himmlischer Vater – das ist ja empörend! Ich soll meine geliebte Emily vergiftet haben!«
Poirot beobachtete ihn aus zusammengekniffenen Augen.
»Ich fürchte, Sie sind sich nicht darüber im klaren, welchen ungünstigen Eindruck Ihre Aussagen bei der Voruntersuchung gemacht haben. Mr. Inglethorp, weigern Sie sich unter diesen Umständen noch immer, uns zu sagen, wo Sie am Montag nachmittag um sechs Uhr gewesen sind?«
Alfred Inglethorp ließ sich stöhnend in seinen Stuhl zurückfallen und vergrub das Gesicht in den Händen. Poirot trat auf ihn zu und blieb vor ihm stehen.
»Sprechen Sie!« schrie er drohend.
Inglethorp hob mühsam den Kopf und ließ die Hände sinken. Dann schüttelte er den Kopf.
»Sie wollen nichts sagen?«
»Nein. Ich glaube nicht, daß irgend jemand auf die furchtbare Idee kommen wird, mich des Mordes an meiner Frau zu bezichtigen.«
Poirot blickte nachdenklich vor sich hin, dann sagte er entschlossen: »*Soit*! Dann muß ich für Sie sprechen.«
»Sie? Wieso? Sie wissen doch nicht...«, er schwieg abrupt.
Poirot wandte sich um und sah uns an. »*Mesdames et mes-*

sieurs! Ich werde sprechen, ich, Hercule Poirot. Bitte, hören Sie mir aufmerksam zu. Der Mann, der am Montag um sechs die Apotheke betrat und Strychnin kaufte, war nicht Alfred Inglethorp, denn er hat um diese Zeit Mrs. Raikes von einem benachbarten Hof nach Hause begleitet. Ich kann Ihnen nicht weniger als fünf Zeugen bringen, die beschwören, die beiden um diese Zeit zusammen gesehen zu haben. Wie Sie wissen werden, ist der ›Abbey-Hof‹, Mrs. Raikes' Heim, mindestens vier Kilometer vom Dorf entfernt. An Mr. Inglethorps Alibi kann nicht gerüttelt werden.«

8

Es folgte ein kurzes, erstauntes Schweigen. Japp, der am wenigsten überrascht schien, sprach als erster.
»Großartig, Mr. Poirot«, sagte er im Ton höchster Anerkennung. »Ich nehme an, daß Ihre Zeugen zuverlässig sind.«
»*Voilà!* Ich habe eine Liste mit den Namen und Adressen hier. Bitte, prüfen Sie sie, aber Sie können sich darauf verlassen, daß alles in Ordnung ist.«
»Davon bin ich überzeugt«, entgegnete Japp, dann fuhr er leise fort: »Ich bin Ihnen sehr dankbar; wir wären schön ins Fettnäpfchen getreten, wenn wir ihn verhaftet hätten.« Dann sagte er zu Inglethorp: »Ich verstehe nur nicht, warum Sie uns das nicht bei der gerichtlichen Voruntersuchung sagten.«
»Das will ich Ihnen erklären«, sagte Poirot, »einem Gerücht zufolge ...«
»Das Gerücht ist bösartig und ungerechtfertigt«, unterbrach ihn Inglethorp erregt.
»Und Mr. Inglethorp wollte um jeden Preis einen Skandal vermeiden, stimmt das?«
»Stimmt«, erwiderte Inglethorp. »Wundern Sie sich, daß ich bösartige Gerüchte unterdrücken wollte, während meine arme Emily noch nicht einmal begraben war?«
»Ich würde, unter uns gesagt, lieber bösartige Gerüchte dul-

den, als mich wegen eines Mordes verhaften zu lassen«, bemerkte Japp. »Ich glaube mit Recht annehmen zu dürfen, daß Ihre bedauernswerte Frau der gleichen Meinung gewesen wäre, Mr. Inglethorp. Sie haben es nur Mr. Poirot zu verdanken, daß Sie nicht verhaftet worden sind, darauf können Sie sich fest verlassen.«
»Ich habe mich zweifellos töricht benommen, aber wenn Sie wüßten, wie man mich verfolgt hat, würden Sie mich vielleicht verstehen, Inspektor«, rechtfertigte sich Inglethorp und warf einen vorwurfsvollen Blick auf Miss Howard.
Japp wandte sich jetzt an John und sagte: »Ich möchte das Schlafzimmer der Ermordeten sehen, danach werde ich mich kurz mit dem Personal unterhalten. Bitte, lassen Sie sich nicht stören, Mr. Poirot wird mir den Weg zeigen.«
Während alle das Zimmer verließen, gab Poirot mir zu verstehen, daß ich ihm nach oben folgen sollte. Dort nahm er mich beim Arm und zog mich zur Seite.
»Gehen Sie bitte schnell in den andern Flügel und bleiben Sie neben der Tür zum Personaltrakt stehen. Rühren Sie sich nicht vom Fleck, bis ich komme.« Dann folgte er schnell den beiden Beamten.
Ich gehorchte seinen Anweisungen und stellte mich neben die bewußte Tür. Ich hatte keine Ahnung, was er damit bezweckte. Warum sollte ich gerade dort Wache stehen? Ich blickte nachdenklich über den Korridor. Plötzlich kam mir eine Idee: Alle Zimmer befanden sich im linken Flügel, mit Ausnahme desjenigen von Cynthia Murdoch. Hatte das etwas damit zu tun? Sollte ich darauf achten, wer kam und wer ging? Ich verharrte gewissenhaft auf meinem Posten. Die Minuten verstrichen. Niemand kam, niemand ging. Es ereignete sich nichts.
Poirot kehrte erst nach etwa zwanzig Minuten zurück.
»Waren Sie die ganze Zeit hier?«
»Ich habe mich nicht von der Stelle gerührt. Es hat sich nichts ereignet.«
Ich wußte nicht, ob er froh oder enttäuscht war.
»Haben Sie auch nichts gehört?« fragte er. »Vielleicht das

Geräusch eines fallenden Möbelstückes?«
»Nein.«
»Soll man das für möglich halten? Ich ärgere mich über meine Ungeschicklichkeit, ich habe nur ein wenig gestikuliert – mit meiner rechten Hand –, und schon ist der Tisch neben dem Bett umgefallen.«
Er sah so verzweifelt unglücklich aus, daß ich das Gefühl hatte, ihn so schnell wie möglich trösten zu müssen.
»Machen Sie sich nichts daraus, Poirot, Sie waren durch Ihren Triumph von vorhin freudig erregt. Es war tatsächlich eine große Überraschung für uns alle. Die Affäre zwischen Inglethorp und Mrs. Raikes muß viel ernster sein, als wir glaubten, sonst hätte er den Mund bestimmt nicht gehalten. Was werden Sie jetzt unternehmen? Wo sind die Kriminalbeamten?«
»Sie sind hinuntergegangen, um das Personal zu verhören. Japp enttäuscht mich etwas, er ist unmethodisch.«
Als ich aus dem Fenster blickte, sah ich Dr. Bauerstein.
»Sie haben recht, Poirot, der Mann ist unsympathisch«, stellte ich fest.
»Ein kluger Kerl«, meinte Poirot nachdenklich.
»Verteufelt schlau! Ich muß gestehen, daß es mir Spaß machte, ihn am Dienstag in einem so jämmerlichen Zustand zu sehen.« Ich beschrieb die Abenteuer des Arztes. »Wie eine Vogelscheuche sah er aus – von Kopf bis Fuß mit Schlamm bedeckt!«
»Sie haben ihn selbst in diesem Zustand gesehen?«
»Ja, natürlich. Eigentlich wollte er nicht hereinkommen, es war kurz nach dem Abendessen, aber Mrs. Inglethorp bestand darauf.«
»Was?«
Poirot schüttelte heftig meine Schultern.
»Dr. Bauerstein ist am Dienstag abend hier gewesen, und Sie haben mir nichts davon erzählt? Warum nicht? Warum? Warum?«
Er war völlig außer sich.
»Weil ich nicht im Traum daran dachte, daß es Sie interessieren würde, weil ich es für unwichtig hielt.«

»Unwichtig? Es ist von größter Wichtigkeit! Dr. Bauerstein ist also am Dienstag, am Abend des Mordes, hier gewesen. Begreifen Sie denn nicht, daß sich dadurch alles ändert, Hastings?«

Ich hatte ihn noch nie so fassungslos gesehen. Schließlich ließ er mich los, rückte mechanisch zwei Leuchter gerade und murmelte: »Dadurch ändert sich alles...«

Plötzlich schien er einen Entschluß zu fassen.

»*Allons*!« sagte er. »Wir müssen sofort etwas unternehmen. Wo ist Mr. Cavendish?«

John saß im Herrenzimmer. Poirot ging zu ihm.

»Ich habe etwas Wichtiges in Tadminster zu tun, es handelt sich um einen neuen Anhaltspunkt, kann ich Ihr Auto haben?«

»Selbstverständlich. Jetzt gleich?«

»Ja, bitte.«

John klingelte und bestellte den Wagen. Zehn Minuten später rasten wir durch den Park und über die Landstraße nach Tadminster.

»Würden Sie jetzt vielleicht so freundlich sein, mir zu erklären, um was es sich eigentlich handelt, Poirot?« sagte ich resigniert.

»Das meiste können Sie selbst erraten, *mon ami*. Es muß Ihnen doch klar sein, daß sich die Lage grundlegend verändert hat, seitdem Mr. Inglethorp nicht mehr unter Verdacht steht. Wir stehen einem völlig neuen Problem gegenüber. Wir wissen, daß eine bestimmte Person das Gift nicht gekauft hat, wir haben die falschen Anhaltspunkte aus dem Weg geräumt, jetzt müssen wir die richtigen finden. Ich habe festgestellt, daß jedes Haushaltsmitglied sich am Montag abend als Mr. Ingelthorp verkleidet haben könnte, mit Ausnahme von Mrs. Cavendish, die um diese Zeit mit Ihnen Tennis spielte. Ferner haben wir gehört, daß er den Kaffee in der Halle abgestellt hat. Bei der gerichtlichen Voruntersuchung wurde das nicht beachtet, jetzt jedoch hat es eine besondere Bedeutung erhalten. Wir müssen ermitteln, wer Mrs. Ingelthorp den Kaffee brachte, oder wer durch die Halle ging, während er dort stand. Nach

Ihrem Bericht zu urteilen, gäbe es nur zwei Personen, die bestimmt nicht in die Nähe des Kaffees gekommen sind, Mrs. Cavendish und Mademoiselle Cynthia.«

»Das ist richtig.« Ich empfand ein Gefühl großer Erleichterung – niemand konnte Mary Cavendish verdächtigen.

»Die Tatsache, daß Alfred Inglethorp nicht mehr unter Verdacht steht, zwingt mich, meine Taktik schneller als beabsichtigt zu enthüllen. Solange es den Anschein hatte, daß ich ihm nachspüre, konnte sich der Verbrecher verhältnismäßig sicher fühlen. Jetzt wird er doppelt so vorsichtig sein; ja, doppelt so vorsichtig.« Plötzlich fragte er: »Sagen Sie, Hastings, wen würden Sie verdächtigen?«

Ich zögerte. Offen gestanden war mir bereits eine tolle, eine phantastische Idee durch den Kopf gegangen. Ich hatte sie als lächerlich verdrängen wollen, aber sie tauchte immer wieder auf. »Ich habe eine Idee«, erwiderte ich, »aber sie als Verdacht zu bezeichnen wäre kindisch.«

»Nur heraus mit der Sprache!« sagte Poirot ermutigend. »Man soll niemals davor zurückscheuen zu sagen, was man denkt, und man soll seinen Instinkten folgen.«

»Also gut – aber es ist wirklich lächerlich – ich habe den Verdacht, daß Miss Howard etwas verschweigt.«

»Miss Howard?«

»Ich wußte, daß Sie mich auslachen würden...«

»Durchaus nicht. Warum sollte ich?«

»Ich habe das Gefühl, daß wir sie einfach deshalb nicht verdächtigen, weil sie nicht im Hause war«, fuhr ich unsicher fort. »Aber schließlich war sie nur etwa eine halbe Autostunde entfernt. Können wir denn mit Bestimmtheit sagen, daß sie während der Mordnacht nicht in ›Styles‹ war?«

»Jawohl, das können wir«, stellte Poirot unerwarteterweise fest. »Ich habe mich sofort bei dem Krankenhaus, in dem sie arbeitete, telefonisch erkundigt.«

»Ja, und?«

»Man sagte mir, daß Miss Howard am Dienstag nachmittag Dienst hatte und daß sie sich auch für die Nachtschicht freiwillig zur Verfügung stellte, da ein neuer Verwundeten-

transport angekommen war. Ihr Alibi ist ganz einwandfrei.«
»Ach so«, sagte ich fast enttäuscht. »Ich bin wohl durch ihre außerordentliche Wut auf Inglethorp darauf gekommen, sie zu verdächtigen. Ich habe das Gefühl, sie würde vor nichts zurückschrecken, wenn es sich darum handelt, ihm zu schaden. Außerdem glaubte ich, daß sie vielleicht etwas über das zerstörte Testament wüßte; sie mag das neue verbrannt haben, weil sie es versehentlich für das frühere Testament hielt, das zu seinen Gunsten war. Sie ist so bitter – mehr als das –, sie scheint ihn zu hassen.«
»Halten Sie diese Bitterkeit für unnatürlich?«
»Ich glaube, ja. Sie hat eine derartige Wut auf ihn, daß ich mich frage, ob ihre Einstellung ihm gegenüber mit normalen Maßstäben zu messen ist.«
Poirot schüttelte den Kopf.
»Nein, nein, Sie sind auf der falschen Fährte. Miss Howard ist weder anormal noch degeneriert. Sie ist, im Gegenteil, ein Schulbeispiel der ruhigen, ausgeglichenen Engländerin. Sie ist die Vernunft selbst.«
»Und doch ist ihr Haß auf Inglethorp fast eine Manie. Meine vielleicht lächerliche Idee war, daß sie plante, ihn zu vergiften, und daß das Gift versehentlich Mrs. Inglethorp in die Hände fiel. Wie sich das alles abgespielt hat, kann ich mir allerdings nicht vorstellen. Das Ganze ist wahrscheinlich eine Kateridee.«
»Jedenfalls ist es immer richtig, jeden einzelnen zu verdächtigen, bis man den absoluten Beweis erbracht hat, daß die betreffende Person unschuldig ist. Also – welche Gründe sprechen dagegen, daß Miss Howard Mrs. Inglethorp vergiftet hat?«
»Vor allem der Grund, daß sie ihr sehr ergeben war!«
»Das ist ein kindisches Argument«, meinte Poirot irritiert. »Wenn Miss Howard imstande gewesen wäre, Mrs. Inglethorp zu vergiften, dann wäre sie ebenfalls imstande, Liebe und Verehrung für sie vorzutäuschen. Nein, wir sind nicht auf der richtigen Spur. Sie haben ganz richtig festgestellt, daß ihr Haß auf Alfred Inglethorp so heftig ist, daß er unnatürlich zu sein

scheint, aber der Schluß, den Sie daraus ziehen, ist falsch. Ich habe diesbezüglich meine eigenen Ideen, von denen ich jedoch im Augenblick noch nicht sprechen möchte.« Nach einer kurzen Pause fuhr er fort: »Meiner Ansicht nach spricht eine Tatsache dagegen, daß Miss Howard die Mörderin ist.«
»Und zwar?«
»Weil Miss Howard durch Mrs. Inglethorps Tod keinerlei Vorteile hat. Es gibt keinen Mord ohne ein Motiv.«
Ich überlegte.
»Hätte Mrs. Inglethorp nicht ein Testament zu ihren Gunsten gemacht haben können?«
Poirot schüttelte den Kopf.
»Aber Sie selbst erwähnten die Möglichkeit Mrs. Wells gegenüber?«
»Aus einem bestimmten Grund. Ich wollte den Namen der Person, an die ich dachte, nicht erwähnen. Miss Howard nahm eine ähnliche Stellung ein, daher nannte ich ihren Namen.«
»Ich halte es noch immer nicht für unmöglich. Das Testament, das sie am Nachmittag ihres Todes aufsetzte ...«
Poirot schüttelte den Kopf so energisch, daß ich nicht weitersprach.
»Nein, mein Freund. Ich habe betreffs dieses Testaments meine eigene Theorie, und eins kann ich Ihnen sagen: es war nicht zugunsten von Miss Howard.«
Ich widersprach nicht, obwohl ich wirklich nicht wußte, wieso er seiner Sache so sicher war.
»Also gut, sprechen wir Miss Howard frei«, sagte ich seufzend. »Eigentlich sind Sie daran schuld, daß ich auf den Gedanken kam, sie zu verdächtigen, und zwar durch das, was Sie über ihre Aussage bei der gerichtlichen Voruntersuchung sagten.«
Poirot machte ein erstauntes Gesicht.
»Was habe ich über ihre Aussage gesagt?«
»Erinnern Sie sich nicht? Als ich feststellte, daß sie und John Cavendish nicht als Täter in Frage kämen ...«
»Ach so-o.« Er schien ein wenig verwirrt zu sein, aber er faßte sich schnell. »Ich möchte Sie übrigens bitten, etwas für mich

zu tun, Hastings.«
»Gern. Um was handelt es sich?«
»Bei der nächsten Gelegenheit, bei der Sie allein mit Lawrence Cavendish sind, bitte ich Sie, zu ihm zu sagen: ›Finden Sie die fehlende Kaffeetasse, dann können Sie ganz beruhigt sein.‹ Nicht mehr und nicht weniger.«
»Finden Sie die fehlende Kaffeetasse, dann können Sie ganz beruhigt sein – stimmt das?« fragte ich verblüfft.
»Ausgezeichnet.«
»Was soll das bedeuten?«
»Das müssen Sie selbst herausfinden. Die Umstände sind Ihnen ja hinreichend bekannt. Wiederholen Sie meine Worte, und warten Sie ab, was er sagt.«
»Wie Sie wollen, aber ... aber ich finde es sehr geheimnisvoll.«
Wir waren inzwischen in Tadminster angekommen, und Hercule Poirot nannte dem Fahrer die Adresse des chemischen Labors.
Dort stieg er aus, während ich im Wagen auf ihn wartete. Wenige Minuten später kam er zurück.
»So, das wäre erledigt.«
»Was hatten Sie im Labor zu tun?« fragte ich neugierig.
»Ich habe etwas analysieren lassen.«
»Ja, aber was?«
»Die Kakaoprobe, die ich dem Kochtopf im Schlafzimmer entnahm.«
»Aber der Kakao ist doch bereits analysiert worden«, sagte ich erstaunt. »Dr. Bauerstein ließ ihn untersuchen, und Sie selbst lachten über diese Idee, daß er Strychnin enthalten könnte.«
»Ich weiß, daß Dr. Bauerstein ihn untersuchen ließ«, erwiderte Poirot ruhig.
»Ja, und?«
»Ich wollte ihn gern nochmals analysieren lassen – das ist alles.«
Er weigerte sich, mehr über dieses Thema zu sagen, obwohl ich ihn wiederholt danach fragte. Ich begriff diese Sache nicht, sie schien keinen Sinn zu haben. Jedoch war mein Vertrauen in seine Fähigkeiten wieder völlig hergestellt, seit seine An-

sicht über Alfred Inglethorps Unschuld sich in triumphierender Weise bestätigt hatte.

Mrs. Inglethorps Beerdigung fand am folgenden Tag statt, und als ich am Montag ziemlich spät zum Frühstück kam, zog John mich beiseite und teilte mir mit, daß Alfred Inglethorp an diesem Morgen ausziehen und ins Wirtshaus »Zum Bären« übersiedeln würde, bis alles Notwendige erledigt wäre.
»Ich bin sehr froh, daß er geht«, fuhr John fort. »Es war schlimm genug, ihn im Hause zu haben, während wir ihn für den Täter hielten, aber jetzt ist es noch viel peinlicher, weil wir alle ihm gegenüber ein Schuldgefühl haben. Wir haben ihn, wahrhaftig, abscheulich behandelt. Eine Zeitlang schien ja wirklich alles gegen ihn zu sprechen, und es ist nur allzu begreiflich, daß wir falsche Schlüsse zogen. Wie dem auch sei – wir hatten unrecht, und jetzt möchte man das alles wiedergutmachen, was einem nicht leichtfällt, weil man den Burschen schließlich noch immer nicht leiden mag. Eine teuflische Situation! Ich bin dankbar, daß er taktvoll ist und uns aus dem Weg geht. Nur ein Glück, daß Mutter ihm das Gut nicht vermachen konnte. Der Gedanke, den Burschen hier als Hausherrn zu sehen, wäre einfach unerträglich. Ihr Geld kann er meinetwegen behalten.«
»Werden Sie hier alles beim alten belassen können?«
»Ich glaube, ja. Die Erbschaftssteuer muß natürlich bezahlt werden, aber wir haben außer dem Gut auch das Vermögen meines Vaters geerbt, und da Lawrence vorläufig hierbleibt, steht mir auch sein Anteil zur Verfügung. Wir werden zunächst einmal etwas knapp bei Kasse sein, ich erzählte Ihnen ja bereits, daß meine finanzielle Lage nicht allzu rosig ist, aber den Gerichtsvollzieher werden wir uns vom Leib halten können.«
Dank der allgemeinen Erleichterung über Inglethorps Auszug war man beim Frühstück, zum erstenmal seit der Tragödie, in angeregter Stimmung. Cynthia, deren jugendlicher Frohsinn sich wieder geltend machte, sah bildhübsch aus, und wir waren alle recht gut gelaunt, mit Ausnahme von Lawrence, der weiterhin deprimiert und nervös war.
Die Zeitungen hatten natürlich mit dicken Überschriften von

der Tragödie berichtet und Biographien von allen Bewohnern des Hauses veröffentlicht. Es fehlte auch nicht an Andeutungen, daß die Polizei bereits einen bestimmten Verdacht habe. Da es Sauregurkenzeit war, wurde der Fall bis in die kleinsten Einzelheiten ausgewalzt, und es blieb uns nichts erspart. »Der geheimnisvolle Mord von Styles« war zum Tagesgespräch geworden.

Selbstverständlich war das für die Familie sehr peinlich. Das Haus war von Reportern belagert, die zwar nicht hereingelassen wurden, sich aber nicht aus Park und Dorf vertreiben ließen, wo sie uns mit gezückter Kamera auflauerten. Wir standen im Mittelpunkt des öffentlichen Interesses. Die Scotland-Yard-Beamten kamen und gingen. Die Untersuchungen und Verhöre nahmen kein Ende. Worauf sie hinauswollten, wußten wir nicht. Besaßen sie irgendeinen Anhaltspunkt, oder würde der Fall schließlich in der Schublade für ungeklärte Verbrechen landen?

Nach dem Frühstück kam Dorkas mit geheimnisvoller Miene zu mir und fragte, ob sie mich einen Augenblick sprechen könnte.

»Selbstverständlich. Worum handelt es sich, Dorkas?«

»Ich wollte nur fragen, ob Sie vielleicht heute den belgischen Herrn treffen?« Ich nickte. »Weil er mich nämlich neulich so eindringlich gefragt hat, ob Mrs. Inglethorp oder sonst wer ein grünes Kleid besitzt.«

»O ja. Haben Sie eins gefunden?« fragte ich interessiert.

»Nein, das nicht, aber ich habe mich inzwischen an die Kostümtruhe von den jungen Herren erinnert, die auf dem Boden steht.« (John und Lawrence waren für Dorkas noch immer »die jungen Herren«.) »Es ist eine große Truhe, voll mit alten Sachen und Maskenkostümen, und was weiß ich. Und da habe ich plötzlich gedacht, daß da drin vielleicht ein grünes Kleid sein könnte, und wenn Sie das vielleicht dem belgischen Herrn sagen...«

»Das werde ich tun, Dorkas«, versprach ich.

»Vielen Dank. Und der belgische Herr ist wirklich sehr nett, ganz was anderes als diese zwei Kriminalbeamten aus Lon-

don, die ihre Nase in alles stecken und einen ausfragen. Ich halte ja sonst nicht viel von Ausländern, aber diese Belgier sind wohl keine gewöhnlichen Ausländer, nicht wahr? Und der belgische Herr spricht immer so höflich und freundlich mit mir.«
Gute alte Dorkas! Sie gehörte zu den braven, altmodischen Dienstboten, die man heutzutage nur noch selten findet.
Ich entschloß mich, gleich ins Dorf hinunterzugehen, um Poirot aufzusuchen, aber ich traf ihn bereits auf halbem Weg und überbrachte ihm die Botschaft, die Dorkas mir aufgetragen hatte.
»Brave Dorkas! Wir werden uns die Truhe ansehen, obwohl – aber das spielt keine Rolle. Wir werden sie jedenfalls untersuchen.«
Wir betraten das Haus durch eine Terrassentür. In der Halle war niemand, und wir gingen gleich auf den Boden.
Die Truhe war ein schönes, altes Möbelstück, mit Kupfernägeln verziert und bis zum Rand mit alten Kleidern und Kostümen angefüllt.
Poirot kramte in ihr und warf schließlich alles auf den Fußboden. Er betrachtete ein paar Kleidungsstücke in verschiedenen Schattierungen von Grün, aber er schüttelte den Kopf, sie schienen ihn nicht zu interessieren. Er versprach sich wohl überhaupt nicht viel von unserer Suchaktion. Plötzlich stieß er einen Ausruf des Erstaunens aus.
»Was ist denn?«
»Sehen Sie nur!«
Die Truhe war fast leer. Auf ihrem Boden lag ein prächtiger schwarzer Bart.
»*Oho, oho*«, sagte Poirot. Er nahm den Bart und untersuchte ihn genau. »Neu – nagelneu«, stellte er fest. Nach kurzem Zögern legte er ihn zurück in die Truhe, warf alle Kleidungsstücke wieder hinein, machte den Deckel zu, ging schnell mit mir nach unten und geradewegs in den Anrichteraum; dort fanden wir Dorkas beim Silberputzen.
Poirot wünschte ihr mit gallischer Höflichkeit einen guten Morgen und fuhr fort:
»Wir haben die Truhe durchsucht, und ich bin Ihnen sehr

dankbar für den Hinweis, Dorkas. Eine schöne Sammlung von Maskenkostümen aller Art – werden sie häufig benutzt?«
»Na, jetzt nicht mehr so oft wie früher, aber manchmal wird noch ›Verkleiden‹ gespielt – so nennen es die jungen Herren –, und Sie glauben nicht, wie komisch das oft ist. Am drolligsten ist Mr. Lawrence, ich werde nie vergessen, wie er eines Abends als der Zar von Persien erschien, ich glaube jedenfalls, es war ein Zar, kann auch irgendein anderer orientalischer König gewesen sein. Er hatte ein großes Papiermesser in der Hand, und dann sagte er scherzhaft: ›Sie müssen sich sehr respektvoll benehmen, Dorkas, sonst wird Ihnen mit diesem scharfen Schwert der Kopf abgehackt!‹ Miss Cynthia kam als Apache, oder wie sie diese französischen Kerle nennen, und sie sah ja ganz toll aus. Wie eine hübsche junge Dame sich in einen solchen Raufbold verwandeln kann, versteh' ich selber nicht. Sie war nicht wiederzuerkennen.«
»Diese Abende müssen lustig gewesen sein«, meinte Poirot freundlich. »Ich nehme an, daß Mr. Lawrence als Schah von Persien den schwarzen Bart trug, der oben in der Truhe liegt?«
»Ja, er hatte einen Bart«, erwiderte Dorkas lächelnd. »Ich weiß es noch ganz genau, weil er sich zwei Lagen von meiner Strickwolle borgte, um ihn daraus anzufertigen, und von weitem sah er auch ganz natürlich aus. Ich wußte gar nicht, daß da oben ein Bart ist, der muß erst kürzlich hineingetan worden sein. Eine rote Perücke ist dringewesen, aber sonst nichts in der Art. Die Bärte malen sie sich meistens mit einem rußigen Korken, es ist immer sehr schwer abzubekommen. Miss Cynthia war einmal ein Neger – und hinterher konnten wir sie kaum säubern, ach, das war ganz schrecklich!«
»Dorkas hat also nichts von dem schwarzen Bart gewußt«, sagte Poirot nachdenklich, während wir wieder in die Halle gingen.
»Meinen Sie, es ist *der* Bart?« flüsterte ich erregt.
Poirot nickte.
»Ja. Ist Ihnen aufgefallen, daß er gestutzt war?«
»Nein.«
»Ja, und zwar war er genauso geschnitten wie Alfred Ingle-

thorps Bart. Ich habe auch ein paar lose Haare gefunden. Ein bedeutungsvoller Fund, Hastings!«
»Wer mag ihn in die Truhe getan haben?«
»Wer immer es tat, muß intelligent sein, denn er wählte den einen Platz im Haus, auf den vermutlich niemand kommen würde«, bemerkte Poirot trocken. »Ja, derjenige, der den Bart dort versteckte, war schlau, aber wir müssen schlauer sein als er, wir müssen so intelligent sein, daß er gar nicht darauf kommt, uns für intelligent zu halten.«
Ich stimmte ihm zu.
»Ich weiß, daß Sie mir dabei eine große Hilfe sein werden, *mon ami.*«
Sein Kompliment freute mich, denn ich hatte oft das Gefühl, daß Poirot mich nicht hoch genug einschätzte.
»Ja. Sie werden mir dabei helfen können«, wiederholte er nachdenklich, aber seine nächsten Worte gefielen mir weniger.
»Ich muß einen Verbündeten im Haus haben.«
»Sie haben doch mich«, entgegnete ich gereizt.
»Richtig, aber das genügt nicht.«
Ich war gekränkt und gab mir keine Mühe, es zu verbergen. Poirot versuchte sofort, mir zu erklären, was er damit meinte.
»Sie verstehen mich nicht ganz, lieber Hastings; man weiß, daß wir zusammenarbeiten. Ich brauche jemanden, der offiziell nicht mit uns in Verbindung steht.«
»Ach so – wie wäre es mit John?«
»Nein, ich glaube nicht.«
»Der Gute mag vielleicht nicht über die nötige Intelligenz für diese Aufgabe verfügen«, sagte ich nachdenklich.
»Da kommt Miss Howard – sie wäre natürlich die richtige Person, nur leider bin ich bei ihr schlecht angeschrieben, seit ich Inglethorps Unschuld bewiesen habe – immerhin können wir es versuchen«, meinte Poirot.
Miss Howard erklärte sich mit einem fast unhöflichen Kopfnicken bereit, ein paar Minuten mit Poirot zu sprechen. Wir gingen in den kleinen Salon, und Poirot schloß die Tür.
»Also, um was handelt es sich, Monsieur Poirot?« fragte Miss

Howard. »Bitte, kommen Sie zur Sache, ich bin sehr beschäftigt.«
»Entsinnen Sie sich, daß ich Sie vor einiger Zeit bat, mir zu helfen, Mademoiselle?«
»Allerdings, und ich antwortete Ihnen, daß ich Ihnen mit dem größten Vergnügen helfen würde, Alfred Inglethorp an den Galgen zu bringen.«
Poirot betrachtete sie mit ernstem Gesicht.
»Würden Sie mir eine Frage ehrlich beantworten, Miss Howard?«
»Ich lüge nie«, erwiderte Miss Howard.
»Glauben Sie noch immer, daß Mrs. Inglethorp von ihrem Mann vergiftet worden ist?«
»Was wollen Sie eigentlich?« entgegnete sie scharf. »Reden Sie sich etwa ein, daß ich mich von Ihren ausgetüftelten Erklärungen beeinflussen lasse? Ich gebe zu, daß nicht er das Strychnin in der Apotheke gekauft hat, aber was besagt das? Wahrscheinlich hat er das Gift von Fliegenpapier geweicht, wie ich Ihnen schon am Anfang sagte.«
»Das wäre Arsen, nicht Strychnin«, berichtigte Poirot milde.
»Es ist doch ganz unwichtig, ob die arme Emily durch Arsen oder durch Strychnin ums Leben gekommen ist. Falls ich überzeugt bin, daß er es getan hat, interessiere ich mich nicht dafür, *wie* er es machte.«
»Eben – *falls* Sie überzeugt sind«, sagte Poirot ruhig. »Ich will meine Frage etwas anders fassen: Haben Sie im Innersten Ihres Herzens jemals geglaubt, daß Mrs. Inglethorp von ihrem Mann vergiftet worden ist?«
»Himmlischer Vater!« rief Miss Howard. »Habe ich Ihnen nicht immer gesagt, daß der Mann ein Schurke ist? Daß er sie in ihrem eigenen Bett umbringen würde? Habe ich ihn nicht immer gehaßt wie die Pest?«
»Eben – das deckt sich mit meiner Idee«, sagte Poirot.
»Mit welcher Idee?«
»Erinnern Sie sich an eine Unterhaltung, die am Tage der Ankunft meines Freundes Hastings stattfand, Miss Howard? Ein Satz, den Sie damals sagten, hat sich mir besonders

eingeprägt. Sie sagten, daß, wenn in Ihrem Kreis ein Verbrechen geschehen und ein Ihnen nahestehender Mensch ermordet würde, Sie instinktiv wissen würden, wer der Täter war, auch wenn Sie es nicht beweisen könnten?«
»Ja, ich erinnere mich. Und ich glaube auch noch immer daran. Sie halten das wohl für Unsinn?«
»Durchaus nicht.«
»Und doch nehmen Sie meinen Instinkt betreffs Alfred Inglethorp nicht ernst.«
»Nein, weil sich Ihr Instinkt nicht gegen ihn richtet«, sagte Poirot kurz angebunden.
»Was?«
»Nein. Sie möchten glauben, daß er das Verbrechen begangen hat, Sie trauen es ihm zu, aber Ihr Instinkt sagt Ihnen, daß er es nicht begangen hat, er sagt Ihnen außerdem – soll ich fortfahren?«
Sie sah ihn fasziniert an und nickte.
»Soll ich Ihnen sagen, warum Sie ihn so hassen? Weil Sie versuchen, das zu glauben, was Sie glauben wollen, weil Sie sich bemühen, Ihren Instinkt zu unterdrücken, der Ihnen einen anderen Namen nennt.«
»Nein, nein, nein«, schrie Miss Howard aufgeregt und gestikulierte wild mit den Händen. »Sagen Sie den Namen nicht – tun Sie es nicht – es ist nicht wahr – es kann nicht wahr sein! Ich weiß selbst nicht, wie ich auf diesen grauenhaften Gedanken kam.«
»Ich habe recht, nicht wahr?« fragte Poirot.
»Ja, ja – wie sind Sie nur darauf gekommen! Aber es *kann* nicht sein, es wäre zu entsetzlich, zu unmöglich. Es *muß* Alfred Inglethorp gewesen sein.«
Poirot schüttelte ernst den Kopf.
»Fragen Sie mich nicht weiter, denn ich werde Ihnen nichts sagen«, fuhr Miss Howard fort. »Ich will es nicht einmal mir selbst eingestehen, ich muß verrückt gewesen sein, auch nur daran zu denken.«
Poirot nickte befriedigt.
»Ich werde Sie nicht fragen, es genügt mir festzustellen, daß

meine Annahme richtig war; auch ich habe Instinkt. Wir haben das gleich Ziel im Auge.«

»Bitten Sie mich nicht, Ihnen zu helfen – es wäre sinnlos. Ich würde nicht einmal den kleinen Finger rühren, um ... um ...«, sie unterbrach sich mitten im Wort.

»Sie helfen mir, ob Sie es wollen oder nicht. Ich bitte Sie um nichts, aber Sie sind trotzdem meine Verbündete, und Sie werden mir meine Bitte nicht abschlagen.«

»Welche Bitte?«

»Sie werden aufpassen.«

Evie Howard senkte den Kopf.

»Ja, das kann ich allerdings nicht vermeiden. Ich halte meine Augen immer offen, weil ich hoffe, daß ich mich geirrt habe.«

»Wenn wir uns geirrt haben sollten, wäre auch ich sehr froh«, sagte Poirot. »Wenn wir aber recht hätten, Miss Howard, auf wessen Seite würden Sie sein?«

»Ich weiß es nicht – ich weiß wirklich nicht.«

»Heraus mit der Sprache!«

»Man könnte versuchen, es zu vertuschen.«

»Das ist unmöglich.«

»Aber Emily selbst ...«, sie vollendete den Satz nicht.

»Das ist Ihrer nicht würdig, Miss Howard«, sagte Poirot fast feierlich.

Plötzlich sah sie ihn fest an.

»Sie haben recht, das war meiner nicht würdig.« Sie warf ihren Kopf stolz zurück. »*Jetzt* spricht die wahre Evie Howard, und sie ist auf seiten der Gerechtigkeit, koste es, was es wolle.«

Und mit diesen Worten verließ sie das Zimmer. Poirot blickte ihr nach. »Dort geht eine wertvolle Verbündete von uns. Sie hat Verstand und Herz.«

Ich antwortete nicht.

»Mit dem Instinkt hat es eine sonderbare Bewandtnis«, meinte Poirot. »Man kann ihn weder erklären noch ignorieren.«

»Sie und Miss Howard wissen anscheinend, worum es sich handelt«, bemerkte ich kühl, »während ich nach wie vor im dunkeln tappe.«

»Tatsächlich, *mon ami?*«

»Ja, wollen Sie mich nicht aufklären?«
Poirot sah mich einen Augenblick prüfend an, dann schüttelte er zu meinem Erstaunen den Kopf.
»Nein, mein Freund.«
»Warum denn nicht?«
»Es genügt, wenn zwei ein Geheimnis teilen.«
»Ich finde es sehr unfair, daß Sie mir gewisse Tatsachen vorenthalten.«
»Das ist nicht der Fall, Ihnen sind die Tatsachen ebenso bekannt wie mir. Sie können Ihre eigenen Schlußfolgerungen ziehen. Es handelt sich diesmal nur um bestimmte Ideenverbindungen.«
»Können Sie mir nicht sagen, was es ist?«
Poirot schüttelte nochmals den Kopf, dann meinte er traurig:
»Leider haben Sie keinen Instinkt.«
»Bisher verlangten Sie nur Intelligenz«, sagte ich spitz.
»Diese beiden Dinge gehören oft zusammen«, erwiderte Poirot. Seine Bemerkung erschien mir so dumm und unlogisch daß ich mir nicht die Mühe machte, darauf zu antworten, jedoch nahm ich mir vor, Poirot nichts zu sagen, falls ich selbst etwas Interessantes entdecken sollte – und daran zweifelte ich nicht. Es gibt Zeiten, in denen man die Pflicht hat, seine eigenen Wege zu gehen.

9

Ich hatte bisher noch keine Gelegenheit gefunden, Lawrence Poirots Botschaft zu übermitteln. Aber jetzt, während ich, noch immer verstimmt über Poirots Benehmen, durch den Garten schlenderte, sah ich Lawrence auf dem Rasen mit einem Krocketschläger in der Hand auf ein paar alte Krocketkugeln zielen. Ich hielt den Augenblick für gekommen, mich meines Auftrags zu entledigen, ehe Poirot selbst mir zuvorkommen würde. Offen gesagt wußte ich nicht, was Poirot damit bezweckte, aber ich hoffte, aus Lawrences Antwort und

vielleicht mit Hilfe eines geschickten kleinen Kreuzverhörs die Wahrheit entdecken zu können.
»Ich habe Sie gesucht«, bemerkte ich nicht ganz wahrheitsgetreu.
»Ja?«
»Ich soll Ihnen von Poirot eine Nachricht überbringen.«
»So?«
»Er bat mich, eine Gelegenheit abzuwarten, mit Ihnen allein zu sein«, sagte ich leise und beobachtete ihn von der Seite.
»Ja, und?«
Der Ausdruck seines dunklen, melancholischen Gesichtes blieb unverändert. Ahnte er, was kommen würde?
»Ich soll Ihnen folgendes bestellen«, sagte ich in gewichtigem Flüsterton. »Finden Sie die fehlende Kaffeetasse, dann können Sie ganz beruhigt sein.«
Lawrence starrte mich entgeistert an.
»Was soll denn das bedeuten?« fragte er.
»Wissen Sie es nicht?«
»Mit dem besten Willen nicht, und Sie?«
Ich war gezwungen, den Kopf zu schütteln.
»Welche fehlende Kaffeetasse?«
»Keine Ahnung.«
»Wenn es sich um fehlende Kaffeetassen handelt, sollte er sich lieber bei Dorkas oder bei einem der anderen Mädchen erkundigen; mich geht das nichts an. Mit Kaffeetassen weiß ich nicht Bescheid, ich weiß nur, daß wir ein traumhaft schönes Service besitzen, das wir nie benutzen – altes Worcester-Porzellan. Sind Sie ein Kenner, Hastings?«
Ich schüttelte den Kopf.
»Dann lassen Sie sich viel entgehen. Wirklich schönes altes Porzellan faßt sich wundervoll an und ist eine Augenweide.«
»Was soll ich Poirot also sagen?«
»Sagen Sie ihm, daß ich nicht weiß, was er meint. Es ist mir völlig unverständlich.«
»Gut, das werde ich ihm bestellen.«
Ich war bereits auf dem Weg zum Haus, als er mich zurückrief.
»Würden Sie mir den letzten Teil der Botschaft noch einmal

wiederholen?«
»Finden Sie die fehlende Kaffeetasse, dann können Sie ganz beruhigt sein. Wissen Sie wirklich nicht, worum es sich handelt?«
Er schüttelte den Kopf.
»Nein – leider nicht – ich wünschte, ich wüßte es.«
Vom Haus her dröhnten Gongschläge, und wir gingen zusammen hinein. John hatte Poirot zum Mittagessen eingeladen, und er saß bereits am Tisch.
In schweigender Übereinkunft wurde die Tragödie nicht erwähnt. Wir sprachen über den Krieg und über andere Ereignisse, die nichts mit unseren Problemen zu tun hatten, aber nachdem der Käse herumgereicht worden war und Dorkas das Zimmer verlassen hatte, wandte Poirot sich plötzlich an Mrs. Cavendish.
»Pardon, Madame, verzeihen Sie, wenn ich traurige Erinnerungen wachrufe, aber ich habe eine Idee und würde Ihnen im Zusammenhang damit gern ein paar Fragen stellen.«
»Ja? Selbstverständlich.«
»Sehr liebenswürdig, Madame. Ich möchte Sie folgendes fragen: Sind Sie sicher, daß die Tür, die von Mrs. Inglethorps Schlafzimmer zu Miss Cynthias Zimmer führt, verriegelt war?«
»Ganz sicher, das sagte ich ja auch bei der Gerichtsverhandlung aus«, erwiderte Mary Cavendish ziemlich erstaunt.
»Verriegelt?«
»Ja.« Sie war völlig verblüfft.
»Sind Sie sicher, daß die Tür verriegelt war und nicht einfach verschlossen?« erklärte Poirot.
»Ach, ich verstehe. Nein, das weiß ich nicht. Ich sagte verriegelt, aber ich meinte einfach verschlossen. Ich konnte die Tür nicht öffnen, und ich glaube, daß auch alle anderen Türen von innen verriegelt waren.«
»Die Tür kann also ebensogut verschlossen gewesen sein?«
»Ja.«
»Sie selbst haben nicht zufällig bemerkt, ob die Tür verriegelt war oder nicht?«

»Ich – ich glaube, sie war verriegelt.«
»Aber Sie haben es nicht gesehen?«
»Nein, ich habe es nicht bewußt gesehen.«
»Aber ich habe es gesehen«, unterbrach Lawrence sie, »und ich erinnere mich, daß die Tür *verriegelt* war.«
»Damit wäre dieser Fall erledigt«, bemerkte Poirot niedergeschlagen.
Ich freute mich unwillkürlich, daß eine seiner »Ideen« sich als falsch erwiesen hatte.
Nach dem Essen bat mich Poirot, ihn nach Hause zu begleiten. Ich willigte nicht übertrieben freundlich ein.
»Sie sind mir böse, nicht wahr?« fragte er besorgt, während wir durch den Park gingen.
»Durchaus nicht«, erwiderte ich kurz.
»Gut, damit fällt mir ein Stein vom Herzen.«
So hatte ich es nicht gemeint, ich hoffte, daß ihm meine kühle Art auffallen würde. Immerhin schien ihm viel daran zu liegen, mich nicht zu kränken, und ich sagte etwas freundlicher: »Ich habe Lawrence Ihre Botschaft überbracht.«
»Wie hat er sie aufgenommen? War er sehr verblüfft?«
»Ja, ich bin überzeugt, daß er keine Ahnung hatte, was Sie damit meinten.«
Ich hatte zwar erwartet, daß Poirot enttäuscht sein würde, aber zu meiner Überraschung sagte er, daß er es sich nicht anders gedacht habe und sehr froh sei. Mein Stolz verbot es mir, weitere Fragen zu stellen.
Poirot lenkte die Unterhaltung auf ein anderes Thema.
»Warum war Mademoiselle Cynthia heute nicht beim Mittagessen?«
»Weil sie ab heute wieder im Krankenhaus arbeitet.«
»Eine fleißige kleine Demoiselle, und so hübsch! Sie erinnert mich an Bilder, die ich in Italien gesehen habe. Ich würde ganz gern einen Blick in ihre Apotheke werfen; glauben Sie, daß sie sie mir zeigt?«
»Das wird sie bestimmt mit dem größten Vergnügen tun.«
»Ist sie täglich dort?«
»Sie hat den ganzen Mittwoch frei, und am Sonnabend kommt

sie mittags nach Hause Sonst hat sie keine Freizeit.«
»Die Frauen stellen heutzutage ihren Mann, und die kleine Mademoiselle Cynthia ist ein hochintelligentes Geschöpf.«
»Ja, ich glaube, das Apothekerexamen ist verteufelt schwer.«
»Zweifellos. Es ist ja auch ein sehr verantwortungsvoller Beruf. Ich nehme an, daß sie dort schwere Gifte haben?«
»Ja, sie hat sie uns gezeigt. Sie werden in einem kleinen, verschlossenen Schrank aufbewahrt. Die Mädchen sind sehr vorsichtig und verlassen den Raum niemals, ohne vorher den Schlüssel abzuziehen.«
»Ist der Schrank in der Nähe des Fensters?«
»Nein, auf der gegenüberliegenden Seite. Warum?«
Poirot zuckte die Achseln. »Es ging mir nur gerade durch den Kopf... Wollen Sie hereinkommen?«
Wir waren bei seinem Haus angekommen.
»Nein, ich möchte zurückgehen, und zwar will ich den Umweg durch den Wald machen.«
Die Wälder in der Umgebung von »Styles« waren wunderschön. Nach dem Spaziergang durch den sonnigen Park war es angenehm, langsam durch den kühlen, schattigen Wald zu schlendern. Es regte sich kaum ein Lüftchen, und selbst das Vogelgezwitscher klang gedämpft. Nachdem ich ein Stückchen gegangen war, legte ich mich unter eine herrliche alte Buche. Ich sah die Welt und die Menschheit in einem rosigen Licht, ich war sogar bereit, Poirot seine dumme Geheimnistuerei zu vergeben. Ich gähnte und streckte mich.
Ich dachte an den Mord, der mir plötzlich sehr unwirklich und fern erschien.
Ich gähnte wieder...
Wahrscheinlich ist es in Wirklichkeit nie geschehen, dachte ich. Es war alles nur ein Alptraum. Lawrence war der Täter, er hatte Alfred Inglethorp mit einem Krocketschläger ermordet. Aber wie lächerlich, daß John soviel Aufhebens davon machte und laut verkündete: »Ich sage dir, ich werde es nicht zulassen.«
Ich schreckte aus meinem Schlummer.
Es wurde mir sofort klar, daß ich in eine sehr peinliche

Situation geraten war, denn nur wenige Meter von mir entfernt standen John und Mary Cavendish. Während sie sich laut zankten, waren sie sich meiner Gegenwart offenbar nicht bewußt; bevor ich etwas sagen konnte, wiederholte John die Worte, die mich unsanft aus dem Schlaf geweckt hatten.
»Ich sage dir, ich werde es nicht zulassen.«
»Welches Recht hast du, meine Handlungen zu kritisieren«, erwiderte Mary mit klarer, kühler Stimme.
»Das ganze Dorf wird darüber reden! Am Sonnabend ist meine arme Mutter beerdigt worden, und heute läufst du bereits mit diesem Burschen herum.«
»Ach so, du regst dich nur über den Dorfklatsch auf«, entgegnete sie achselzuckend.
»Durchaus nicht. Ich wünsche nicht, daß du ständig mit diesem polnischen Kerl zusammen bist.«
»Ich habe nichts gegen einen Schuß polnisches Blut einzuwenden; es ist eine angenehme Abwechslung von dem unerschütterlichen Gleichmut des durchschnittlichen Engländers.«
Ihre Augen blitzten, ihre Stimme war eiskalt. Kein Wunder, daß John das Blut ins Gesicht stieg.
»Mary!«
»Du wünschst?« fragte sie in unverändertem Ton.
Seine Stimme klang nun nicht mehr bittend.
»Du hast also vor, Dr. Bauerstein weiterhin zu sehen, auch wenn ich es dir ausdrücklich verbiete?«
»Wenn ich Lust habe, ja.«
»Willst du dich meinen Wünschen widersetzen?«
»Nein, aber ich kann es nicht zulassen, daß du meine Handlungen kritisierst. Hast du denn keine Freunde, die mir nicht gefallen?«
John trat einen Schritt zurück; er war plötzlich bleich geworden.
»Was willst du damit andeuten?« fragte er unsicher.
»Na also«, entgegnete Mary ruhig. »Du weißt genau, daß *du* kein Recht hast, dich in die Wahl *meiner* Freunde einzumischen, nicht wahr?«

John sah sie flehend an.
»Nein, habe ich nicht das Recht?« entgegnete er mit zitternder Stimme. Er streckte seine Hände aus. »Mary ...«
Einen Augenblick glaubte ich, daß sie nachgeben würde. Ihr Ausdruck war weniger hart geworden, aber dann wandte sie sich mit einem plötzlichen Entschluß von ihm ab.
»Nein, du hast es nicht!«
Sie drehte sich um und ging, aber John lief ihr nach und packte sie beim Arm.
»Mary, liebst du diesen Bauerstein?«
Seine Stimme war ganz ruhig geworden.
Sie zauderte, und plötzlich breitete sich ein seltsamer Ausdruck über ihr Gesicht, alt wie die Berge und gleichzeitig ewig jung – unergründlich wie das Lächeln der Sphinx.
Sie machte sich vorsichtig von ihm los und sagte:
»Vielleicht.« Dann ging sie mit schnellen Schritten über die kleine Lichtung und verschwand hinter den Bäumen. John blieb wie zu Stein erstarrt zurück.
Ich ging auf ihn zu und trat absichtlich auf einen auf der Erde liegenden toten Zweig. John hörte das Knacken des Holzes und drehte sich um. Glücklicherweise kam er nicht auf den Gedanken, daß ich schon vorher in der Nähe gewesen sein könnte.
»Hallo, Hastings! Haben Sie den kleinen Poirot nach Hause gebracht? Drolliger Bursche! Ist er wirklich so tüchtig?«
»Man hält ihn allgemein für einen der tüchtigsten Detektive seiner Generation.«
»Nun, dann wird wohl etwas Wahres daran sein... Die Welt ist in einem fürchterlichen Zustand, mein Lieber.«
»Finden Sie?«
»Allerdings! Die scheußliche Tragödie – die Scotland-Yard-Beamten gehen ein und aus, man weiß nie, wo und wann man mit ihnen zusammenstößt. Große Schlagzeilen in allen Zeitungen – verdammte Journalisten, ich hasse die ganze Bande. Wissen Sie, daß die Leute sich heute früh vor dem Pförtnerhäuschen anstellten und in den Park starrten, als wäre er die Schreckenskammer eines Wachsfigurenkabinetts? Unerträg-

lich, was?«
»Nehmen Sie es sich nicht zu Herzen, John, es wird nicht ewig dauern.«
»Nein? Es kann jedenfalls so lange dauern, daß wir für alle Zeiten gebrandmarkt sind.«
»Nein, nein. Sie sehen alles in einem übertrieben düsteren Licht.«
»Auch das wäre kein Wunder, wenn man tagein, tagaus von unverschämten Reportern verfolgt und von frechen Idioten angestarrt wird. Aber das ist noch nicht das Schlimmste!«
»Was meinen Sie?«
John erwiderte mit leiser Stimme:
»Haben Sie jemals daran gedacht, welch ein Alpdruck es für mich ist, nicht zu wissen, wer das Verbrechen beging, Hastings? Manchmal habe ich das Gefühl, daß es ein Unfall gewesen sein muß, denn wer könnte es getan haben? Da Inglethorp nicht der Täter war, kommt nur – kommt nur einer von uns in Frage.«
Das war allerdings ein furchtbarer Gedanke. Einer von uns? Ja, das war wohl die einzige Erklärung, falls nicht...
Mir war ein neuer Einfall gekommen, den ich schnell erwog. Ich schien auf der richtigen Spur zu sein. Poirots geheimnisvolles Benehmen, seine Andeutungen wurden mir plötzlich verständlich. Ich Narr – warum hatte ich diese Möglichkeit nicht schon längst erkannt?
»Nein, John, einer von uns ist es nicht gewesen, das ist undenkbar.«
»Ich weiß, aber wer sonst könnte der Täter sein?«
»Können Sie es nicht erraten?«
»Nein.«
Ich sah mich vorsichtig um, dann flüsterte ich: »Dr. Bauerstein!«
»Unmöglich!«
»Durchaus nicht.«
»Welches Interesse hätte er am Tod meiner Mutter gehabt?«
»Das weiß ich nicht«, gestand ich. »Aber auch Poirot ist dieser Ansicht.«

»Poirot? Wirklich? Woher wissen Sie das?«
Ich erzählte ihm, wie erregt Poirot gewesen war, als er hörte, daß Bauerstein während der Mordnacht in »Styles« war, und fügte hinzu: »Zweimal sagte er: ›Das ändert alles.‹ Ich selbst habe mir etwas überlegt – Sie entsinnen sich, daß Inglethorp erklärte, er hätte die Tasse Kaffee in der Halle abgestellt? Bauerstein ist genau um diese Zeit angekommen, wäre es nicht möglich, daß er schnell etwas in den Kaffee tat, während Inglethorp ihn durch die Halle geleitete?«
»Schon denkbar, obwohl es sehr riskant gewesen wäre«, erwiderte John.
»Aber nicht unmöglich.«
»Woher wußte er, daß es ihr Kaffee war? Nein, das kann nicht stimmen, mein Lieber.«
Inzwischen war mir noch etwas eingefallen.
»Sie haben recht, so kann es nicht gewesen sein, aber hören Sie zu.« Dann erzählte ich ihm von der Kakaoprobe, die Poirot hatte analysieren lassen.
John machte den gleichen Einwand, den ich gemacht hatte.
»Bauerstein hatte den Kakao doch bereits zur Analyse geschickt, nicht wahr?«
»Das ist ja der springende Punkt, den ich zuerst auch nicht erkannt habe. Natürlich hat ihn Bauerstein analysieren lassen; falls er der Mörder war, gab es nichts Einfacheres für ihn, als die giftige Kakaoprobe mit einer gewöhnlichen zu vertauschen, die er analysieren ließ und in der natürlich kein Strychnin gefunden wurde. Aber niemand würde daran denken, Bauerstein zu verdächtigen, oder darauf kommen, selbst eine Probe des Kakaos zu nehmen – außer Poirot!«
»Ich denke, daß Kakao den bitteren Geschmack von Strychnin nicht verdecken kann?«
»Das wissen wir schließlich nur aus seinem Mund. Und es gibt noch andere Möglichkeiten, er ist bekanntlich einer der bedeutendsten Toxikologen...«
»Einer was? Wie heißt das?«
»Ein Toxikologe ist ein Sachverständiger auf dem Gebiet der Giftkunde«, erklärte ich. »Vielleicht hat er herausgefunden,

wie man Strychnin herstellen kann, das geschmacklos ist. Oder vielleicht war es gar nicht Strychnin, sondern ein unbekanntes Gift, das dieselben Symptome hervorruft.«

»Mag sein«, sagte John, »aber wie wäre er an den Kakao herangekommen? Er war doch nicht unten.«

»Das stimmt«, gab ich kleinlaut zu.

Und dann kam mir plötzlich ein entsetzlicher Gedanke. Ich hoffte von ganzem Herzen, daß John nicht ebenfalls darauf käme. Ich sah ihn verstohlen von der Seite an. Er runzelte nachdenklich die Stirn, und ich atmete erleichtert auf, denn meine furchtbare Idee war, daß Dr. Bauerstein einen Komplicen gehabt haben könnte.

Aber nein, es war unmöglich! Eine so schöne Frau wie Mary Cavendish konnte keine Mörderin sein – und doch hatte es schöne Giftmörderinnen gegeben.

Jetzt fiel mir auch eine Unterredung ein, die am Tag meiner Ankunft beim Tee stattfand, und Marys leuchtende Augen, als sie sagte, daß Gift die Waffe der Frauen sei. Wie erregt sie an jenem verhängnisvollen Dienstagabend gewesen war! Hatte Mrs. Inglethorp entdeckt, daß Marys Freundschaft mit Dr. Bauerstein nicht harmlos war, und gedroht, es ihrem Mann mitzuteilen? War das Verbrechen deshalb begangen worden? Dann entsann ich mich der geheimnisvollen Unterhaltung zwischen Poirot und Miss Howard. Hatten sie darauf angespielt? War das die grauenvolle Möglichkeit, die Miss Howard um keinen Preis in Betracht ziehen wollte?

Ja, es paßte alles zusammen...

Kein Wunder, daß Miss Howard vorschlug, es zu »vertuschen«. Jetzt verstand ich den Satz, den sie nicht zu Ende gesprochen hatte: »Die arme Emily selbst...« Und ich mußte ihr zustimmen. Würde es Mrs. Inglethorp nicht vorgezogen haben, daß ihr Tod ungerächt geblieben wäre? Wäre der Schandfleck auf dem Namen Cavendish nicht schlimmer als alles andere gewesen?

Johns Stimme unterbrach meinen Gedankenflug.

»Ich bezweifle, ob Ihre Theorie richtig ist«, sagte er.

»Warum?« fragte ich mit scheinbarem Interesse, denn ich war

dankbar, daß er von der Frage, wie das Gift in den Kakao gelangt war, abgekommen war.
»Aus dem einfachen Grund, weil Bauerstein eine Obduktion verlangte, obwohl das nicht unbedingt nötig gewesen wäre. Dr. Wilkins hätte nichts dagegen gehabt, es bei seiner Diagnose einer Herzkrankheit bewenden zu lassen.«
»Mag sein, aber wahrscheinlich hielt er es auf lange Sicht für besser«, entgegnete ich. »Wenn später Gerüchte aufgetaucht wären, hätte die Polizei eine Exhumierung angeordnet, alles wäre ans Licht gekommen, und er wäre in einer peinlichen Lage gewesen, da niemand begriffen hätte, wie ein so berühmter Mann an einen Herzanfall glauben konnte.«
»Das ist möglich«, gab John zu, »dennoch weiß ich nicht, aus welchem Grund er es getan haben könnte.«
Ich zitterte.
»Hören Sie zu«, sagte ich, »vielleicht irre ich mich, und bitte vergessen Sie nicht, das alles streng vertraulich zu behandeln.«
»Das versteht sich doch von selbst.«
Wir waren, während wir uns unterhielten, weitergegangen und kamen jetzt durch das kleine Tor in den Garten. Wir hörten Stimmen, denn der Tee wurde unter der Sykomore serviert, wie am Tage meiner Ankunft.
Cynthia war vom Krankenhaus zurückgekehrt; ich rückte meinen Stuhl neben sie und erzählte ihr, daß Poirot den Wunsch geäußert hatte, sie in ihrer Apotheke zu besuchen.
»Aber natürlich soll er kommen! Ich werde ihn zum Tee einladen, er ist so ein reizender Mensch. Aber drollig ist er wirklich, neulich bestand er darauf, daß ich meine Brosche abnähme, weil sie schief säße, und sie mir gerade anstecke.«
Ich lachte.
»So was ist bei ihm zur fixen Idee geworden.«
»Ja, wirklich.«
Wir schwiegen eine Weile, dann flüsterte mir Cynthia mit einem Blick auf Mary Cavendish zu: »Ich möchte nach dem Tee mit Ihnen sprechen, Mr. Hastings.«
Die Art, wie sie Mary ansah, stimmte mich nachdenklich. Ich

hatte das Gefühl, daß sich die beiden nicht besonders mochten. Ich dachte zum erstenmal über Cynthias Zukunft nach. Mrs. Inglethorp hatte ihr nichts hinterlassen, aber ich nahm an, daß John und Mary sie mindestens bis zum Ende des Krieges in ihrem Haus behalten würden. Ich wußte, daß John sie gern hatte und sie nur zögernd ziehen lassen würde.

John, der ins Haus gegangen war, erschien wieder im Garten. Sein gutmütiges Gesicht war vor Ärger verzerrt.

»Diese verfluchten Detektive! Ich weiß wahrhaftig nicht, was sie eigentlich suchen. Sie waren in jedem einzelnen Zimmer und haben herumgekramt und alles durcheinandergebracht – einfach fürchterlich! Wahrscheinlich haben sie die Gelegenheit benützt, weil wir alle ausgegangen waren. Ich werde Inspektor Japp bei der nächsten Gelegenheit die Meinung sagen!«

»Müssen ihre Nase in alles stecken«, brummte Miss Howard.

Mary Cavendish schwieg.

Nach dem Tee forderte ich Cynthia zu einem Spaziergang auf, und wir gingen auf den Wald zu.

Sobald wir außer Sichtweite waren, fragte ich: »Was wollten Sie mit mir besprechen?«

Cynthia ließ sich seufzend auf den moosigen Boden fallen und nahm ihren Hut ab. Sonnenstrahlen fielen durch die Zweige der Bäume und verwandelten ihr kastanienbraunes Haar in schimmerndes Gold.

»Sie sind immer so nett zu mir und wissen soviel, Mr. Hastings«, begann sie.

Erst in diesem Augenblick fiel mir auf, was für ein charmantes Geschöpf Cynthia war, viel charmanter als Mary, die nie so reizende Dinge sagte.

»Ja, und?« ermunterte ich sie, da sie zu zögern schien.

»Ich wollte Sie um Ihren Rat bitten. Was soll ich tun?«

»Tun?«

»Ja. Tante Emily hat mir versprochen, daß sie für mich sorgen würde. Wahrscheinlich hat sie es vergessen oder nicht daran gedacht, daß sie schon sterben könnte – jedenfalls hat sie mir nichts hinterlassen. Und ich weiß nicht, was ich tun soll.

Glauben Sie, daß ich gleich ausziehen muß?«
»Ausgeschlossen! Ich bin überzeugt, daß John und Mary sich nicht von Ihnen trennen möchten.«
Cynthia zögerte einen Augenblick und zog mit ihren kleinen Händen ein paar Grashalme aus der Erde. Dann sagte sie:
»Mrs. Cavendish möchte mich brennend gern loswerden – sie haßt mich.«
»Sie haßt Sie?« fragte ich erstaunt.
Cynthia nickte.
»Ja, ich habe keine Ahnung weshalb, aber sie kann mich nicht ausstehen, und *er* noch viel weniger.«
»Da irren Sie sich, John hat Sie sogar sehr gern«, sagte ich mit viel Wärme.
»Ja, *John* hat mich gern, aber ich spreche von Lawrence. Es ist mir natürlich ganz gleichgültig, ob Lawrence mich haßt oder nicht, aber es ist sehr traurig, wenn man von keinem Menschen geliebt wird, finden Sie nicht?«
»Sie irren sich bestimmt, Miss Cynthia. John hat Sie gern, und Miss Howard ...«
Cynthia nickte schwermütig.
»Ja, John mag mich, und Evie würde trotz ihrer schroffen Art keiner Fliege etwas zuleide tun, aber Lawrence spricht kaum mit mir, und Mary kann sich nur schwer dazu überwinden, höflich zu sein. Sie möchte, daß Evie hierbleibt, sie fleht sie an, nicht zu gehen, aber mich will sie loswerden, und ich – ich weiß wirklich nicht, was ich tun soll.« Plötzlich brach die arme Kleine in Tränen aus.
Ich weiß nicht, was plötzlich über mich kam – vielleicht war es ihre Schönheit, ihr golden schimmerndes Haar, vielleicht das Gefühl der Erleichterung, einen Menschen zu sehen, der offensichtlich nichts mit der Tragödie zu tun hatte, vielleicht nur Mitleid mit ihrer Jugend und ihrer Einsamkeit. Ich beugte mich vor, nahm ihre kleine Hand und sagte verlegen: »Wollen Sie mich heiraten, Cynthia?«
Ohne mir dessen bewußt zu sein, hatte ich den richtigen Weg gefunden, ihre Tränen zu trocknen. Sie setzte sich auf, entzog mir ihre Hand und sagte beinahe schroff:

»Machen Sie keine dummen Scherze!«
Ich war ziemlich ärgerlich.
»Ich scherze nicht, ich frage Sie, ob Sie mir die Ehre antun wollen, meine Frau zu werden.«
Zu meinem größten Erstaunen brach Cynthia in ein schallendes Gelächter aus und nannte mich einen »dummen lieben Kerl«.
»Sie sind einfach reizend, aber Sie wissen selbst, daß es Ihnen damit nicht ernst ist.«
»Doch, bestimmt, Sie ahnen nicht...«
»Macht nichts – ich will es gar nicht wissen – eins steht fest, daß weder Sie noch ich das ernstlich erwägen.«
»Damit ist der Fall natürlich erledigt«, sagte ich gekränkt. »Aber worüber Sie lachen, weiß ich nicht, ich finde einen Heiratsantrag nicht komisch.«
»Da haben Sie recht«, gab Cynthia zu, »und ich hoffe, daß Ihr Antrag bei nächster Gelegenheit angenommen wird. Leben Sie wohl, Sie haben mich in glänzende Stimmung versetzt.«
Dann verschwand sie mit einem erneuten Lachanfall im Wald.
Ich dachte einige Zeit über den recht unerfreulichen Zwischenfall nach, dann entschloß ich mich, ins Dorf zu gehen, um Dr. Bauerstein aufzusuchen. Ich hielt es für meine Pflicht, den Burschen nicht aus den Augen zu verlieren. Außerdem wollte ich versuchen, ihm auf geschickte Art beizubringen, daß niemand ihn verdächtigte. Ich entsann mich stolz, wieviel Poirot von meinen diplomatischen Fähigkeiten hielt. Er wohnte in einem kleinen Haus, an dessen Vorderfenster ein Schild befestigt war, auf dem stand: »Möblierte Zimmer zu vermieten.«
Ich klopfte an die Haustür, eine alte Frau öffnete mir.
»Guten Tag, ist Dr. Bauerstein zu Hause?« fragte ich liebenswürdig.
Sie starrte mich an. Schließlich sagte sie:
»Haben Sie denn nicht gehört...?«
»Was soll ich gehört haben?«
»Wissen Sie nicht, was ihm passiert ist?«
»Passiert? Ist er tot?«

»Nein, abgeholt haben sie ihn.«
»Abgeholt?«
»Eingelocht – die Polizei hat ihn geholt.«
»Die Polizei...«
Ich glaubte nicht recht gehört zu haben, aber ich hielt mich nicht länger mit der Alten auf, sondern lief, so schnell ich konnte, über die Dorfstraße zu Poirots Haus.

10

Zu meiner großen Enttäuschung war Poirot nicht da, und der alte Belgier, der mir die Tür öffnete, teilte mir mit, daß er nach London gefahren sei.
Ich war erschlagen. Was konnte Poirot in London wollen? War er einer plötzlichen Eingebung gefolgt, oder war er bereits vor einigen Stunden, als wir uns verabschiedeten, dazu entschlossen gewesen?
Ich ging verärgert zurück zum Gutshaus. Ich wußte nicht, was ich während Poirots Abwesenheit unternehmen sollte. Hatte er diese Verhaftung vorausgesehen? Hatte er sie vielleicht selbst arrangiert? Leider konnte ich mir diese Fragen nicht beantworten. Aber was konnte ich inzwischen tun? Sollte ich Bauersteins Verhaftung in »Styles« verkünden oder nicht? Obwohl ich es mir nicht eingestand, dachte ich an Mary Cavendishs Gefühle. Würde es nicht ein furchtbarer Schock für sie sein? Im Augenblick kam es mir nicht in den Sinn, sie zu verdächtigen. Sie war bestimmt nicht in die Angelegenheit verwickelt, sonst hätte ich bereits eine Andeutung darüber gehört.
Natürlich konnte man ihr Dr. Bauersteins Verhaftung auf die Dauer nicht verschweigen, denn die Nachricht würde bereits morgen in allen Zeitungen stehen, und doch scheute ich mich davor, sie zu verbreiten. Hätte ich nur Poirots Rat einholen können! Wieso war er plötzlich nach London gefahren? Wie dem auch sei, mein Vertrauen in seinen Scharfsinn war jetzt

unbegrenzt. Ich wäre nie auf den Gedanken gekommen, Bauerstein zu verdächtigen, wenn mich Poirot nicht darauf gebracht hätte. Ja, er war ein kluger Kerl!
Schließlich entschloß ich mich, John ins Vertrauen zu ziehen und es ihm zu überlassen, die Nachricht weiterzugeben.
Er stieß einen langen Pfiff aus, als ich ihm von der Verhaftung erzählte.
»Du liebe Zeit! *Sie* hatten also recht, ich wollte es einfach nicht glauben.«
»Es ist erstaunlich, aber verständlich, wenn man bedenkt, wie viele Dinge sich dadurch erklären lassen. Wie jetzt alles zusammenpaßt. Was sollen wir nun tun? Morgen wird es natürlich allgemein bekannt sein.«
John überlegte. »Ich halte es für das beste, im Augenblick nichts zu sagen«, meinte er schließlich. »Man wird es ja, wie Sie bereits feststellten, bald genug erfahren.«
Zu meiner größten Überraschung wurde jedoch die Verhaftung am nächsten Morgen in den Zeitungen mit keinem Wort erwähnt. In einem Blatt war eine Spalte mit allgemeinen Betrachtungen über den »Giftmord in Styles« angefüllt – sonst nichts. Es war unverständlich, aber wahrscheinlich hielt Japp es aus gewissen Gründen für falsch, diese Meldung in der Presse zu veröffentlichen. Es beunruhigte mich insofern, als ich nun die Möglichkeit weiterer Verhaftungen für nicht unwahrscheinlich hielt.
Ich entschloß mich, nach dem Frühstück ins Dorf hinunterzugehen, um festzustellen, ob Poirot zurückgekommen war, aber bevor ich mich auf den Weg machen konnte, sah ich ein wohlbekanntes Gesicht durch ein Gartenfenster lugen und hörte eine wohlbekannte Stimme:
»*Bonjour, mon ami!*«
»Poirot! Ich bin ja so glücklich, Sie zu sehen«, rief ich entzückt und zog ihn mit beiden Händen ins Zimmer. »Ich habe es bisher nur John mitgeteilt – war das richtig?«
»Ich weiß nicht, wovon Sie reden, mein Freund«, erwiderte er.
»Natürlich von Bauersteins Verhaftung«, entgegnete ich ungeduldig.

»Ist Dr. Bauerstein verhaftet worden?«
»Wußten Sie es nicht?«
»Keine Ahnung.« Nach einer kurzen Pause fügte er hinzu: »Aber es überrascht mich nicht, schließlich sind wir nur vier Meilen von der Küste entfernt.«
»Von der Küste? Was hat das damit zu tun?« fragte ich erstaunt.
Poirot zuckte die Achseln. »Das ist doch ganz offensichtlich.«
»Ich muß wohl sehr begriffsstutzig sein, denn ich kann mit dem besten Willen nicht verstehen, was die Nähe der Küste mit Mrs. Inglethorps Tod zu tun hat.«
»Natürlich nichts«, erwiderte Poirot lächelnd. »Aber wir sprachen von Dr. Bauersteins Verhaftung.«
»Ja, und er wurde wegen Mordes an Mrs. Inglethorp verhaftet...«
»Was? Dr. Bauerstein ist wegen Mordes an Mrs. Inglethorp verhaftet worden?« sagte Poirot sehr überrascht.
»Ja.«
»Unmöglich! Das wäre zu komisch! Wer hat Ihnen das gesagt, mein Freund?«
»Niemand hat es mir gesagt«, gestand ich, »aber er ist bestimmt verhaftet worden.«
»Das glaube ich gern, aber wegen Spionage, *mon ami*!«
»Spionage?« fragte ich verdutzt.
»Jawohl.«
»Nicht, weil er Mrs. Inglethorp vergiftet hat?«
»Es sei denn, daß unser Freund Japp den Verstand verloren hat«, erwiderte Poirot gedehnt.
»Aber – aber ich glaube, Sie selbst seien dieser Meinung gewesen?«
Poirot sah mich mitleidig und erstaunt an.
Nachdem ich mich langsam an den Gedanken gewöhnt hatte, fragte ich:
»Glauben Sie wirklich, daß Dr. Bauerstein ein Spion ist?«
Poirot nickte. »Haben Sie selbst das niemals vermutet?«
»Nein, auf den Gedanken bin ich nicht gekommen.«
»Fanden Sie es nicht seltsam, daß ein berühmter Londoner

Arzt sich in einem kleinen Dorf vergräbt und die Angewohnheit hat, zu nächtlicher Stunde gestiefelt und gespornt umherzugehen?«
»Nein, darüber habe ich mir nicht den Kopf zerbrochen«, gab ich zu.
»Natürlich ist er in Wirklichkeit kein Pole, sondern gebürtiger Deutscher; er lebt und praktiziert allerdings schon so lange hier, daß man ihn fast für einen Engländer halten könnte. Er ist vor etwa fünfzehn Jahren naturalisiert worden. Er ist ein kluger Kerl.«
»Der Schuft«, rief ich entrüstet.
»Durchaus nicht – er ist, im Gegenteil, ein Patriot. Bedenken Sie, was für ihn auf dem Spiel steht! Ich persönlich bewundere den Mann.«
Ich war nicht imstande, Poirots philosophische Einstellung zu teilen.
»Und mit diesem Mann ist Mrs. Cavendish überall herumgezogen«, stellte ich entrüstet fest.
»Wahrscheinlich fand er sie sehr nützlich«, bemerkte Poirot. »Während die Leute sich damit beschäftigten, über seine Freundschaft mit Mary Cavendish zu klatschen, übersahen sie seine anderen Aktivitäten.«
»Sie glauben also, daß er sich nichts aus ihr gemacht hat?« fragte ich eifrig, vielleicht etwas zu eifrig.
»Darüber kann ich mir kein Urteil erlauben, aber ich bin der Ansicht, daß Mrs. Cavendish sich nichts aus ihm macht und sich niemals für ihn interessiert hat.«
»Glauben Sie wirklich?« Es gelang mir nicht, meine Freude zu verbergen.
»Ich bin wirklich fest davon überzeugt und werde Ihnen auch sagen, warum.«
»Ja – warum?«
»Weil sie sich für jemand anders interessiert, *mon ami.*«
»So? . . .« Wen mochte er wohl meinen? Das Blut stieg mir in den Kopf. Was Frauen anbetrifft, bin ich nicht eingebildet, aber ich erinnerte mich gewisser Vorfälle, denen ich vielleicht damals zuwenig Bedeutung beigelegt hatte, die aber darauf

hindeuteten ...
Meine Träumereien wurden durch Miss Howards plötzliches Erscheinen unterbrochen. Sie blickte sich hastig um, weil sie sich versichern wollte, daß niemand außer uns im Zimmer war, dann holte sie schnell ein Stück altes braunes Packpapier hervor und gab es Poirot mit den geheimnisvollen Worten: »Oben auf dem Schrank.«
Dann eilte sie aus dem Zimmer.
Poirot entfaltete das Papier erregt und breitete es auf dem Tisch aus. Dann stieß er einen Schrei der Befriedigung aus.
»Kommen Sie her, Hastings! Sagen Sie mir bitte, ob Sie diesen Anfangsbuchstaben für ein J oder für ein L halten?«
Auf dem staubigen Packpapier klebte eine Paketadresse mit dem gedruckten Namen des Absenders, dem Poirot seine ungeteilte Aufmerksamkeit schenkte. Der Absender war die bekannte Theaterkostümfirma Parkinson, und das Paket war adressiert an: (Der Anfangsbuchstabe war fraglich) »Cavendish, Gutshaus Styles. Styles. Essex.«
Nachdem ich das Schildchen einige Minuten genau betrachtet hatte, sagte ich: »Es ist entweder ein T oder ein L – bestimmt kein J.«
»Ausgezeichnet«, sagte Poirot und faltete das Papier wieder zusammen. »Ich bin ganz Ihrer Ansicht – es ist sicher ein L.«
»Woher kommt das? Ist es wichtig?« fragte ich neugierig.
»Ziemlich wichtig. Es bestätigt eine meiner Theorien. Nachdem ich darauf gekommen war, bat ich Miss Howard, danach zu suchen, und wie sie sehen, ist sie erfolgreich gewesen.«
»Was meinte sie mit: ›Oben auf dem Schrank‹?«
»Daß sie es oben auf dem Schrank gefunden hat.«
»Merkwürdiger Platz für ein Stück Packpapier«, bemerkte ich.
»Durchaus nicht, es ist sogar ein sehr guter Platz für Papier und Pappschachteln. Ich selbst hebe sie oft dort auf; wenn man sie ordentlich aufschichtet, ist nichts dagegen einzuwenden.«
»Haben Sie sich Ihre Meinung über dieses Verbrechen gebildet, Poirot?« fragte ich ihn ernst.
»Ja – ich glaube zu wissen, wie es begangen wurde.«
»Aha!«

»Leider kann ich meine Theorie nicht beweisen, falls nicht ...«
Mit plötzlicher Energie packte er mich am Arm und zog mich aus dem Zimmer in die Halle. Dort rief er in seiner Erregung auf französisch: *»Mademoiselle Dorkas, Mademoiselle Dorkas! Un moment, s'il vous plaît.«*
Dorkas kam eilig aus dem Anrichteraum.
»Meine liebe Dorkas, vielleicht können Sie mir helfen, ich habe eine bestimmte Idee – wenn ich recht habe, wäre es großartig! War am Montag vor der Tragödie – am Montag, Dorkas, nicht am Dienstag – Mrs. Inglethorps Klingel nicht in Ordnung?«
Dorkas sah ihn erstaunt an. »Allerdings! Woher Sie das nur wissen, Mr. Poirot! Wahrscheinlich hatte eine Maus den Draht zerknabbert; am Dienstag morgen hat dann der Elektriker die Klingelleitung repariert.«
Poirot dankte ihr überschwenglich; dann gingen wir zurück in den kleinen Salon.
»Ich weiß, daß man sich nicht auf äußerliche Beweise, sondern nur auf den Verstand verlassen sollte, mein Freund. Aber das Fleisch ist schwach, und man legt nun einmal Wert auf konkrete Beweise, die einem zeigen, daß man auf der richtigen Spur ist. Ach, ich bin ja so glücklich, *mon ami*, ich möchte vor Freude in die Luft springen.«
Und er rannte hinaus und sprang tatsächlich wie ein Füllen über den Rasen vor dem Salon.
»Was macht Ihr drolliger kleiner Freund eigentlich?« fragte eine Stimme hinter mir. Ich drehte mich um. Es war Mary Cavendish. Wir lächelten uns an.
»Was ist nur in ihn gefahren?« fuhr sie fort.
»Ich kann es Ihnen wirklich nicht sagen. Er fragte Dorkas etwas im Zusammenhang mit einer Klingel, und ihre Antwort scheint ihn so entzückt zu haben, daß er seiner Freude auf diese Weise Luft machen muß.«
Mary lachte.
»Wie lächerlich! Er geht gerade durch das Gartentor – wird er heute nicht mehr zurückkommen?«
»Ich weiß es nicht. Ich habe es aufgegeben, erraten zu wollen, was er im Schilde führt.«

»Ist er jetzt völlig verrückt geworden, Mr. Hastings?«
»Das kann ich Ihnen wirklich nicht sagen. Manchmal habe ich das Gefühl, daß er komplett verrückt ist, dann plötzlich entdecke ich, daß der scheinbare Wahnsinn einen Sinn hat.«
»Ich verstehe.«
Mary sah heute morgen trotz ihres Lächelns nachdenklich, fast schwermütig aus.
Ich hielt die Gelegenheit für günstig, mich mit ihr über Cynthia zu unterhalten, und begann mich dem Thema – wie ich glaubte – sehr taktvoll zu nähern, jedoch wurde ich ziemlich bald von Mary unterbrochen.
»Ich bin überzeugt, daß Sie im allgemeinen ein ausgezeichneter Fürsprecher sind, Mr. Hastings, aber in diesem Fall vergeuden Sie Ihr Talent. Verlassen Sie sich darauf, daß ich Cynthia nicht unfreundlich behandeln werde.«
Ich begann mich unsicher und stotternd zu entschuldigen, wurde aber wiederum von Mary unterbrochen. Was sie sagte, war so unerwartet, daß ich Cynthia und ihre Sorgen sofort vergaß.
»Glauben Sie, daß meine Ehe mit John glücklich ist, Mr. Hastings?« fragte sie.
Ich war so fassungslos, daß ich nur stammelnd erwiderte, diese Dinge gingen mich nichts an.
»Ob es Sie etwas angeht oder nicht, ich sage Ihnen, daß wir *nicht* glücklich sind.«
Ich antwortete nicht, weil ich fühlte, daß sie mir mehr zu sagen hatte. Sie ging mit gesenktem Kopf langsam im Zimmer auf und ab, dann blieb sie plötzlich stehen und sah mich an.
»Sie wissen nichts über mich, nicht wahr?« fragte sie. »Sie haben keine Ahnung, woher ich komme und wer ich vor meiner Verheiratung mit John war – gut, ich werde es Ihnen erzählen, ich werde Sie zu meinem Beichtvater ernennen, weil ich Sie für einen gutmütigen Menschen halte.«
Vielleicht war ich nur deshalb nicht in gehobener Stimmung, weil ich mich entsann, daß Cynthia ihre Bekenntnisse auf die gleiche Art begonnen hatte. Außerdem sollte ein junger Mann nicht Beichtvater sein, diese Rolle eignete sich, meiner An-

sicht nach, besser für einen gereiften Menschen.
»Mein Vater war Engländer, aber meine Mutter war Russin«, begann Mary Cavendish.
»Aha, jetzt verstehe ich ...«
»Was verstehen Sie?«
»Ihr etwas geheimnisvolles, fremdartiges Wesen.«
»Meine Mutter war, glaube ich, sehr schön. Ich weiß es nicht, weil ich sie nicht gekannt habe. Sie starb, als ich noch klein war, und zwar auf tragische Weise – weil sie versehentlich zuviel Schlaftabletten einnahm. Mein Vater war nach ihrem Tode ein gebrochener Mann. Bald danach nahm er einen Posten im diplomatischen Dienst an, und ich begleitete ihn überallhin. Im Alter von dreiundzwanzig Jahren hatte ich fast die ganze Welt gesehen. Es war ein wundervolles, abwechslungsreiches Leben – ich liebte es sehr.«
Sie warf den Kopf zurück, und ein Lächeln breitete sich über ihr Gesicht, während sie an die schönen alten Zeiten dachte.
»Dann starb mein Vater, und ich blieb mittellos zurück. Ich mußte zu zwei alten Tanten nach Yorkshire ziehen.« Sie schauderte. »Sie werden verstehen, daß mir das öde, langweilige Leben dort unerträglich erschien, daß ich am Rande der Verzweiflung war.« Sie machte eine kurze Pause, dann fügte sie in verändertem Ton hinzu: »Und da lernte ich John Cavendish kennen.«
»Ja, und?«
»Meine Tanten hielten ihn natürlich für eine gute Partie, aber ich versichere Ihnen, daß das für mich nicht ausschlaggebend war. Nein, für mich bedeutete diese Ehe eine Flucht aus der tödlichen Monotonie meines Lebens.«
Ich schwieg, und einige Augenblicke später fuhr sie fort:
»Bitte, verstehen Sie mich nicht falsch, ich war ihm gegenüber ganz ehrlich. Ich sagte ihm, daß ich ihn gern hätte und daß ich hoffte, ihn im Lauf der Zeit noch mehr schätzen zu lernen, aber daß von ›Liebe‹ nicht die Rede sein könnte. Er war mit allem einverstanden, und so heirateten wir.«
Danach machte sie eine lange Pause und blickte mit gerunzelter Stirn vor sich hin. Ihre Gedanken schienen sich sehr

ernsthaft mit der Vergangenheit zu beschäftigen.
»Ich glaube bestimmt, daß er mich am Anfang gern hatte, aber wir paßten wohl nicht zusammen. Bald gingen wir unsere eigenen Wege, und ich muß, so sehr es meinen Stolz verletzt, gestehen, daß er meiner schnell überdrüssig wurde.« Ich murmelte, daß mir das unbegreiflich wäre, und sie fuhr fort: »O doch, er war meiner müde geworden, aber nun spielt das alles keine Rolle mehr, denn jetzt werden sich unsere Wege endgültig trennen.«
»Was wollen Sie damit sagen?«
»Daß ich nicht in ›Styles‹ bleiben werde«, entgegnete sie ruhig.
»Sie und John werden nicht hier leben?«
»John vielleicht, aber ich nicht.«
»Sie wollen ihn verlassen?«
»Ja.«
»Aber warum?«
Nach einer langen Pause erwiderte sie:
»Vielleicht – weil ich frei sein möchte.«
Während sie sprach, hatte ich eine Vision von weiten Ebenen, von einsamen Waldwegen, von endlosen Steppen, und ich begriff, was die Freiheit einem Menschen wie Mary Cavendish bedeutete. Sie erschien mir wie ein stolzes wildes Tier – vielleicht wie ein scheuer, ungezähmter Bergvogel. Und dann, es klang wie ein Aufschrei: »Sie wissen ja nicht, wie ich dieses Haus hasse – es ist wie ein Gefängnis!«
»Ich verstehe Ihre Gefühle, aber bitte, tun Sie nichts Übereiltes.«
»Nichts Übereiltes«, wiederholte sie spöttisch.
Plötzlich sagte ich etwas, das ich einen Moment später gern zurückgenommen hätte: »Sie wissen, daß Dr. Bauerstein verhaftet worden ist?«
Ihr Gesicht erstarrte zu einer Maske. »John hat es mir heute früh mitgeteilt.«
»Und was halten Sie davon?« fragte ich bedrückt.
»Wovon?«
»Von seiner Verhaftung.«
»Was soll ich davon halten? Anscheinend ist er ein deutscher

Spion, jedenfalls hat der Gärtner John so was erzählt.«
Ihr Gesicht und ihre Stimme waren kalt und ausdruckslos. Nahm sie es sich zu Herzen oder nicht?
Sie ging zum Tisch und befühlte die Blumen in einer Vase.
»Sie sind völlig vertrocknet, ich muß frische holen, bitte entschuldigen Sie mich, Mr. Hastings«, und mit diesen Worten öffnete sie die Terrassentür und ging mit einem leichten Kopfnicken hinaus.
Nein, bestimmt machte sie sich nichts aus Bauerstein. Keine Frau wäre imstande, diese Rolle mit einer solchen eiskalten Gleichgültigkeit zu spielen.

Am nächsten Morgen war Poirot nicht zu sehen, auch die Scotland-Yard-Beamten traten nicht in Erscheinung.
Um die Mittagsstunde erhielten wir eine enttäuschende Nachricht. Wir hatten vergeblich versucht festzustellen, an wen Mrs. Inglethorp am Vorabend ihres Todes den vierten Brief geschrieben hatte, und wir hofften, daß sich das Rätsel vielleicht eines Tages von selbst lösen würde. Und eben das war geschehen: ein französischer Musikverlag bestätigte Mrs. Inglethorps Brief und den Empfang eines Schecks; die Firma bedauerte, die gewünschte Serie russischer Volkslieder nicht mehr auf Lager zu haben. Damit mußten wir die letzte Hoffnung aufgeben, das Geheimnis mittels der Korrespondenz jenes unglückseligen Abends lösen zu können.
Kurz vor dem Tee ging ich ins Dorf, um Poirot von unserer Enttäuschung zu berichten, aber er war nicht zu Hause. »Ist er wieder nach London gefahren?«
»Nein, er ist nach Tadminster gefahren, Monsieur, um die Apotheke einer jungen Dame zu besichtigen«, erklärte mir einer von Poirots Landsleuten.
»Dummer Kerl«, entfuhr es mir. »Ich habe ihm doch gesagt, daß sie am Mittwoch nicht dort ist! Würden Sie ihm bitte bestellen, er möchte morgen früh zum Gutshaus kommen?«
»Selbstverständlich, Monsieur.«
Aber auch am nächsten Morgen erschien Poirot nicht in »Styles«. Ich war wirklich ärgerlich, daß er uns so schlecht

behandelte.
Nach dem Mittagessen nahm mich Lawrence beiseite und fragte, ob ich Poirot im Dorf aufsuchen würde.
»Nein, ich glaube nicht. Wenn er uns sehen will, soll er zu uns kommen.«
»Meinen Sie?« fragte Lawrence unsicher. Er machte einen ungewöhnlich nervösen und erregten Eindruck, deshalb schlug ich vor:
»Wenn es sich aber um etwas Besonderes handelt, kann ich natürlich auch zu ihm gehen.«
»Es ist nicht sehr wichtig, aber – aber wenn Sie doch gehen sollten, würden Sie ihm sagen –«, und seine Stimme wurde zum Flüstern, »– daß ich, glaube ich, die fehlende Kaffeetasse gefunden habe.«
Ich hatte Poirots geheimnisvolle Botschaft fast vergessen, aber jetzt flackerte meine Neugier von neuem auf.
Lawrence war nicht dazu zu bewegen, mehr zu sagen, und so kletterte ich von meinem hohen Roß und beschloß, Poirot erneut aufzusuchen.
Dieses Mal wurde ich lächelnd empfangen, ja, Poirot war zu Hause. Ob ich hinaufgehen würde?
Ich nickte zustimmend.
Poirot saß am Tisch; sein Kopf war in die Hände gestützt. Bei meinem Eintritt sprang er auf.
»Haben Sie etwas, fühlen Sie sich nicht wohl?« fragte ich besorgt.
»Nein, nein, ich bin nicht krank, ich bin nur im Begriff, eine wichtige Entscheidung zu treffen.«
»Ob Sie den Verbrecher verhaften sollen oder nicht«, sagte ich ironisch.
Zu meiner großen Überraschung nickte Poirot ernsthaft.
»›Sprechen oder nicht sprechen, das ist die Frage‹, wie Ihr großer Dichter Shakespeare sagt.«
Ich nahm mir nicht die Mühe, das Zitat zu verbessern.
»Scherzen Sie, Poirot?«
»Im Gegenteil, es ist mir bitterernst, denn es handelt sich um ein sehr ernstes Problem.«

»Um was handelt es sich?«
»Um das Glück einer Frau.«
Ich wußte nicht recht, was ich sagen sollte.
»Der Augenblick ist gekommen, und ich bin unentschlossen«, stellte Poirot nachdenklich fest. »Denn es steht alles auf dem Spiel, keiner außer Hercule Poirot würde es wagen.« Er klopfte sich stolz an die Brust.
Nach einer kurzen, respektvollen Pause überbrachte ich ihm die Botschaft, die Lawrence mir aufgetragen hatte.
»Ausgezeichnet! Er hat die Tasse also gefunden – Ihr Freund, Monsieur Lawrence, hat mehr Verstand, als ich ihm zutraute.«
Ich selbst hielt nicht viel von Lawrences Intelligenz, aber ich widersprach Poirot nicht. Statt dessen machte ich ihm sanfte Vorwürfe, weil er Cynthias freie Tage vergessen hatte.
»Sie haben recht, ich habe ein Gedächtnis wie ein Sieb. Aber die andere junge Dame war sehr nett und hat mir alles auf das liebenswürdigste erklärt.«
»Gut, dann müssen Sie eben ein anderes Mal bei Cynthia Tee trinken.«
Dann erzählte ich ihm von dem Brief des Musikverlages.
»Das tut mir leid, ich hatte gewisse Hoffnungen auf diesen Brief gesetzt, aber was nicht sein soll, soll nicht sein«, entgegnete er. »Man muß der ganzen Sache eben mit dem Verstand beikommen.« Er klopfte sich bedeutungsvoll auf die Stirn, dann fragte er unvermittelt: »Verstehen Sie etwas von Fingerabdrücken, mein Freund?«
»Nein, ich weiß nur, daß es keine identischen Fingerabdrücke gibt«, sagte ich ziemlich erstaunt.
»Sehr richtig.«
Er schloß eine kleine Schublade auf und entnahm ihr einige Fotografien, die er auf den Tisch legte.
»Ich habe sie numeriert: eins, zwei, drei. Würden Sie sie mir beschreiben?«
Ich sah mir die Abzüge aufmerksam an.
»Wie ich sehe, sind alle stark vergrößert. Ich halte Nummer eins für den Abdruck einer Männerhand – Daumen und Zeigefinger. Nummer zwei wäre der Abdruck einer Damen-

hand, die Abdrücke sind kleiner und ganz anders, und Nummer drei –«, ich machte eine Pause, »– hier scheint es sich um viele, verschiedene Fingerabdrücke zu handeln, aber unter ihnen erkenne ich deutlich Nummer eins.«
»Und zwar überschneiden sie die anderen, nicht wahr?«
»Ja.«
»Sind Sie ganz sicher?«
»Ja, es sind bestimmt die Abdrücke von Nummer eins.«
Poirot nickte, nahm die Fotografien vom Tisch und schloß sie wieder ein.
»Ich nehme an, daß Sie mir, wie gewöhnlich, keine Erklärungen abgeben werden?« sagte ich.
»Im Gegenteil. Nummer eins sind die Fingerabdrücke von Monsieur Lawrence, Nummer zwei sind Miss Cynthias Abdrücke; sie sind unwichtig. Ich habe sie nur zum Vergleich abgenommen. Nummer drei ist etwas komplizierter.«
»Ja?«
»Wie Sie sehen, ist das Ganze stark vergrößert, es mag Ihnen aufgefallen sein, daß das Bild leicht verschwommen ist. Ich will Ihnen nicht den Spezialapparat, das besondere Pulver und anderes beschreiben, das ich benutzt habe. Der Prozeß ist der Polizei wohlbekannt; man kann auf diese Art sehr schnell Fingerabdrücke auf jedem beliebigen Gegenstand fotografieren. Nun, Sie haben die Fingerabdrücke gesehen, mein Freund, jetzt werden Sie wissen wollen, auf welchem Gegenstand sie sich befanden.«
»Allerdings – ich bin schon sehr gespannt.«
»*Eh bien*! Foto Nummer drei stellt die stark vergrößerte Oberfläche einer winzigen Flasche im oberen Giftschrank des Roten-Kreuz-Krankenhauses in Tadminster dar...«
»Mein Gott!« rief ich erstaunt. »Aber wie kommen Lawrence Cavendishs Fingerabdrücke auf die Flasche? An dem Tag, an dem wir dort waren, ist er doch gar nicht in die Nähe des Giftschrankes gekommen.«
»O doch.«
»Unmöglich! Wir alle waren die ganze Zeit zusammen.«
Poirot schüttelte den Kopf.

»Sie irren sich, mein Freund. Es muß einen Augenblick gegeben haben, wo Sie nicht alle beisammen waren, sonst wäre es nicht notwendig gewesen, Monsieur Lawrence zuzurufen, daß er mit hinaus auf den Balkon kommen sollte.«

»Das habe ich vergessen«, gab ich zu. »Es war aber wirklich nur ein Augenblick.«

»Es war lang genug für einen ehemaligen Medizinstudenten, sein nur zu verständliches Interesse zu befriedigen.«

Unsere Blicke trafen sich. Dann stand Poirot auf und summte ein Liedchen. Ich sah ihn mißtrauisch an.

»Was war in diesem winzigen Fläschchen, Poirot?«

Poirot sah aus dem Fenster.

»Eine Chlorsäure-Strychnin-Mischung«, sagte er und fuhr fort zu summen.

»Du liebe Zeit!« sagte ich ruhig, denn ich hatte diese Antwort erwartet.

»Reines Chlorsäure-Strychnin wird nur selten benutzt – nur hin und wieder für Tabletten, deshalb sind die Fingerabdrükke bis jetzt nicht verwischt worden.«

»Wie brachten Sie es zuwege, diese Aufnahmen zu machen?«

»Indem ich meinen Hut vom Balkon fallen ließ«, erklärte Poirot. »Da um diese Zeit Besucher unten nicht zugelassen waren, mußte Miss Cynthias Kollegin hinuntergehen, um mir den Hut zu holen.«

»Wußten Sie, was Sie finden würden?«

»Nein, durchaus nicht, aber nach Ihrer Erzählung zu urteilen, mußte Monsieur Lawrence die Möglichkeit gehabt haben, an den Giftschrank zu gehen. Diese Möglichkeit mußte entweder eliminiert oder bestätigt werden.«

»Ihre Fröhlichkeit täuscht mich nicht darüber hinweg, daß Sie eine sehr wichtige Entdeckung gemacht haben, Poirot.«

»Das weiß ich gar nicht so genau«, meinte Poirot, »aber etwas macht mich stutzig, das auch Ihnen aufgefallen sein muß.«

»Was ist das?«

»Das übermäßig viele Strychnin! Jetzt sind wir zum drittenmal darauf gestoßen. Mrs. Inglethorps Stärkungsmittel enthielt Strychnin. In der Dorfapotheke verkaufte Mace Strychnin über

den Ladentisch, und jetzt finden wir, daß ein weiteres Familienmitglied mit Strychnin in Berührung gekommen ist – sehr verwickelt –, und wie Sie wissen, hasse ich Verwicklungen.«
Bevor ich antworten konnte, steckte einer der Belgier den Kopf durch die Tür und sagte:
»Eine Dame möchte Mr. Hastings sprechen.«
Ich sprang auf. Poirot folgte mir die schmale Treppe hinunter. Mary Cavendish stand an der Haustür.
»Ich habe eine alte Frau im Dorf besucht, und da Lawrence mir sagte, daß Sie bei Monsieur Poirot sind, wollte ich Sie abholen.«
»Ich dachte schon, Sie wollten mir einen Besuch abstatten, Madame«, sagte Poirot.
»Das werde ich auch eines Tages tun«, versprach sie lächelnd.
»Fein – wenn Sie einmal einen Beichtvater brauchen sollten –«, sie zuckte fast unmerklich zusammen, »steht Ihnen der alte Poirot stets zur Verfügung, Madame.«
Sie starrte ihn einen Augenblick an, als versuchte sie, den tieferen Sinn seiner Worte zu verstehen, dann wandte sie sich abrupt zum Gehen.
»Kommen Sie, Hastings! Möchten Sie nicht auch mitkommen, Monsieur Poirot?«
»Mit dem größten Vergnügen, Madame.«
Auf dem Weg zum Gutshaus sprach Mary ununterbrochen. Ich hatte das Gefühl, daß sie unter Poirots Blicken nervös wurde.
Das sommerliche Wetter war für den Augenblick vorbei, und es blies ein scharfer, fast herbstlicher Wind. Mary knöpfte ihren schwarzen Sportmantel bis oben fröstelnd zu. Das Rascheln der Zweige im Wind klang wie das Seufzen eines Riesen.
Als wir uns dem Haupteingang des Gutshauses näherten, merkten wir sofort, daß etwas Außergewöhnliches geschehen sein mußte.
Dorkas lief uns weinend und händeringend entgegen; ich bemerkte, daß sich die anderen Dienstboten in einer neugierigen Gruppe im Hintergrund hielten.

»Oh, Madam! Oh, Madam! Ich weiß nicht, wie ich es Ihnen sagen soll...«
»Was ist geschehn, Dorkas?« fragte ich ungeduldig. »Bitte, sagen Sie es uns sofort.«
»Diese gemeinen Kriminalbeamten! Sie haben ihn verhaftet – sie haben Mr. Cavendish verhaftet!«
»Lawrence ist verhaftet?« fragte ich entsetzt.
»Nein, nein. Nicht Mr. Lawrence – Mr. John!«
Mary Cavendish sank mir mit einem Aufschrei in die Arme. Während sie ihr Gesicht an meiner Schulter verbarg, bemerkte ich den stillen Triumph in Poirots Augen.

11

Der Prozeß, in dem John Cavendish angeklagt wurde, seine Stiefmutter ermordet zu haben, fand zwei Monate später statt. Von den dazwischenliegenden Wochen ist nicht viel zu berichten, nur daß sich Mary Cavendish großartig benahm und ich sie von ganzem Herzen bewunderte. Sie stellte sich leidenschaftlich auf die Seite ihres Mannes, von dessen Unschuld sie überzeugt zu sein schien, und kämpfte mit allen ihr zur Verfügung stehenden Mitteln für ihn.
Ich sprach Poirot gegenüber meine Bewunderung für sie aus; er nickte nachdenklich: »Ja, sie gehört zu den Frauen, die erst im Unglück ihre besten Eigenschaften zeigen. Ihr Stolz und ihre Eifersucht sind...«
»Eifersucht?« fragte ich erstaunt.
»Ja. Ist Ihnen nicht aufgefallen, daß sie sehr zur Eifersucht neigt? Wie gesagt – sie hat ihren Stolz und ihre Eifersucht vergessen, sie denkt nur noch an ihren Mann und an das Damoklesschwert, das über ihm hängt.«
Er sprach mit viel Gefühl und Wärme; ich sah ihn nachdenklich an und entsann mich des Nachmittags, an dem er überlegt hatte, ob er sprechen sollte oder nicht, weil »das Glück einer Frau« auf dem Spiel stand. Ich war froh, daß ihm die Entschei-

dung aus den Händen genommen worden war.
»Selbst jetzt kann ich es kaum fassen«, sagte ich. »Ich glaubte bis zum letzten Augenblick, daß Lawrence es getan hat.«
»Das weiß ich.«
»Aber John – mein alter Freund John!«
»Jeder Mörder ist wahrscheinlich der ›alte Freund‹ von irgend jemand«, bemerkte Poirot tiefsinnig. »Man kann Gefühl und Verstand nicht mischen.«
»Eigentlich hätten Sie mir einen Fingerzeig geben sollen.«
»Vielleicht habe ich es gerade deshalb nicht getan, weil er Ihr Freund war, *mon ami*.«
Diese Bemerkung beunruhigte mich, weil ich mich daran erinnerte, John seinerzeit umgehend Poirots Ansichten über Dr. Bauerstein mitgeteilt zu haben, der übrigens freigesprochen worden war. Obwohl er dieses Mal anscheinend zu klug gewesen war und die Anklage der Spionage nicht bewiesen werden konnte, waren ihm nun wohl die Flügel für die Zukunft hinreichend beschnitten worden.
Ich fragte Poirot, ob er glaubte, daß John verurteilt werden würde. Zu meinem größten Erstaunen erwiderte er, daß er eine Verurteilung für höchst unwahrscheinlich hielt.
»Aber Poirot...«, protestierte ich.
»Habe ich Ihnen nicht schon lange gesagt, daß ich keine Beweise habe, mein Freund? Man mag wissen, daß ein Mann schuldig ist, aber die Frage ist: kann man es beweisen? In diesem Fall haben wir so gut wie gar keine Beweise – das ist das Unglück – ich, Hercule Poirot, weiß Bescheid, aber mir fehlt das letzte Glied in der Kette...«
»Wann ist Ihr Verdacht auf John Cavendish gefallen?« fragte ich einige Minuten später.
»Haben Sie ihn niemals verdächtigt?« fragte er.
»Nein, bestimmt nicht.«
»Auch nicht nach der kurzen Unterredung zwischen Mrs. Cavendish und ihrer Schwiegermutter, die Sie zufällig hörten?«
»Nein.«
»Haben Sie sich nicht ausgerechnet, daß, falls Alfred Ingle-

thorp sich nicht mit seiner Frau gezankt hat – und wie Sie sich erinnern, hat er das bei der gerichtlichen Voruntersuchung auf das energischste bestritten –, es entweder John oder Lawrence gewesen sein muß? Wenn Lawrence der Täter war, wäre Mrs. Cavendishs Benehmen unerklärlich, sollte es sich dagegen um John handeln, würde es ganz natürlich erscheinen.«
Plötzlich begriff ich alles.
»John hat sich also an jenem Nachmittag mit seiner Mutter gezankt?«
»Jawohl.«
»Waren Sie sich schon immer darüber im klaren?«
»Natürlich, denn nur so ließ sich Mrs. Cavendishs Benehmen erklären.«
»Und doch glauben Sie, daß er wahrscheinlich freigesprochen wird?«
Poirot zuckte die Achseln.
»Allerdings. Wir werden bei der Vorverhandlung die Verlesung der Anklage hören; ich nehme an, daß ihm seine Anwälte raten werden, sich seine Verteidigung bis zum Prozeß vorzubehalten. Erst dann läßt er die Katze aus dem Sack. Übrigens wollte ich Ihnen sagen, daß ich beim Prozeß nicht auftreten darf.«
»Was heißt das?«
»Wenigstens nicht offiziell. Jedenfalls muß ich mich im Hintergrund halten, bis ich das fehlende Glied in meiner Beweiskette gefunden habe. Mrs. Cavendish muß der Meinung sein, daß ich für ihren Mann arbeite, nicht gegen ihn.«
»Das erscheint mir ziemlich unfair«, sagte ich.
»Ich bin nicht Ihrer Ansicht. Wir haben es mit einem sehr gefährlichen, skrupellosen Mann zu tun, und wir müssen mit allen uns zu Verfügung stehenden Mitteln kämpfen, damit er uns nicht aus den Fingern schlüpft, und deshalb muß ich im Hintergrund bleiben. Japp hat alle Beweise erbracht, und Japp wird die Lorbeeren ernten. Falls ich aussagen sollte, würde ich wahrscheinlich als Zeuge für die Verteidigung aufgerufen werden«, fügte er mit einem breiten Lächeln hinzu.
Ich glaubte meinen Ohren nicht trauen zu können.

»Glauben Sie mir, es ist ganz *en règle*«, fuhr Poirot fort. »Sonderbarerweise kann ich einen Beweis erbringen, der eine Behauptung der Anklage widerlegen wird.«

»Welchen Beweis?«

»Den Beweis, der sich auf die Vernichtung des Testaments bezieht. John Cavendish hat es nicht vernichtet!«

Poirots Prophezeiungen bewahrheiteten sich. Ich will nicht auf die Einzelheiten der Vorverhandlung eingehen, ich will nur feststellen, daß John Cavendish sich tatsächlich seine Verteidigung bis zum Hauptprozeß vorbehielt.

Im September kamen wir alle nach London. Mary mietete ein Haus für die Familie in Kensington, und Poirot wurde ebenfalls eingeladen, dort zu wohnen.

Ich selbst hatte inzwischen einen Posten beim Kriegsministerium erhalten; daher konnte ich den ständigen Kontakt aufrechterhalten.

Mit jedem Tag wurde Poirot nervöser. Das »letzte Glied in der Kette« fehlte ihm noch immer, und ich hoffte heimlich, daß er es niemals finden würde, denn wie konnte Mary jemals glücklich werden, wenn John nicht freigesprochen würde?

Am 15. September saß John Cavendish auf der Anklagebank des Old-Bailey-Gerichtes; er wurde des vorsätzliches Mordes an seiner Stiefmutter Emily Agnes Inglethorp bezichtigt. Er behauptete, unschuldig zu sein.

Der berühmte Rechtsanwalt Sir Ernest Heavywether war sein Verteidiger.

Mr. Philips, der Staatsanwalt, eröffnete die Verhandlung.

Es handle sich hier um einen vorbedachten und kaltblütigen Mord, sagte er. Eine gute, liebevolle, vertrauensselige Frau sei von ihrem Stiefsohn, dem sie mehr als eine Mutter gewesen sei, vergiftet worden. Er sei, von Kindheit an, von ihr erhalten worden; er und seine Frau hätten auf dem Gut »Styles« gelebt, wo sie von jedem erdenklichen Luxus und von der liebevollen Fürsorge der Ermordeten umgeben gewesen seien. Sie sei zeitlebens ihre großzügige Wohltäterin gewesen. Er werde einen Zeugen aufrufen, der beschwören könne, daß der Angeklagte ein gewissenloser Verschwender sei, dessen finanzielle Ver-

nältnisse katastrophal seien und der außerdem ein Verhältnis mit einer Mrs. Raikes gehabt habe, der Frau eines benachbarten Farmers. Das sei seiner Stiefmutter zu Ohren gekommen, und sie habe ihn am Nachmittag vor ihrem Tod zur Rede gestellt. Es folgte ein heftiger Streit, der von anderen gehört worden sei. Der Angeklagte habe am vorhergehenden Tag in der Dorfapotheke Strychnin gekauft, und zwar in einer Verkleidung, mittels der er beabsichtigte, den Verdacht auf einen anderen zu lenken, nämlich auf Mrs. Inglethorps Mann, auf den er seit langem sehr eifersüchtig gewesen sei. Glücklicherweise sei Mr. Inglethorp in der Lage, ein einwandfreies Alibi zu erbringen.
Am Nachmittag des 17. Juli, fuhr der Staatsanwalt fort, unmittelbar nach dem Streit mit ihrem Stiefsohn, machte Mrs. Inglethorp ein neues Testament, das am nächsten Morgen halb verkohlt in ihrem Kamin gefunden wurde, jedoch konnte noch festgestellt werden, daß es zugunsten ihres Mannes abgefaßt worden sei. Die Verstorbene habe bereits vor ihrer Heirat ein Testament zu seinen Gunsten gemacht, aber – der Staatsanwalt schwenkte bedeutungsvoll den rechten Zeigefinger – diese Tatsache sei dem Angeklagten nicht bekannt gewesen. Warum die Verstorbene ein neues Testament gemacht habe, sei schwer zu verstehen. Sie sei eine alte Dame gewesen und mochte das erste Testament vergessen haben, oder sie mochte der Ansicht sein, daß es nach ihrer Heirat ungültig geworden sei. Viele Damen seien mit juristischen Dingen nicht vertraut. Etwa ein Jahr vor ihrem Tod habe sie ein Testament zugunsten des Angeklagten gemacht. Der Staatsanwalt sagte, er werde den Beweis erbringen, daß der Angeklagte derjenige sei, der seiner Stiefmutter an jenem tragischen Abend den Kaffee reichte. Später am Abend sei er in ihr Zimmer gekommen und bei dieser Gelegenheit habe er zweifellos das neue Testament vernichtet, da er annahm, daß dadurch das frühere, zu seinen Gunsten gemachte Testament wieder Gültigkeit erlangen werde.
Nachdem Inspektor Japp – einer unserer fähigsten Scotland-Yard-Beamten – im Zimmer des Angeklagten ein Glasröhrchen fand, das unbestreitbar das in der Dorfapotheke gekaufte

Strychnin enthalten habe, verhaftete er den Angeklagten. Es bliebe den Geschworenen überlassen zu entscheiden, ob die eben erwähnten Tatsachen die Schuld des Angeklagten eindeutig bewiesen. Nachdem der Staatsanwalt geschickt angedeutet hatte, daß es natürlich undenkbar sei, die Schuld des Angeklagten nicht anzuerkennen, setzte er sich und fuhr sich mit dem Taschentuch über die Stirn.

Die ersten Zeugen für die Verteidigung waren in der Hauptsache dieselben, die bereits bei der Voruntersuchung im Dorf ausgesagt hatten. Dann kam man zum medizinischen Befund. Sir Ernest Heavywether, der in ganz England dafür berüchtigt war, die Zeugen rücksichtslos einzuschüchtern, stellte nur zwei Fragen.

»Soviel ich weiß, wirkt Strychnin im allgemeinen sehr schnell, Dr. Bauerstein.«

»Das stimmt.«

»Ist es richtig, daß Sie sich die Verzögerung in diesem Fall nicht erklären können?«

»Ja.«

»Ich danke Ihnen.«

Mr. Mace identifizierte die ihm überreichte Glasröhre als dieselbe, die er »Mr. Inglethorp« verkauft hatte. Er gab zu, daß er Mr. Inglethorp nur vom Sehen kannte und niemals mit ihm gesprochen hatte. Ein Kreuzverhör dieses Zeugen fand nicht statt.

Danach wurde Alfred Inglethorp aufgerufen, der leugnete, das Gift gekauft oder sich mit seiner Frau gezankt zu haben. Verschiedene Zeugen verbürgten sich für die Richtigkeit seiner Aussage.

Der Gärtner bezeugte, daß er das Testament beglaubigt hatte; nach ihm wurde Dorkas aufgerufen.

Dorkas blieb ihren »jungen Herren« treu und leugnete mit großer Entschiedenheit, daß sie Johns Stimme gehört haben könnte. Sie war trotz allem fest davon überzeugt, Inglethorps Stimme im Boudoir gehört zu haben. Ein wehmütiges Lächeln ging über das Gesicht des Angeklagten; er wußte nur zu gut, wie sinnlos ihre rührenden Bemühungen waren und daß die Verteidigung keinen Wert darauf legte, diesen Punkt abzu-

streiten. Mrs. Cavendish konnte selbstverständlich nicht als Zeugin gegen ihren Mann auftreten.
Nachdem er Dorkas verschiedene Fragen gestellt hatte, fragte der Staatsanwalt:
»Können Sie sich daran erinnern, daß im vergangenen Juli ein Paket von Parkinson an Mr. Lawrence Cavendish ankam?«
Dorkas schüttelte den Kopf.
»Ich kann mich nicht entsinnen – aber möglich ist es. Mr. Lawrence war nicht den ganzen Juni über zu Hause.«
»Was würde mit einem Paket geschehen, das während seiner Abwesenheit ankommt?«
»Es würde entweder in sein Zimmer gelegt oder ihm nachgeschickt werden.«
»Würden Sie das tun?«
»Nein, ich würde es auf den Tisch in der Halle legen. Miss Howard würde es dann übernehmen.«
Evie Howard wurde aufgerufen, und nachdem sie verschiedene andere Fragen beantwortet hatte, wurde sie nach dem Paket gefragt.
»Kann mich nicht entsinnen – kommen so viele Pakete an.«
»Wissen Sie, ob es Mr. Lawrence Cavendish nach Wales geschickt oder in sein Zimmer gelegt worden ist?«
»Glaube nicht, daß es nachgeschickt wurde – könnte mich daran wahrscheinlich erinnern.«
»Würde es Ihnen auffallen, wenn ein Paket für Mr. Lawrence Cavendish ankommt und später verschwindet?«
»Glaube nicht, würde höchstens denken, daß irgend jemand es für ihn aufbewahrt hätte.«
»Wie ich höre, haben Sie dieses Stück Papier gefunden, Miss Howard?« Er hielt das staubige Papier, das Poirot und ich im kleinen Salon in »Styles« untersucht hatten, in die Höhe.
»Ja.«
»Wieso haben Sie danach gesucht?«
»Der belgische Detektiv, der den Fall bearbeitet hat, bat mich darum.«
»Wo haben Sie es schließlich gefunden?«
»Auf einem Schrank.«

»War es der Schrank des Angeklagten?«
»Ich glaube, ja.«
»Haben Sie es nicht selbst gefunden?«
»Doch.«
»Dann müssen Sie wissen, *wo* Sie es gefunden haben.«
»Auf dem Schrank des Angeklagten.«
»Sehr gut!«
Ein Angestellter der Theaterkostümfirma Parkinson bezeugte, daß er Mr. L. Cavendish am 29. Juni wunschgemäß einen schwarzen Bart geschickt habe, der brieflich bestellt worden sei. Zusammen mit dem Brief habe die Firma eine Postanweisung erhalten – der Brief sei leider nicht aufbewahrt worden. Alle Transaktionen wurden in das Hauptbuch eingetragen. Der Bart sei an »L. Cavendish, Gutshaus ›Styles‹, Essex« adressiert worden.
Sir Ernest Heavywether stand mit wichtiger Miene auf.
»Woher kam der Brief?«
»Vom Gutshaus ›Styles‹.«
»Von derselben Adresse, an die das Paket geschickt wurde?«
»Ja.«
Sir Ernest stürzte sich wie ein Raubtier auf den unglücklichen Zeugen.
»Woher wissen Sie das?«
»Ich – ich weiß nicht, was Sie meinen.«
»Woher wissen Sie, daß der Brief von ›Styles‹ kam? Haben Sie den Poststempel beachtet?«
»Nein – aber...«
»Sie haben den Poststempel also *nicht* beachtet, und doch behaupten Sie, daß der Brief von ›Styles‹ kam!«
»Ja.«
»Obwohl der Brief auf persönlichem Briefpapier geschrieben war, hätte er von jedem beliebigen Ort aus abgeschickt werden können, nicht wahr? Zum Beispiel aus Wales?«
Der Zeuge gab zu, daß das möglich sei, und Sir Ernest setzte sich befriedigt.
Elisabeth Wells, das zweite Hausmädchen, sagte aus, daß ihr, nachdem sie bereits im Bett lag, eingefallen sei, daß sie

versehentlich den Riegel vor die Haustür geschoben habe, obwohl Mr. Inglethorp darum gebeten habe, nur zuzuschließen. Sie sei hinuntergegangen, um aufzuriegeln. Sie hörte ein Geräusch aus dem Westflügel, worauf sie einen Blick in den Korridor warf und sah, daß Mr. John Cavendish an Mrs. Inglethorps Tür klopfte.
Sir Ernest Heavywether machte kurzen Prozeß mit ihr; sie konnte seinem unbarmherzigen Verhör nicht standhalten und widersprach sich dauernd. Sir Ernest setzte sich wiederum mit einem befriedigten Lächeln.
Nach Annies Aussage, die sich auf den Wachsfleck auf dem Fußboden bezog und auf die Tatsache, daß der Angeklagte den Kaffee ins Boudoir gebracht hatte, wurde die Verhandlung bis zum nächsten Morgen vertagt.
Auf dem Heimweg beklagte sich Mary Cavendish bitter über den Staatsanwalt.
»Dieser entsetzliche Mensch! Wie ist es ihm nur gelungen, selbst die unwichtigsten Tatsachen so zu verdrehen, daß alles gegen meinen armen John zu sprechen scheint?«
»Morgen wird alles von der anderen Seite beleuchtet werden«, sagte ich tröstend.
»Ja.« Plötzlich fragte sie mich im Flüsterton: »Glauben Sie vielleicht – aber das wäre undenkbar –, daß es Lawrence gewesen sein könnte, Mr. Hastings?«
Aber ich selbst war mir über den Verlauf der Dinge nicht im klaren, und sobald ich allein mit ihm war, fragte ich Poirot, auf was Sir Ernest eigentlich hinauswollte.
»Hm – Sir Ernest ist ein kluger Kopf«, erwiderte Poirot.
»Glauben Sie, daß er Lawrence für schuldig hält?«
»Ich glaube, daß er im Augenblick nur daran interessiert ist, die Geschworenen so zu verwirren, daß sie sich nicht einigen können, welcher der beiden Brüder schuldig ist. Er versucht zu beweisen, daß gegen Lawrence mindestens ebensoviel vorliegt wie gegen John – und ich würde mich nicht wundern, wenn er das beabsichtigte Ziel erreicht.«

Am folgenden Tag wurde Inspektor Japp als erster Zeuge

vernommen; seine Aussage war kurz und klar. Nachdem er die Vorgänge in chronologischer Ordnung beschrieben hatte, fuhr er fort:

»Nachdem uns gewisse Dinge berichtet worden waren, durchsuchten Superintendent Summerhaye und ich das Zimmer des Angeklagten in seiner Abwesenheit. Unter der Wäsche, in einer seiner Schubladen, fanden wir: einen goldgerahmten Kneifer, dieselbe Form, die Mr. Inglethorp trägt, und ein kleines Glasröhrchen.«

Der Kneifer wurde als Beweisstück vorgeführt.

Das Glasröhrchen war dasselbe, das bereits vom Apothekergehilfen identifiziert worden war; es war aus blauem Glas und enthielt noch eine winzige Menge eines weißen, kristallinen Pulvers. Auf dem Schildchen stand: »Chlorsaures Strychnin. *Gift.*«

Seit der Vorverhandlung war ein neues Beweisstück in die Hände der Polizei gelangt; es war ein langes, fast neues Stück Löschpapier. Man hatte es in Mrs. Inglethorps Scheckbuch gefunden, und das Spiegelbild der Schrift ergab deutlich folgende Worte: »... überlasse ich mein gesamtes Vermögen meinem geliebten Mann, Alfred Ing...« Dadurch wurde der endgültige Beweis erbracht, daß das zerstörte Testament zugunsten ihres Mannes gemacht worden war. Schließlich wies Japp das verkohlte Papierschnitzelchen vor, das im Kamin gefunden worden war, und erwähnte den auf dem Boden gefundenen Bart. Damit war seine Aussage beendet.

Jedoch stand ihm Sir Ernests Kreuzverhör noch bevor.

»An welchem Tag haben Sie das Zimmer des Angeklagten durchsucht?«

»Am Dienstag, dem 24. Juli.«

»Also genau eine Woche nach der Tragödie?«

»Ja.«

»Sie haben die beiden von Ihnen erwähnten Gegenstände in einer Kommodenschublade gefunden. War die Schublade unverschlossen?«

»Ja.«

»Erscheint es Ihnen nicht merkwürdig, daß ein Verbrecher die

Beweise seiner Tat in einer unverschlossenen Schublade aufbewahrt?«
»Vielleicht hatte er sie in großer Eile dort verstaut.«
»Aber Sie sagten eben, daß die Durchsuchung eine Woche nach dem Verbrechen stattfand; er hätte also reichlich Zeit gehabt, diese Dinge zu vernichten.«
»Vielleicht.«
»Was heißt ›vielleicht‹? Hatte er genügend Zeit, um sie fortzuschaffen?«
»Ja.«
»War der Wäschestoß, unter dem die beiden Beweisstücke verborgen waren, leicht oder schwer?«
»Ziemlich schwer.«
»Es war also Winterwäsche – sehr unwahrscheinlich, daß der Angeklagte diese Schublade öffnen würde, nicht wahr?«
»Schwer zu beurteilen.«
»Würden Sie bitte meine Frage beantworten: war es anzunehmen, daß der Angeklagte in der heißesten Woche des Sommers gerade die Schublade mit den Wintersachen öffnen würde? Ja oder nein?«
»Nein.«
»Wäre es also nicht möglich, daß die beiden Beweisstücke von einer dritten Person in die Schublade gelegt wurden, ohne daß der Angeklagte etwas davon wußte?«
»Das glaube ich kaum.«
»Aber Sie halten es für möglich?«
»Ja.«
»Ich danke Ihnen, das ist alles.«
Es folgten weitere Aussagen, die sich auf die finanziellen Schwierigkeiten bezogen, in denen sich der Angeklagte Ende Juli befunden hatte, und auf seine »Freundschaft« mit Mrs. Raikes. Welche Demütigung für die arme, stolze Mary! Evie Howard hatte die Dinge richtig beschrieben, aber ihr Haß auf Alfred Inglethorp führte sie zu dem Trugschluß, daß er der Freund der besagten Mrs. Raikes gewesen sein mußte.
Als nächster wurde Lawrence Cavendish verhört. Er beantwortete die Fragen des Staatsanwalts mit leiser Stimme, er

leugnete es, bei Parkinson im Juni etwas bestellt zu haben. Er sei am 29. Juni in Wales gewesen.
Sofort griff Sir Ernest ein.
»Leugnen Sie es, am 29. Juni bei Parkinson einen Bart bestellt zu haben?«
»Ja.«
»Aha! Und wer würde, falls Ihrem Bruder etwas zustößt, das Gut erben?«
Auf diese brutale Frage hin schoß Lawrence das Blut in die Wangen. Der Richter schüttelte mißbilligend den Kopf, und der Angeklagte beugte sich ärgerlich vor.
Heavywether ließ sich durch den Ärger seines Klienten nicht stören.
»Bitte, beantworten Sie meine Frage!«
»Ich nehme an, daß ich derjenige sein würde«, erwiderte Lawrence ruhig.
»Was soll das bedeuten: ›Sie nehmen an‹? Ihr Bruder hat keine Kinder, also *würden* Sie das Gut erben, nicht wahr?«
»Ja.«
»So, das wäre klar«, sagte Heavywether mit einem grausamen Lächeln, »und außerdem würden Sie ein beträchtliches Barvermögen erben, nicht wahr?«
»Diese Fragen gehören wirklich nicht zur Sache, Sir Ernest«, protestierte der Richter.
Sir Ernest verneigte sich. Nachdem er seinen Pfeil abgeschossen hatte, fuhr er fort:
»Am Dienstag, dem 17. Juli, besuchten Sie, soviel ich weiß, mit einem anderen Gast die Apotheke des Roten-Kreuz-Krankenhauses in Tadminster?«
»Ja.«
»Sie blieben einen Augenblick allein – haben Sie die Zeit dazu benutzt, den Giftschrank aufzuschließen und sich einige der darin befindlichen Flaschen anzusehen?«
»Ich – ich – es ist möglich.«
»Sie haben es also getan?«
»Ja.«
»Haben Sie sich eine besondere Flasche angesehen?«

»Nein, ich glaube nicht.«
»Vorsicht, Mr. Cavendish! Meine Frage bezieht sich auf ein kleines Fläschchen, das eine Mischung von Chlorsäure und Strychnin enthielt.«
Lawrences Gesicht wurde kalkweiß.
»Nein – nein – bestimmt nicht.«
»Wie erklärt es sich dann, daß man Ihre Fingerabdrücke darauf gefunden hat?«
Sir Ernests grobe Direktheit verfehlte ihre Wirkung auf den nervösen Lawrence nicht.
»Ich – ich nehme an, daß ich die Flasche in der Hand gehabt habe.«
»Das nehme ich auch an! Haben Sie daraus etwas abgefüllt?«
»Bestimmt nicht.«
»Warum haben Sie die Flasche dann herausgenommen?«
»Ich habe einmal Medizin studiert – diese Dinge interessieren mich natürlich.«
»So – Gifte interessieren Sie natürlich? Immerhin haben Sie auf den Augenblick des Alleinseins gewartet, bevor Sie sich dem Giftschrank näherten, nicht wahr?«
»Das war reiner Zufall. Wenn die anderen im Zimmer gewesen wären, hätte ich dasselbe getan.«
»Aber zufällig waren die anderen nicht im Zimmer, nicht wahr?«
»Nein, aber...«
»Sie waren jedenfalls nur zwei Minuten allein, und während dieser zwei Minuten haben Sie sich – rein zufällig – an ihr ›natürliches‹ Interesse für gewisse Gifte erinnert?«
Lawrence stotterte jammervoll.
»Ich... ich... w... w... weiß wirklich...«
»Ich habe Ihnen keine weiteren Fragen zu stellen«, sagte Sir Ernest und setzte sich mit allen Zeichen der Zufriedenheit.
Dieses Kreuzverhör hatte im Gerichtssaal große Aufregung verursacht. Viele der elegant gekleideten Frauen steckten die Köpfe zusammen, und ihr Flüstern wurde so laut, daß der Richter ärgerlich drohte, den Rest der Verhandlung unter Ausschluß der Öffentlichkeit fortzuführen, wenn die Ruhe

nicht umgehend wiederhergestellt werde.
Nun wurden die Graphologen aufgerufen, um die Unterschrift »Alfred Inglethorp« zu begutachten, die er nach dem Kauf des Strychnins in der Apotheke geleistet hatte. Sie waren sich darüber einig, daß es bestimmt nicht seine Handschrift war; sie hielten es für möglich, daß es die verstellte Schrift des Angeklagten sein könnte. Im Kreuzverhör gaben sie zu, daß es auch eine geschickte Imitation der Handschrift des Angeklagten sein mochte.
Das Plädoyer des Verteidigers, Sir Ernest Heavywether, war nicht lang; jedoch gewann es durch seinen eindringlichen Vortrag an Stoßkraft. Er sagte, daß er in seiner langen Praxis noch nie eine Mordanklage gesehen habe, die sich auf derartig schwache Beweise stütze. Es handle sich lediglich um Indizienbeweise, die zum größten Teil ganz unbegründet seien. Man müßte die Zeugenaussagen nun einmal unparteiisch abwägen und sieben: Das Strychnin sei in einer Schublade im Zimmer des Angeklagten gefunden worden. Diese Schublade sei unverschlossen, und es sei nicht bewiesen worden, daß der Angeklagte selbst das Gift dort versteckt habe, eher sei es der hinterhältige Versuch eines Dritten gewesen, dem Angeklagten das Verbrechen in die Schuhe zu schieben. Es sei der Anklage nicht gelungen zu beweisen, daß der Angeklagte derjenige sei, der den schwarzen Bart bei der Firma Parkinson bestellt habe. Der Angeklagte habe offen zugegeben, sich mit seiner Stiefmutter gestritten zu haben; sowohl das Ausmaß dieses Streites wie die finanziellen Schwierigkeiten des Angeklagten seien übertrieben worden.
Der Staatsanwalt habe darauf hingewiesen, daß der Angeklagte, wenn er unschuldig gewesen sei, bereits bei der ersten Gerichtsuntersuchung hätte erklären sollen, daß er – und nicht Mr. Alfred Inglethorp – sich mit Mrs. Inglethorp gezankt habe, fuhr Sir Ernest fort. Seiner Ansicht nach sei hier verschiedenes falsch ausgelegt worden. Tatsächlich habe sich folgendes ereignet: Als der Angeklagte am Dienstag abend nach Hause kam, wurde ihm berichtet, daß Mr. und Mrs. Inglethorp sich entsetzlich gezankt hätten. Der Angeklagte kam nicht auf den

Gedanken, daß irgend jemand seine Stimme mit der Inglethorps verwechselt haben könne; daher sei er zu der ganz natürlichen Schlußfolgerung gelangt, daß seine Stiefmutter sich zweimal mit jemandem gezankt habe.
Die Anklage behauptet, daß sich der Angeklagte am Montag, dem 16. Juli, als Mr. Inglethorp verkleidet in die Dorfapotheke begeben habe, dagegen sei der Angeklagte um diese Zeit an einem einsamen Ort gewesen, und zwar im sogenannten Marston-Wäldchen, nachdem er einen anonymen Brief erhalten habe, in dem ihm gedroht wurde, daß man seiner Frau gewisse Dinge mitteilen werde, wenn er nicht zu besagtem Ort käme. Der Angeklagte sei daraufhin in das Marston-Wäldchen gegangen, und nachdem er dort eine halbe Stunde vergeblich gewartet habe, nach Hause zurückgekehrt. Leider sei er weder auf dem Hin- noch auf dem Rückweg jemandem begegnet, der die Wahrheit seiner Aussage bestätigen könne, aber er habe den Brief glücklicherweise aufbewahrt, und er werde ihn zur gegebenen Zeit als Beweismittel vorlegen.
Der Angeklagte, der Jura studiert habe, sei sich darüber im klaren, daß das vor einem Jahr zu seinen Gunsten gemachte Testament mit Mrs.Inglethorps Wiederheirat automatisch seine Gültigkeit verloren habe. Er werde den Beweis erbringen, wer das Testament vernichtet habe; danach werde man vermutlich das Verbrechen in einem anderen Licht sehen.
Schließlich wollte er die Geschworenen darauf hinweisen, daß der Verdacht keineswegs auf Mr. John Cavendish allein ruhe, sondern daß die Beweise gegen Mr. Lawrence Cavendish mindestens so stark – wenn nicht stärker – seien als gegen seinen Bruder.
Und jetzt werde er den Angeklagten aufrufen.
John machte einen guten Eindruck. Unter der geschickten Führung von Sir Ernest gab er einen einleuchtenden, glaubhaften Bericht ab. Der anonyme Brief wurde den Geschworenen zur Prüfung übergeben. Er gab offen zu, daß seine finanzielle Lage nicht sehr günstig sei, und auch den Streit mit seiner Stiefmutter leugnete er nicht.
Am Schluß der Vernehmung sagte er nach einer kurzen Pause:

»Ich möchte noch eins klarstellen: Ich weise alle Andeutungen und Verdächtigungen, die Sir Ernest Heavywether gegen meinen Bruder gemacht hat, mit Entschiedenheit zurück. Ich bin davon überzeugt, daß mein Bruder nicht mehr mit dem Verbrechen zu tun hat als ich.«
Sir Ernest lächelte, während er feststellte, daß Johns Protest einen guten Eindruck auf die Geschworenen machte.
Dann begann das Kreuzverhör durch den Staatsanwalt.
»Sie haben gesagt, daß es Ihnen gar nicht in den Sinn gekommen sei, daß der Zeuge bei der Gerichtsverhandlung Ihre Stimme versehentlich für Alfred Inglethorps Stimme gehalten haben könne. Ist das nicht sehr eigenartig?«
»Nein, ich finde das nicht. Man sagte mir, daß meine Mutter sich mit Mr. Inglethorp gestritten habe, und ich habe nie daran gezweifelt, daß dieser Streit tatsächlich stattgefunden hat.«
»Auch nicht, nachdem das Dienstmädchen Dorkas Teile der Unterhaltung wiederholte, die Sie bestimmt wiedererkannten?«
»Ich habe sie nicht wiedererkannt.«
»Sie müssen ein sehr schlechtes Gedächtnis haben.«
»Nein, aber wir waren beide sehr ärgerlich und haben vielleicht in der Erregung mehr gesagt, als wir beabsichtigten. Ich habe meiner Mutter jedenfalls nicht aufmerksam zugehört.«
Das ironische Gesicht des Staatsanwalts sprach Bände. Nach einer kurzen, bedeutungsvollen Pause ging er zum Thema des anonymen Briefes über.
»Sie haben diesen Brief im richtigen Augenblick erwähnt. Ich möchte Sie nur fragen, ob Ihnen die Schrift nicht bekannt vorkommt?«
»Nein – nicht daß ich wüßte.«
»Ich behaupte, daß es Ihre eigene Schrift ist.«
»Nein.«
»Ich gehe so weit zu behaupten, daß Sie, um sich ein Alibi zu verschaffen, auf die kindische Idee des Stelldicheins im Walde verfallen sind, den Brief selbst geschrieben und an sich adressiert haben.«
»Nein.«

»Stimmt es nicht, daß Sie sich um die Zeit, als Sie angeblich an einer einsamen Stelle des Waldes warteten, in der Dorfapotheke befanden und unter dem Namen Alfred Inglethorp Strychnin gekauft haben?«

»Nein, das ist eine Lüge.«

»Und ich behaupte, daß Sie in einem von Mr. Inglethorps Anzügen und mit einem schwarzen Bart in der Apotheke waren und seine Unterschrift gefälscht haben.«

»Das ist nicht wahr!«

»In diesem Fall werde ich es den Geschworenen überlassen, sich über die erstaunliche Ähnlichkeit dieser Unterschrift, des anonymen Briefes und Ihrer eigenen Handschrift ein Urteil zu bilden«, sagte der Staatsanwalt und setzte sich mit der Miene eines Mannes, der seine Pflicht getan hatte und von den offensichtlichen Lügen des Angeklagten angewidert und erschüttert war.

Es war spät geworden, und der Prozeß wurde bis zum Montag vertagt.

Ich bemerkte, daß Poirot sehr entmutigt aussah; zwischen seinen Augen zeigte sich die kleine, mir so wohlbekannte Sorgenfalte.

»Was ist los, Poirot?« erkundigte ich mich.

»Es steht schlecht, *mon ami*, sehr schlecht.«

Mein Herz klopfte freudig – anscheinend bestand also die Möglichkeit, daß John Cavendish freigesprochen werden würde.

Zu Hause angekommen, lehnte Poirot Marys Aufforderung, mit ihr Tee zu trinken, ab.

»Vielen Dank, Madame; ich möchte gleich in mein Zimmer hinaufgehen.«

Ich folgte ihm. Er ging, noch immer stirnrunzelnd, zum Schreibtisch und nahm ein Paket Patiencekarten aus der Schublade. Dann setzte er sich an den Tisch und begann zu meinem Erstaunen, mit ernsthafter Miene ein Kartenhaus zu bauen.

Ich sah ihn ungläubig an; er bemerkte meinen Blick und sagte:

»Nein, es ist kein Zeichen von Altersschwäche, *mon ami*! Ich will nur meine Nerven beruhigen. Diese Beschäftigung erfordert Präzision; manuelle Präzision erfordert präzises Denken, und das ist im Augenblick dringend nötig.«

»Was ist denn geschehen?«

Poirot zerstörte sein sorgfältig gebautes Kartenhaus mit einem heftigen Schlag auf den Tisch.

»Nichts ist geschehn, *mon ami;* ich rege mich nur darüber auf, daß ich zwar sieben Stock hohe Kartenhäuser bauen kann, es mir jedoch nicht gelingt, das fehlende Glied in der Kette zu finden.«

Ich wußte nicht recht, was ich ihm antworten sollte. Daher schwieg ich, und er begann ein neues Kartenhaus zu bauen. Dabei sprach er ruckartig: »So – so wird's gemacht – man stellt eine Karte auf die andere – vorsichtig – mit mathematischer Präzision!«

Ich sah, wie das Kartenhaus unter seinen Händen wuchs – ein Stockwerk nach dem anderen – mit ruhigen, sicheren Griffen. Es war fast wie ein Zauberkunststück.

»Sie haben unglaublich ruhige Hände; ich habe sie, soviel ich weiß, nur einmal zittern gesehen«, stellte ich fest.

»Bei dieser Gelegenheit muß ich sehr wütend gewesen sein«, bemerkte Poirot gelassen.

»Allerdings. Sie waren furchtbar erregt. Entsinnen Sie sich? Es war damals, als Sie entdeckten, daß das Schloß von Mrs. Inglethorps kleinem Schreibkoffer aufgebrochen worden war. Sie standen beim Kaminsims und rückten, wie gewöhnlich, die Nippsachen gerade, und Ihre Hände zitterten wie Espenlaub. Ich muß sagen ...«

Ich unterbrach mich, denn Poirot stieß einen heiseren, unartikulierten Schrei aus, zerstörte sein Meisterwerk zum zweitenmal, legte eine Hand auf seine Augen und schwankte mit schmerzverzerrtem Gesicht hin und her.

»Um Himmels willen, was haben Sie, Poirot? Ist Ihnen nicht gut?«

»Nein, nein«, keuchte er. »Es ist nur – ich habe nur eben eine Idee gehabt!«

»Ach so, Sie hatten wieder einmal eine Idee«, erwiderte ich

erleichtert.
»*Ah, ma foi*! Aber es ist eine tolle Idee – eine gigantische Idee, und Sie, mein Freund, haben mich darauf gebracht!«
Plötzlich schloß er mich in seine Arme, küßte mich herzlich auf beide Wangen, und bevor ich mich von meiner Überraschung erholt hatte, war er bereits im Eiltempo aus dem Zimmer gelaufen.
Im nächsten Augenblick kam Mary Cavendish herein.
»Was ist denn nur mit Poirot los? Er ist eben an mir vorbeigestürzt; dabei rief er, ohne stehenzubleiben: ›Eine Garage! Um Himmels willen, wo finde ich eine Garage, Madame?‹ Und ohne eine Antwort abzuwarten, rannte er aus dem Haus.«
Ich ging schnell zum Fenster und sah ihn, ohne Hut und wild gestikulierend, die Straße hinunterlaufen.
»Er wird jeden Augenblick von einem Polizisten angehalten werden«, sagte ich verzweifelt zu Mary.
Unsere Blicke trafen sich; wir sahen uns hilflos an.
»Was hat er nur?«
Ich schüttelte den Kopf.
»Ich weiß es wirklich nicht. Er war dabei, ein Kartenhaus zu bauen, als er plötzlich sagte, er habe eine Idee, und mit diesen Worten rannte er aus dem Zimmer.«
»Ich hoffe, daß er zum Abendessen zurück ist«, sagte Mary seufzend.
Aber es wurde Abend, und Poirot kam nicht.

12

Poirots plötzliches Verschwinden beunruhigte uns sehr, besonders, als er auch am Sonntag morgen noch nicht zurückgekommen war. Jedoch um drei Uhr nachmittags hörten wir lautes, anhaltendes Hupen, und als wir zum Fenster eilten, sahen wir Poirot, begleitet von Japp und Summerhaye, aus einem Auto steigen. Der kleine Poirot war völlig verändert; er schien eine ungeheure Selbstzufriedenheit auszustrahlen. Er

verneigte sich respektvoll vor Mary.
»Würden Sie mir gestatten, in Ihrem Salon eine kleine *réunion* abzuhalten, Madame? Alle Bewohner des Hauses sollten daran teilnehmen.«
Mary lächelte traurig.
»Sie wissen ja, daß Sie freie Hand haben, Monsieur Poirot.«
»Sehr liebenswürdig, Madame.«
Poirot, der noch immer strahlte, brachte Stühle ins Wohnzimmer und nötigte uns alle, hereinzukommen.
»Miss Howard – hier bitte. Mademoiselle Cynthia – Monsieur Lawrence – die gute Dorkas und Annie bitte hier! *Bien*! Wir müssen noch einen Augenblick warten, bis Mr. Inglethorp kommt. Ich habe ihn benachrichtigt.«
Miss Howard sprang sofort auf.
»Wenn dieser Mann das Haus betritt, werde ich es unverzüglich verlassen!«
»Nein, nein!«
Poirot ging zu ihr und beschwor sie leise, zu bleiben. Schließlich entschloß Miss Howard sich zum Dableiben und nahm wieder Platz. Wenige Minuten später betrat Alfred Inglethorp das Zimmer.
Nachdem alle versammelt waren, stand Poirot mit der Miene eines Vortragsredners auf und verneigte sich höflich vor seinen Zuhörern.
»*Mesdames et messieurs!* Wie Ihnen bekannt ist, wurde ich von Mr. John Cavendish beauftragt, diesen Fall zu untersuchen. Ich begann mit der Untersuchung des Schlafzimmers der Verstorbenen, das auf Wunsch der Ärzte nach der Tragödie verschlossen worden war; daher fand ich es in unverändertem Zustand vor. Ich fand erstens: einen kleinen grünen Stofffetzen; zweitens: einen noch feuchten Fleck auf dem Teppich in der Nähe des Fensters; drittens: eine leere Schachtel, die Brompulver enthalten hatte.
Kommen wir zuerst zu dem grünen Stoffetzen: Ich sah ihn am Riegel der Verbindungstür hängen, die zu Mademoiselle Cynthias Zimmer führt. Ich übergab das Stückchen Stoff der Polizei, die ihm jedoch keine Bedeutung beimaß und auch

nicht erkannte, woher es kam – es stammte von einer grünen Armbinde, wie sie von den freiwilligen Landhelfern getragen wird.« Unter den Anwesenden machte sich eine gewisse Aufregung bemerkbar.

»Da sich in ›Styles‹ nur eine Person befand, die Landarbeit machte – und zwar war es Mrs. Cavendish –, mußte sie es gewesen sein, die Mrs. Inglethorps Zimmer durch die Verbindungstür zu Mademoiselle Cynthias Zimmer betreten hat.«

»Aber diese Tür war doch von innen verriegelt«, unterbrach ich erregt.

»Ja, jedenfalls zur Zeit, als ich das Zimmer durchsuchte. Sonst haben wir nur aus ihrem Mund gehört, daß diese Tür verschlossen war. In der allgemeinen Aufregung konnte sie zweifellos Gelegenheit haben, den Riegel zuzuschieben. Ich bemühte mich sofort, die Richtigkeit meiner Annahme zu beweisen, und ich stellte fest, daß das Stoffetzchen genau in einen Riß in Mrs. Cavendishs Armbinde paßte. Außerdem sagte Mrs. Cavendish bei der Gerichtsverhandlung aus, daß sie in ihrem Zimmer das Umfallen des Tisches gehört habe. Ich ging dieser Aussage auf die Spur, indem ich meinen Freund Hastings vor Mrs. Cavendishs Zimmertür, im linken Flügel des Gutshauses, postierte. Ich selbst begab mich in Begleitung der beiden Kriminalbeamten in das Zimmer der Verstorbenen und stieß – wie zufällig – den Tisch neben ihrem Bett um. Ich stellte fest, daß Monsieur Hastings nichts gehört hatte – wie auch nicht anders zu erwarten war. Damit bestärkte sich mein Verdacht, daß Mrs. Cavendish nicht die Wahrheit gesagt hatte, als sie erklärte, daß sie sich zur Zeit der Tragödie in ihrem Zimmer angekleidet habe. Ich war sogar davon überzeugt, daß sich Mrs. Cavendish im Zimmer der Verstorbenen befand, als der Alarm gegeben wurde.«

Ich warf einen schnellen Blick auf Mary; sie war bleich, aber sie lächelte.

»Ich kam zu folgender Annahme: Mrs. Cavendish ist im Schlafzimmer ihrer Schwiegermutter, sagen wir, sie sucht etwas, das sie noch nicht gefunden hat. Plötzlich wacht Mrs. Inglethorp mit furchtbaren Krämpfen auf. Sie stößt die Arme

von sich und wirft dabei den Tisch neben ihrem Bett um; dann klingelt sie verzweifelt. Mrs. Cavendish fährt zusammen, läßt die Kerze fallen und verspritzt dabei heißes Wachs auf dem Boden. Sie hebt die Kerze auf, geht schnell in Mademoiselle Cynthias Zimmer und macht die Tür hinter sich zu. Sie eilt in den Korridor, weil die Dienstboten sie keinesfalls hier finden dürfen. Aber es ist zu spät! Schon ertönen Schritte in dem langen Gang, der die beiden Flügel miteinander verbindet. Was kann sie tun? Ihr Entschluß ist im Bruchteil einer Sekunde gefaßt: Sie eilt zurück in das Zimmer des jungen Mädchens und versucht es wachzurütteln. Inzwischen hat sich der Rest der Hausbewohner im Korridor versammelt; sie sind alle damit beschäftigt, gegen Mrs. Inglethorps Tür zu hämmern, und niemand bemerkt, daß Mrs. Cavendish nicht mit den anderen angekommen ist – eine wichtige Feststellung: Ich kann niemanden finden, der sie aus dem anderen Flügel des Hauses kommen sah.« Er blickte auf Mary Cavendish. »Habe ich recht, Madame?«
Sie neigte den Kopf.
»Ganz recht, Monsieur. Wie Sie wissen, hätte ich diese Tatsachen enthüllt, wenn sie meinem Mann geholfen hätten, jedoch schienen sie mit der Frage seiner Schuld oder Unschuld nichts zu tun zu haben.«
»Das ist in gewisser Weise richtig, Madame, jedoch klärten sich dadurch viele Mißverständnisse auf, und ich war imstande, manches andere im richtigen Licht zu sehen.«
»Das Testament!« rief Lawrence plötzlich. »Du hast also das Testament vernichtet, Mary?«
Sie schüttelte den Kopf; Poirot tat dasselbe.
»Nein, nur eine Person kann das Testament vernichtet haben – und zwar Mrs. Inglethorp selbst«, stellte er ruhig fest.
»Unmöglich – sie hat es doch erst am gleichen Nachmittag aufgesetzt«, warf ich dazwischen.
»Und doch war es Mrs. Inglethorp, *mon ami.* Wie sonst ließe sich die Tatsache erklären, daß sie sich am heißesten Tag des Jahres in ihrem Zimmer ein Kaminfeuer anzünden ließ?«
Ich stieß einen Ruf des Erstaunens aus. Wie konnten wir nur

alle so töricht sein, nicht auf diesen Gedanken zu kommen?
Poirot fuhr fort:
»Es war ein glühend heißer Sommertag, *messieurs et mesdames*, und doch befahl Mrs. Inglethorp, ein Feuer anzuzünden – warum? Weil sie etwas vernichten wollte und ihr kein anderer Ausweg einfiel! Sie werden sich erinnern, daß man die Kriegssparmaßnahmen in ›Styles‹ sehr ernst nahm und nicht ein Stück altes Papier weggeworfen wurde. Daher blieb ihr nur diese Möglichkeit, ein umfangreiches Dokument zu vernichten. Im Augenblick, als ich von dem Feuer in Mrs. Inglethorps Zimmer hörte, kam mir der Gedanke, daß wichtige Papiere, vielleicht ein Testament, zerstört werden sollten. Daher war die Entdeckung eines verkohlten Papierstückchens im Kamin für mich nicht überraschend. Natürlich wußte ich damals noch nicht, daß das betreffende Testament erst am Nachmittag aufgesetzt worden war, und ich muß zugeben, daß ich einen schweren Fehler beging, als ich davon erfuhr. Ich kam zu dem Schluß, daß Mrs. Inglethorps Entschluß, das Testament zu vernichten, mit dem Streit des Nachmittags zusammenhing, und daß dieser Streit stattgefunden hat, nachdem das Testament gemacht worden war – und nicht vorher. Wie wir wissen, habe ich mich darin geirrt, und ich mußte diese Theorie fallenlassen. Ich stand dem Problem von einer anderen Seite aus gegenüber. Um vier Uhr nachmittags hörte Dorkas ihre Herrin ärgerlich sagen: ›Und glaube nur nicht, daß ich mich vor einem öffentlichen Skandal fürchte.‹ Ich nahm mit Recht an, daß diese Worte nicht an ihren Mann, sondern an John Cavendish gerichtet waren. Eine Stunde später, um fünf Uhr, benutzt sie fast die gleichen Worte Dorkas gegenüber: ›Ich weiß nicht, was ich tun soll, Dorkas. Ein Eheskandal ist etwas Entsetzliches.‹ Während sie also um vier Uhr nur ärgerlich war, befand sie sich um fünf Uhr in einem Zustand heftiger Erregung, und sie spricht auch von einem ›schweren Schock‹. Nach eingehenden psychologischen Erwägungen kam ich zu dem Schluß, daß der zweite von ihr erwähnte ›Skandal‹ nicht mit dem ersten identisch war – und daß er sie persönlich betraf!

Lassen Sie uns rekonstruieren: Um vier Uhr nachmittags zankt sich Mrs. Inglethorp mit ihrem Sohn und droht, ihn bei seiner Frau zu denunzieren – die, nebenbei bemerkt, den größten Teil der Unterhaltung mithörte. Um vier Uhr dreißig macht Mrs. Inglethorp ein neues Testament zugunsten ihres Mannes, das sie von den beiden Gärtnern beglaubigen läßt. Um fünf Uhr findet Dorkas ihre Herrin in einem Zustand großer Erregung vor; sie hat ein Stück Papier in der Hand, das Dorkas für einen Brief hält. Mrs. Inglethorp befiehlt in diesem Augenblick, daß ein Feuer angezündet werden soll. Es muß sich also zwischen vier Uhr dreißig und fünf etwas ereignet haben, das ihre Gefühle völlig verändert hat, da sie jetzt das eben erst gemachte Testament vernichten will. Was hatte sich ereignet?

Soviel wir wissen, ist sie während dieser halben Stunde ganz allein gewesen. Niemand hat das Boudoir betreten oder verlassen. Wie erklären wir uns also diese plötzliche Veränderung ihrer Gefühle?

Man kann nur Vermutungen aussprechen – aber ich glaube, daß meine Vermutung richtig ist. Mrs. Inglethorp hatte keine Briefmarken in ihrem Schreibtisch; das wissen wir, weil sie Dorkas später bat, ihr welche zu bringen. In der gegenüberliegende Ecke des Zimmers stand der Schreibtisch ihres Mannes – er war verschlossen. Da sie dringend Briefmarken brauchte, versuchte sie seinen Schreibtisch mit ihren Schlüsseln zu öffnen, und ich weiß, daß einer ihrer Schlüssel paßte. Sie öffnete seinen Schreibtisch, und während sie die Briefmarken suchte, fand sie etwas anderes, und zwar den ›Brief‹, den Dorkas in ihrer Hand sah und der nicht für Mrs. Inglethorps Augen bestimmt war. Mrs. Cavendish ist allerdings der Ansicht, daß der Brief, den ihre Schwiegermutter in der Hand hielt, Beweise der Untreue ihres eigenen Mannes enthielt. Sie verlangte diesen Brief von Mrs. Inglethorp, die ihr wahrheitsgemäß mitteilte, daß nichts dergleichen darin enthalten sei. Mrs. Cavendish glaubte ihr nicht. Sie dachte, daß Mrs. Inglethorp ihren Stiefsohn in Schutz nähme. Mrs. Cavendish ist eine sehr entschlossene Frau, und hinter der Maske ruhiger

Gelassenheit verbirgt sich eine eifersüchtige Natur. Sie war entschlossen, diesen Brief um jeden Preis an sich zu bringen, und der Zufall half ihr bei diesem Entschluß. Sie fand die Schlüssel zu Mrs. Inglethorps Schreibkoffer, die diese am Morgen verlegt hatte; sie wußte, daß ihre Schwiegermutter alle wichtigen Papiere in diesem Koffer aufbewahrte.

Mrs. Cavendish schmiedete daraufhin einen Plan, den sich nur eine verzweifelt eifersüchtige Frau ausdenken konnte. Während des Abends riegelte sie die Tür auf, die in Mademoiselle Cynthias Zimmer führt. Vielleicht hat sie die Scharniere geölt, denn ich stellte fest, daß sich die Tür ganz geräuschlos öffnen ließ. Sie verschob ihren Plan aus Sicherheitsgründen bis in die frühen Morgenstunden, weil die Dienstboten daran gewöhnt waren, sie um diese Zeit aufstehen zu hören. Sie zog ihre Landuniform an und schlich sich durch Mademoiselle Cynthias Zimmer in Mrs. Inglethorps Schlafzimmer.«

Er machte eine Pause, während der Cynthia sagte:

»Aber ich wäre bestimmt aufgewacht, wenn jemand durch mein Zimmer gegangen wäre.«

»Nicht, wenn Sie betäubt worden wären, Mademoiselle.«

»Betäubt?«

»Mais oui!«

Dann fuhr er, wieder zu uns gewandt, fort: »Sie alle werden sich daran erinnern, daß Mademoiselle Cynthia trotz des Lärms und der Aufregung nebenan weiterschlief. Hierfür gab es nur zwei mögliche Erklärungen: entweder hat sie nur vorgegeben zu schlafen – und das glaubte ich nicht –, oder ihr schwerer Schlaf war künstlich hervorgerufen worden.

Ich untersuchte daraufhin alle Kaffeetassen sehr gründlich, und ich entsann mich, daß Mrs. Cavendish am vorangehenden Abend Mademoiselle Cynthia den Kaffee gebracht hatte. Ich entnahm jeder der Tassen eine Probe und ließ sie analysieren – das Resultat war negativ. Ich hatte die Tassen sorgfältig gezählt, weil ich vermutete, daß eine fortgeschafft worden war. Aber ich irrte mich – sechs Personen hatten Kaffee getrunken, und es wurden sechs Tassen gefunden.

Dann stellte ich fest, daß ich eine sehr wichtige Tatsache

übersehen hatte: es war für sieben Personen Kaffee serviert worden, denn Dr. Bauerstein war an diesem Abend anwesend. Dadurch änderte sich alles, weil nun eine Tasse fehlte. Den Dienstboten fiel nichts auf, denn Annie, das Hausmädchen, das den Kaffee servierte, wußte nicht, daß Mr. Inglethorp niemals Kaffee trank; Dorkas dagegen, die die Tassen am nächsten Morgen abräumte, fand sechs Tassen – wie gewöhnlich. Genaugenommen fand sie nur fünf Tassen vor, da die sechste zerbrochen in Mrs. Inglethorps Zimmer gefunden wurde.

Ich war davon überzeugt, daß die fehlende Tasse Mademoiselle Cynthias Tasse war; ich wurde dadurch in meiner Annahme bestärkt, daß alle Tassen Zucker enthielten, während ich wußte, daß Mademoiselle keinen Zucker nahm. Meine Aufmerksamkeit war durch Annies Erzählung erregt worden – sie erwähnte, daß sie auf dem Tablett mit dem Kakao, den sie Mrs. Inglethorp wie allabendlich brachte, ›Salz‹ bemerkt habe. Ich beschaffte mir daraufhin eine Probe des Kakaos und ließ sie analysieren.«

»Aber das hatte Dr. Bauerstein bereits veranlaßt«, sagte Lawrence schnell.

»Nein, er hatte den Kakao nur auf Strychnin untersuchen lassen, nicht, wie ich, auf ein Betäubungsmittel.«

»Ein Betäubungsmittel?«

»Ja; hier ist der Laborbericht. Mrs. Cavendish hat sowohl Mrs. Inglethorp wie Mademoiselle Cynthia ein harmloses, aber wirksames Betäubungsmittel eingegeben, und es ist durchaus möglich, daß sie infolgedessen *un mauvais quart d'heure* verbrachte; denn stellen Sie sich vor, wie ihr zumute gewesen sein muß, als ihre Schwiegermutter ganz plötzlich erkrankte und starb, und als das Wort ›Gift‹ im Zusammenhang damit erwähnt wurde! Sie dachte, daß die Schlafpulver völlig harmlos seien, aber sie muß zweifellos einen Augenblick geglaubt haben, daß sie für den Tod ihrer Schwiegermutter verantwortlich sei. In ihrer Panik rannte sie nach unten und warf Mademoiselle Cynthias Kaffeetasse und Untertasse in eine große Messingvase, wo sie später von Mr. Lawrence gefunden wurde. Sie traute sich nicht an den Rest des Kakaos heran, weil zu viele Augen auf ihr ruhten. Sie können sich ihre Erleichterung vorstellen, als Strychnin erwähnt wurde und sie feststellen konnte, daß sie nicht die Schuld an der Tragödie trug. Wir sind jetzt in der Lage, festzustellen, warum sich die Symptome der Strychninvergiftung erst so spät zeigten: wenn ein Betäubungsmittel gleichzeitig mit Strychnin genommen wird, verzögert sich die Wirkung des Giftes um einige Stunden.«

Poirot machte eine Pause. Mary sah Poirot an; das Blut stieg ihr langsam in die Wangen.

»Alles, was Sie sagten, ist wahr, Monsieur Poirot. Es war die furchtbarste Stunde meines Lebens. Ich werde sie nie vergessen. Aber Sie sind wundervoll, jetzt verstehe ich...«

»... warum ich sagte, Sie könnten mich zu Ihrem Beichtvater machen, nicht wahr? Aber Sie trauten mir nicht.«

»Jetzt begreife ich alles«, sagte Lawrence. »Das Betäubungsmittel im Kakao, der nach dem vergifteten Kaffee getrunken wurde, erklärt die Verzögerung.«

»Sehr richtig. Aber war der Kaffee vergiftet oder nicht? Hier stoßen wir auf Schwierigkeiten – da ihn Mrs. Inglethorp nicht getrunken hat.«

»Was?« riefen alle überrascht.

»Nein. Sie werden sich erinnern, daß ich von einem Fleck auf dem Teppich in Mrs. Inglethorps Zimmer sprach. Als ich diesen Fleck entdeckte, war er noch feucht und roch nach Kaffee; außerdem fand ich im Teppich ein paar winzige Porzellansplitter. Ich wußte genau, was sich ereignet hatte, da ich zwei Minuten vorher mein Köfferchen auf den Tisch gestellt hatte und der wacklige Tisch umgekippt war. Mein kleiner Koffer landete auf genau der Stelle des Teppichs, auf der sich der Fleck befand. Mrs. Inglethorp muß ihre Kaffeetasse ebenfalls auf diesen Tisch gestellt haben, als sie am vorhergehenden Abend in ihr Zimmer kam, und das gebrechliche Tischchen muß umgekippt sein.

Was sich dann ereignete, ist nur zu vermuten: Ich nehme an, daß Mrs. Inglethorp die zerbrochene Tasse aufgehoben und auf den Tisch neben ihrem Bett gestellt hat. Da sie etwas Anregendes trinken wollte, wärmte sie sich den Kakao und trank ihn sofort. Jetzt stehen wir einem neuen Problem gegenüber. Wir wissen, daß der Kakao kein Strychnin enthielt. Der Kaffee ist nicht getrunken worden. Sie muß das Strychnin jedoch an diesem Abend, zwischen sieben und neun Uhr, in irgendeiner Form eingenommen haben. Es fragt sich also, ob eine dritte Flüssigkeit zur Hand war – eine Flüssigkeit, aus der man das Strychnin nicht herausschmecken würde. Diese Frage scheint sich bisher niemand vorgelegt zu haben. Was war es?« Poirot blickte sich triumphierend im Kreise um, dann sagte er: »Es war natürlich ihre Medizin!«

»Sie glauben also, daß der Mörder das Strychnin in die Medizin getan hat?« fragte ich.

»Das war nicht nötig, da es bereits in der Medizin enthalten war. Dr. Wilkins selbst hat das Strychnin verschrieben, mit dem Mrs. Inglethorp sich vergiftet hat.

Um Ihnen den Vorgang klarzumachen, werde ich Ihnen jetzt einen Auszug aus einem wissenschaftlichen Werk vorlesen, das mir in der Apotheke des Roten-Kreuz-Krankenhauses in Tadminster in die Hände kam:

›Das folgende Rezept ist in medizinischen Kreisen berühmt geworden:

Strychninae sulph.	gr. I
Potass Bromide	zvi
Aqua ad	zviii
Fiat Mistura	

In dieser Lösung bilden die Strychninsalze innerhalb weniger Stunden einen Bodensatz unlöslicher Bromkristalle. Eine Dame in England ist ums Leben gekommen, weil sie die Medizinflasche niemals schüttelte und auf diese Weise fast den ganzen Strychningehalt mit der letzten Dosis einnahm.‹ In Dr. Wilkins' Rezept war natürlich kein Brom enthalten, aber Sie werden sich erinnern, daß ich eine leere Medizinschachtel erwähnte, die Brompulver enthalten hatte. Wenn ein oder zwei dieser Pulver mit dem Inhalt der vollen Medizinflasche vermischt worden wären, würde sich das Strychnin kristallisiert und gesetzt haben. Später werden Sie hören, daß die Person, die Mrs. Inglethorp im allgemeinen ihre Medizin gab, die Flasche niemals geschüttelt hat, so daß der Bodensatz sich nicht mit dem Rest der Flüssigkeit vermischen konnte.

Wir hatten viele Hinweise, aus denen wir entnehmen konnten, daß die Tragödie für den Montag abend geplant war. An diesem Tag war Mrs. Inglethorps Klingelleitung durchschnitten worden, und Miss Cynthia war über Nacht bei Freunden, so daß Mrs. Inglethorp ganz allein im rechten Flügel war; niemand hätte ihr helfen können, und sie wäre wahrscheinlich vor der Ankunft des Arztes gestorben. Aber Mrs. Inglethorp hatte in der Eile, rechtzeitig zum Dorffest zu kommen, vergessen, ihre Medizin einzunehmen, und am nächsten Tag war sie zum Mittagessen außer Haus, so daß die letzte tödliche Dosis vierundzwanzig Stunden später eingenommen wurde, als der Mörder vorausgesehen hatte. Infolge dieser Verzögerung habe ich jetzt den endgültigen Beweis – das letzte Glied der Kette – in Händen.«

Die Aufregung war unbeschreiblich, als Poirot drei dünne Papierstreifen in die Höhe hielt und sagte:

»Hier ist ein Brief, den der Mörder selbst geschrieben hat, *mes amis!* Wenn er sich etwas klarer ausgedrückt hätte, wäre Mrs. Inglethorp ihrem Schicksal vielleicht entronnen. So war sie sich nur der Gefahr bewußt, nicht aber der näheren Einzelheiten.«

In der atemlosen Stille legte Poirot die drei Papierstreifen untereinander, räusperte sich und las:

»Liebste Evie,

Du wirst Dich hoffentlich nicht beunruhigen, weil Du noch nichts gehört hast – es ist alles in Ordnung! Es wird nur heute nacht sein, anstatt gestern nacht. Du wirst mich verstehen. Wenn die alte Frau erst tot ist, wird alles herrlich werden. Niemand wird darauf kommen, mich des Verbrechens zu bezichtigen. Deine Idee mit dem Brom war einfach genial!

Aber wir müssen sehr vorsichtig sein, ein falscher Schritt...‹
Hier bricht der Brief ab; anscheinend ist der Schreiber gestört worden, aber über seine Identität besteht kein Zweifel, *mes amis!* Wir alle kennen seine Handschrift und...«
Ein heulender Schrei durchbrach die Stille.
»Sie Teufel! Woher haben Sie den Brief?«
Ein Stuhl wurde umgeworfen. Poirot sprang geschickt zur Seite. Ein schneller Griff – ein dumpfer Aufprall – sein Angreifer war zu Boden gestürzt.
»*Messieurs, mesdames*«, sagte Poirot mit einer schwungvollen Geste, »darf ich Ihnen den Mörder vorstellen – Mr. Alfred Inglethorp!«

13

»Ich möchte Ihnen am liebsten den Hals umdrehen, Sie alter Gauner«, sagte ich. »Wie konnten Sie es wagen, mich so zu hintergehen, Poirot?«
Wir saßen in der Bibliothek. Hinter uns lagen hektische Tage. Mary und John – wieder vereint – waren unten im Wohnzimmer. Alfred Inglethorp und Miss Howard befanden sich im Untersuchungsgefängnis. Endlich war ich einmal mit Poirot allein und konnte meine noch immer brennende Neugier befriedigen.
Poirot antwortete mir nicht gleich. Schließlich sagte er:
»Ich habe Sie nicht hintergangen, *mon ami,* ich habe es höchstens gestattet, daß Sie sich selbst betrogen.«
»Ja, aber warum?«
»Das ist schwer zu erklären. Sie sind von Natur so ehrlich und anständig, *mon ami,* und – *enfin* – Sie können Ihre wahren Gefühle nicht verbergen. Wenn ich Ihnen meine Vermutungen mitgeteilt hätte, würde der raffinierte Mr. Inglethorp bei der ersten Gelegenheit Verdacht geschöpft haben – und unsere Chancen, ihn zu erwischen, wären zum Teufel gegangen!«
»Ich bin diplomatischer, als Sie glauben, Poirot.«

»Ich bitte Sie dringend, sich nicht aufzuregen, *mon ami.* Ihre Hilfe war mir sehr wertvoll, aber ich durfte unter keinen Umständen außer acht lassen, daß Sie so ein guter, offener Mensch sind.«

Ich war etwas besänftigt, bemerkte jedoch vorwurfsvoll: »Sie hätten mir trotzdem einen Fingerzeig geben können.«

»Aber ich habe Ihnen sogar mehrere gegeben, *mon ami.* Sie haben sie nur nicht erkannt. Denken Sie einmal nach: Habe ich jemals zu Ihnen gesagt, daß ich John Cavendish für schuldig halte? Habe ich nicht im Gegenteil behauptet, daß er wahrscheinlich freigesprochen werden würde?«

»Ja, aber –«

»Und habe ich nicht sofort danach die Schwierigkeit erwähnt, den Mörder zur Strecke zu bringen? Wußten Sie nicht, daß ich von zwei völlig verschiedenen Personen sprach?«

»Nein, das wußte ich nicht.«

»Und habe ich nicht wiederholt gesagt, ich wünsche nicht, daß Inglethorp *jetzt* verhaftet wird«, fuhr Poirot fort. »Das hätte ein Hinweis für Sie sein sollen.«

»Wollen Sie damit andeuten, daß Sie ihn schon so früh in Verdacht hatten?«

»Ja, denn es stand fest, daß der Ehemann bei ihrem Tod den Hauptanteil ihrer Hinterlassenschaft bekommen würde. Das ließ sich nicht leugnen. Als ich am ersten Tag mit Ihnen nach ›Styles‹ ging, hatte ich keine Ahnung, auf welche Weise das Verbrechen begangen worden war, und nach dem, was ich über Mr. Inglethorp wußte, war mir klar, daß es nicht leicht sein würde, ihm etwas nachzuweisen. Ich erkannte gleich nach meiner Ankunft auf dem Gut, daß Mrs. Inglethorp das Testament verbrannt hatte, und übrigens haben Sie, was das anbetrifft, keinen Grund zur Klage, denn ich habe mir große Mühe gegeben, Sie auf die Bedeutung des Kaminfeuers im Hochsommer hinzuweisen.«

»Ja, ja. Bitte, fahren Sie fort«, bat ich ungeduldig.

»Zu einem gewissen Zeitpunkt wurde ich, wie Sie wissen, schwankend. Es lagen so viele Beweise gegen Inglethorp vor, daß ich fast glaubte, er hätte es nicht getan.«

»Wann haben Sie Ihre Meinung geändert?«
»Als ich entdeckte, daß er, je mehr ich mich bemühte, seine Unschuld zu beweisen, versuchte, verhaftet zu werden. Als ich dann herausfand, daß nicht Alfred Inglethorp, sondern John Cavendish an Mrs. Raikes interessiert war, war ich ganz sicher.«
»Aber warum?«
»Ganz einfach: Hätte Inglethorp ein Verhältnis mit Mrs. Raikes gehabt, wäre sein Schweigen ganz verständlich gewesen, aber als ich erfuhr, daß das ganze Dorf von Johns Freundschaft mit der hübschen jungen Frau wußte, begann ich sein Schweigen anders auszulegen. Es war Unsinn zu behaupten, er fürchte sich vor einem Skandal, da er nichts mit der Sache zu tun hatte. Diese Einstellung machte mich sehr mißtrauisch, und ich kam schließlich zu der Überzeugung, daß Alfred Inglethorp verhaftet werden wollte. *Eh bien!* Von diesem Augenblick an war ich fest entschlossen, dafür zu sorgen, daß er nicht verhaftet werden würde.«
»Einen Moment – ich verstehe nicht, warum er verhaftet werden wollte?«
»Weil es in England ein Gesetz gibt, demzufolge niemand, der einmal freigesprochen worden ist, nochmals des gleichen Verbrechens angeklagt werden kann. Seine Idee war verteufelt schlau! Der Mann kann zweifellos logisch denken. Er wußte, daß man ihn verdächtigen würde; daraufhin hatte er den klugen Einfall, eine Reihe von Beweisen gegen sich zu erfinden. Er wollte sich verdächtig machen, er wollte verhaftet werden. Dann würde er sein einwandfreies Alibi produzieren – und würde im Handumdrehen ein freier Mann sein.«
»Ich begreife leider nicht, wie er ein einwandfreies Alibi erbringen und gleichzeitig in die Apotheke gehen konnte?«
Poirot sah mich erstaunt an.
»Soll man das für möglich halten? Mein armer Freund! Wissen Sie noch immer nicht, daß Miss Howard in die Dorfapotheke ging?«
»Miss Howard?«
»Aber natürlich. Wer sonst? Es war ganz einfach für sie. Sie ist

groß, ihre Stimme ist tief und männlich, und dann dürfen Sie auch nicht vergessen, daß sie Inglethorps Kusine ist und eine gewisse Familienähnlichkeit besteht, besonders im Gang und im Benehmen. Glauben Sie mir, es war ein Kinderspiel für das raffinierte Paar!«

»Ich weiß noch nicht recht, wie die Sache mit dem Brom vor sich ging«, bemerkte ich.

»*Bon!* Ich werde versuchen, den Vorgang zu rekonstruieren. Ich glaube fast, daß Miss Howard diejenige ist, die den ganzen Plan ausgeheckt hat. Entsinnen Sie sich, daß sie einmal sagte, ihr Vater sei Arzt gewesen? Sie mag die Medizinen für ihn zubereitet oder sie mag die Idee aus einem der Bücher gehabt haben, die Mademoiselle Cynthia für ihr Examen studierte. Jedenfalls wußte sie, daß Strychnin sich kristallisieren und setzen würde, wenn man der Mischung Brom zuführte. Wahrscheinlich ist ihr die Idee ganz plötzlich gekommen. Mrs. Inglethorp besaß eine Schachtel mit Brompulvern, die sie abends gelegentlich einnahm. Was war leichter, als einige der Pulver in die neu gefüllte Medizinflasche zu schütten? Es war so gut wie gar kein Risiko. Die Tragödie würde sich erst vierzehn Tage später abspielen. Selbst wenn jemand bemerkt haben sollte, daß sie die Medizin in der Hand hielt, hätte er es bis dahin vergessen. Miss Howard würde den Streit provoziert und das Haus verlassen haben. Ihre Abwesenheit vor dem Verbrechen und am Tag der Tragödie würde keinen Verdacht aufkommen lassen. Ja, es war eine kluge Idee! Hätten sie es dabei bewenden lassen, wäre man ihnen vielleicht nie auf die Spur gekommen, aber sie gaben sich nicht damit zufrieden, sie wollten überklug sein – und das war ihr Unglück.«

Poirot paffte an seiner winzigen Zigarette, sein Blick war an die Zimmerdecke geheftet.

»Um den Verdacht auf John Cavendish zu lenken, kamen sie auf die Idee, in der Dorfapotheke Strychnin zu kaufen und seine Unterschrift zu fälschen.

Am Montag wird Mrs. Inglethorp die letzte Dosis ihrer Medizin einnehmen; deshalb richtet Alfred Inglethorp es ein, von

einer Anzahl von Leuten außerhalb des Dorfes gesehen zu werden. Miss Howard hat inzwischen das Gerücht verbreitet, daß er ein Verhältnis mit Mrs. Raikes hat, um sein nachheriges Schweigen zu erklären. Um sechs Uhr betritt Miss Howard, als Alfred Inglethorp verkleidet, die Dorfapotheke, kauft Strychnin, erzählt die Geschichte von dem Hund, der vergiftet werden soll, und unterschreibt in Johns Handschrift, die sie vorher gründlich studiert hat.
Da es natürlich vermieden werden muß, daß auch John ein Alibi erbringen kann, schreibt sie ihm einen anonymen Brief – auch hier kopiert sie seine Schrift –, in dem man ihn an einen abgelegenen Ort bestellt, wo ihn höchstwahrscheinlich kein Mensch sehen wird.
Bis hierher geht alles gut. Miss Howard fährt zurück nach Middlingham, Alfred Inglethorp erscheint in ›Styles‹. Er kann in keiner Weise kompromittiert werden, da Miss Howard das Strychnin hat, das sie sowieso nur kaufte, um den Verdacht auf John zu lenken.
Aber plötzlich wird ihnen ein Strich durch die Rechnung gemacht: Mrs. Inglethorp nimmt ihre Medizin an diesem Abend nicht ein. Die durchschnittene Klingelleitung, Cynthias Abwesenheit – die Inglethorp mit Hilfe seiner Frau arrangiert hatte – sind vergeblich. Und jetzt macht er einen Fehler!
Mrs. Inglethorp ist fort, und er schreibt einen Brief an seine Helfershelferin, weil er fürchtet, daß diese in Panik geraten wird, wenn ihr Plan nicht erfolgreich ist. Es ist möglich, daß Mrs. Inglethorp früher zurückkam, als er erwartete. Er wird beim Schreiben ertappt, schlägt schnell die Schreibtischklappe zu und schließt ab. Er fürchtet, daß er den Schreibtisch nochmals öffnen muß, wenn er im Zimmer bleibt, und daß Mrs. Inglethorps Blick dann auf den Brief fallen wird, bevor er ihn wegnehmen kann. Deshalb geht er aus dem Zimmer, verläßt das Haus und macht einen Waldspaziergang. Er kommt nicht auf den Gedanken, daß Mrs. Inglethorp seinen Schreibtisch öffnen und den Brief finden wird.
Wie wir inzwischen wissen, schloß sie den Schreibtisch

tatsächlich auf. Sie liest den Brief, entdeckt den Verrat ihres Mannes und Evie Howards und weiß, daß sie in Gefahr ist. Unglückseligerweise bedeutet ihr die Erwähnung des Brompulvers nichts; sie ahnt nicht, von welcher Richtung ihr die Gefahr droht. Sie entschließt sich, ihrem Mann nichts zu sagen. Statt dessen schreibt sie an ihren Rechtsanwalt und bittet ihn, sie am morgigen Tag aufzusuchen; außerdem beschließt sie, das eben gemachte Testament zu vernichten. Sie behält den verhängnisvollen Brief.«

»Hat ihr Mann das Schloß ihres kleinen Schreibkoffers aufgebrochen, weil er hoffte, den Brief darin zu finden?«

»Ja, und er hat dieses ungeheure Risiko auf sich genommen, weil er wußte, wie wichtig dieser Brief für ihn war, da er den einzigen greifbaren Beweis gegen ihn darstellte.«

»Warum hat er den Brief nicht sofort vernichtet, nachdem er ihn wieder an sich gebracht hatte?«

»Weil er es nicht wagte, das größte Risiko von allen einzugehen – nämlich den Brief mit sich herumzutragen.«

»Das verstehe ich nicht.«

»Versuchen Sie sich in seine Lage zu versetzen: Ich habe festgestellt, daß er nur fünf Minuten Zeit hatte, um den Brief zu ergattern – und zwar die fünf Minuten vor unserer Ankunft am Ort des Verbrechens. Vorher hat Annie die Treppe geputzt, und sie hätte jeden bemerkt, der in den rechten Flügel gegangen wäre. Stellen Sie sich die Szene vor: Er schließt die Tür mit einem anderen Schlüssel auf – alle Zimmerschlüssel sind einander sehr ähnlich –, er betritt das Zimmer, geht schnell auf den kleinen Schreibkoffer zu, der verschlossen ist. Die Schlüssel sind nirgends zu sehen. Das ist ein schwerer Schlag für ihn, denn es bedeutet, daß seine Anwesenheit im Zimmer nicht unbemerkt bleiben kann, wie er gehofft hatte, Aber er weiß, daß er alles daransetzen muß, dieses Beweises habhaft zu werden. Er bricht das Schloß mit seinem Taschenmesser auf, durchwühlt die Papiere, findet schließlich, was er sucht.

Aber jetzt steht er vor einem neuen Dilemma: Er wagt es nicht, diesen Brief bei sich zu haben. Man mag ihn aus dem Zimmer kommen sehen, man könnte in zwingen, sich einer Leibesvisitation zu unterziehen. Wenn man den Brief findet, ist er verloren. Wahrscheinlich hört er auch, wie Mr. Wells und John das darunterliegende Boudoir verlassen. Er muß rasch handeln. Wo kann er dieses furchtbare Dokument verstecken? Der Inhalt des Papierkorbes wird bestimmt untersucht werden, vernichten kann er den Brief nicht, und er wagt nicht, ihn zu behalten. Er blickt sich um, und sein Auge fällt – auf was, *mon ami*?«

Ich schüttelte den Kopf.

»Im Bruchteil einer Sekunde hat er den Brief in drei lange Streifen gerissen, sie zu einem Fidibus gerollt und in den Behälter auf dem Kaminsims gestellt, in dem sich die Papierspäne zum Feueranzünden befinden!«

Ich stieß einen Schrei der Überraschung aus.

»Niemand würde auf den Gedanken kommen, dort nachzusehen«, fuhr Poirot fort, »und er würde zur gegebenen Zeit zurückkommen und den einzigen Beweis gegen sich in Ruhe vernichten.«

»Er ist also die ganze Zeit – vor unseren Augen – in dem Fidibusbehälter in Mrs. Inglethorps Schlafzimmer gewesen?« fragte ich.

Poirot nickte. »Ja, mein Freund, dort entdeckte ich das fehlende Glied in der Kette, und zwar verdanke ich es Ihnen.«

»Mir?«

»Ja. Sie erzählten mir, ich hätte die Nippsachen auf dem Kaminsims mit zitternden Händen geradegerückt!«

»Ja, aber ich begreife nicht...«

»Ich werde es Ihnen erklären: Mir fiel ein, daß ich die Nippsachen schon vorher, als wir zusammen im Zimmer waren, geradegerückt hatte und daß es also nicht nötig gewesen wäre, sie nochmals geradezurücken, wenn sie nicht inzwischen von anderer Hand berührt worden wären.«

»Du liebe Zeit – das ist also die Erklärung Ihres sonderbaren Benehmens«, sagte ich leise. »Sie gingen auf schnellstem Weg zum Gutshaus und fanden den Brief noch vor?«

»Ja. Es war ein Wettlauf mit der Zeit.«

»Ich kann noch immer nicht begreifen, warum Inglethorp so töricht war, ihn dort zu lassen; er hätte doch reichlich Gelegenheit gehabt, ihn zu vernichten.«

»Nein, die hatte er eben nicht. Dafür habe *ich* gesorgt.«

»Sie?«

»Ja. Entsinnen Sie sich, mir Vorwürfe gemacht zu haben, weil ich den ganzen Haushalt in dieser Hinsicht ins Vertrauen zog?«

»Ja.«

»Ich tat es absichtlich, weil ich darin eine Chance sah. Ich war nicht sicher, ob Inglethorp der Verbrecher war oder nicht; falls er es war, würde er den Brief, meiner Ansicht nach, nicht bei sich haben, sondern ihn irgendwo verstecken; indem ich mir die Sympathie der Hausbewohner sicherte, konnte ich ihn daran hindern, den Brief zu vernichten. Er stand bereits unter Verdacht, und indem ich offen über die Angelegenheit sprach, sicherte ich mir die Hilfe von zehn Amateurdetektiven, die ihn unablässig beobachteten und unter deren wachsamen Augen er es nicht wagen würde, das Dokument zu zerstören. Er sah sich gezwungen, das Haus zu verlassen und den Brief im Fidibusbehälter zu lassen.«

»Sicherlich hatte Miss Howard Gelegenheit, ihm zu helfen?«

»Ja, aber sie wußte nichts von der Existenz dieses Briefes, weil sie und Alfred Inglethorp ausgemacht hatten, nicht miteinander zu sprechen, da man sie für Todfeinde hielt. Bis zu John Cavendishs Verurteilung wollte keiner von beiden eine Zusammenkunft riskieren. Ich ließ Mr. Inglethorp selbstverständlich bewachen, weil ich hoffte, auf diese Weise im Laufe der Zeit zu ergründen, wo er das Dokument versteckt hielt. Aber er war zu klug, sich eine Blöße zu geben. Er hielt den Brief für sicher; da während der ersten Wochen niemand darauf kam, auf dem Kaminsims nachzusehen, rechnete er damit, daß es auch später nicht mehr geschehen würde. Hätten Sie nicht glücklicherweise diese Bemerkung gemacht, wäre es ihm vielleicht gelungen, sich der gerechten Strafe zu entziehen.«

»Aber wann begannen Sie Miss Howard zu verdächtigen?«

»Als ich herausfand, daß sie bei der gerichtlichen Voruntersuchung betreffs des Briefes, den ihr Mrs. Inglethorp schrieb, gelogen hatte.«
»Inwiefern hat sie gelogen?«
»Sie haben den Brief gesehen, nicht wahr? Erinnern Sie sich daran, wie er aussah?«
»Ja, mehr oder weniger.«
»Dann wissen Sie also, daß Mrs. Inglethorp eine sehr ausgeprägte Schrift hatte und zwischen den Worten deutliche Zwischenräume ließ. Wenn Sie jedoch auf das Datum sehen, werden Sie bemerken, daß der 17. Juli in dieser Beziehung ganz anders geschrieben ist. Wissen Sie, worauf ich hinaus will?«
»Nein, leider nicht«, gestand ich.
»Sie sehen nicht, daß der Brief nicht am 17., sondern am 7. Juli geschrieben worden ist – am Tag nach Miss Howards Fortgang? Die eins war vor die sieben geschrieben worden, um daraus eine siebzehn zu machen.«
»Aber warum?«
»Diese Frage legte ich mir auch vor. Warum unterschlug Miss Howard den Brief vom 17. und zeigte uns statt dessen diese Fälschung? Weil sie uns den Brief vom 17. nicht zeigen wollte. Warum nur? Und in diesem Augenblick schöpfte ich Verdacht. Sie werden sich entsinnen, daß ich Ihnen riet, sich vor Leuten vorzusehen, die nicht die Wahrheit sagen.«
»Aber danach gaben Sie mir zwei Gründe an, aus denen Sie schlossen, daß Miss Howard das Verbrechen nicht begangen haben konnte«, sagte ich empört.
»Ja, und es waren zwei sehr triftige Gründe«, erwiderte Poirot. »Sie schienen mir lange Zeit stichhaltig zu sein, bis ich mich der wichtigen Tatsache entsann, daß Inglethorp ihr Vetter ist. Sie hätte das Verbrechen zwar nicht allein begehen, aber eine Mithelferin sein können. Dazu kam der geradezu übertriebene Haß auf Inglethorp, den sie an den Tag legte! Hinter diesem Haß verbargen sich ganz andere Gefühle. Ich bezweifle nicht, daß zwischen den beiden ein Liebesverhältnis bestand – lange bevor er nach ›Styles‹ kam – und daß sie ihren teuflischen

Plan schon vor Jahren schmiedeten. Er sollte die törichte alte Frau heiraten, sie veranlassen, ihm ihr Vermögen zu hinterlassen, und das geschickt ausgedachte Verbrechen würde alle ihre Blütenträume endgültig zum Reifen bringen. Wenn alles planmäßig verlaufen wäre, würden sie jetzt wohl schon längst nicht mehr in England sein, sondern das Geld ihres Opfers auf dem Kontinent verprassen. Sie sind ein sehr gerissenes und skrupelloses Paar. Während sich der Verdacht gegen ihn richtete, würde sie in aller Ruhe die Vorbereitungen für ein ganz anderes *dénouement* treffen. Sie kommt aus Middlingham, und alle kompromittierenden Beweisstücke sind in ihren Händen. Niemand verdächtigt sie, niemand im Haus beachtet ihr Kommen und Gehen. Sie versteckt das Strychnin und die Brille in Johns Zimmer, den Bart in der Bodenkammer. Sie wird dafür sorgen, daß sie früher oder später entdeckt werden.«

»Ich verstehe nicht ganz, warum sie John die Schuld zuschieben wollte«, bemerkte ich. »Es wäre viel einfacher gewesen, Lawrence des Verbrechens zu bezichtigen.«

»Ja, aber das war ein reiner Zufall. Alle Beweise gegen ihn ergaben sich durch ein sonderbares Zusammentreffen von Umständen, die dem verbrecherischen Paar bestimmt nicht in den Kram paßten.«

»Er hat sich merkwürdig benommen«, stellte ich nachdenklich fest.

»Ja, und Sie wissen natürlich, was seinem Benehmen zugrunde lag?«

»Nein.«

»Wußten Sie nicht, daß er Mademoiselle Cynthia für schuldig hielt?«

»Nein«, sagte ich erstaunt. »Unmöglich!«

»Durchaus nicht. Ich selbst wäre auch fast auf den Gedanken gekommen. Er beschäftigte mich, als ich Mr. Wells die erste Frage bezüglich des Testaments stellte. Ich war wegen der von ihr hergestellten Brompulver stutzig geworden und wegen ihrer gelungenen Verkleidung und Darstellung eines jungen Mannes, von der Dorkas berichtete. Tatsächlich lagen mehr

Beweise gegen Mademoiselle Cynthia vor als gegen irgendeine andere Person.«
»Sie scherzen, Poirot!«
»Nein. Soll ich Ihnen sagen, weshalb Monsieur Lawrence so blaß wurde, als er das Schlafzimmer seiner Mutter in jener furchtbaren Nacht betrat? Weil er über Ihre Schulter hinweg einen Blick auf Mademoiselle Cynthias Tür warf und feststellte, daß sie nicht verriegelt war.«
»Aber er hat doch erklärt, daß er sich an den vorgeschobenen Riegel erinnerte«, sagte ich erregt.
»Sehr richtig«, entgegnete Poirot trocken, »und das bestätigte meinen Verdacht, daß es nicht so war. Er wollte Mademoiselle Cynthia schützen.«
»Aber warum wollte er sie schützen?«
»Weil er sie liebt.«
Ich lachte.
»Da irren Sie sich gründlich, Poirot. Zufällig ist mir bekannt, daß er sie nicht nur nicht liebt, sondern sie nicht leiden kann.«
»Wer hat Ihnen das gesagt, *mon ami*?«
»Cynthia selbst.«
»*La pauvre petite!* Hat sie sich deswegen gegrämt?«
»Sie sagte, es sei ihr ganz gleichgültig.«
»Dann hat sie sich bestimmt gegrämt, so sind die Frauen nun einmal«, bemerkte Poirot.
»Was Sie mir da über Lawrence mitteilten, überrascht mich sehr«, sagte ich.
»Aber warum? Es war doch nur zu offensichtlich. Hat Monsieur Lawrence nicht jedesmal ein langes Gesicht gemacht, wenn Mademoiselle Cynthia mit seinem Bruder gesprochen oder gescherzt hat? Er hatte es sich in den Kopf gesetzt, daß Mademoiselle Cynthia in John verliebt sei. Als er das Zimmer seiner Mutter betrat und er sie, anscheinend vergiftet, in ihrem Bett liegen sah, fürchtete er sofort, daß Cynthia etwas über die Sache wüßte. Er war am Rande der Verzweiflung. Zunächst stellte er seinen Fuß auf die Kaffeetasse und zermalmte sie, da er sich erinnerte, daß *sie* seiner Mutter am Abend den Kaffee gebracht hatte; er wollte unbedingt verhin-

dern, daß der Inhalt der Tasse untersucht würde. Von da an blieb er beharrlich, und ganz sinnloserweise, bei der Theorie, daß seine Mutter ›eines natürlichen Todes‹ gestorben sei.«

»Und was für eine Bewandtnis hatte es mit der ›fehlenden Kaffeetasse‹?«

»Ich war ziemlich sicher, daß Mrs. Cavendish die Tasse versteckt hatte, aber ich wollte *ganz* sicher sein. Monsieur Lawrence hatte keine Ahnung, was ich meinte, aber nach eingehender Überlegung kam er zu dem Schluß, daß seine geliebte Cynthia nicht mehr unter Verdacht stehen würde, wenn es ihm gelänge, eine weitere Tasse zu finden. Und damit hatte er völlig recht.«

»Noch eine Frage: Was bedeuteten Mrs. Inglethorps letzte Worte?«

»Sie waren natürlich eine Anklage gegen ihren Mann.«

»Sie haben uns tatsächlich alles erklärt, Poirot«, sagte ich mit einem tiefen Seufzer. »Ich bin froh, daß alles so gut geendet hat – sogar John und seine Frau haben sich wieder versöhnt.«

»Dank meinen Bemühungen.«

»Was soll das heißen?«

»Sind Sie sich darüber klar, daß sie sich nur durch den Prozeß wiedergefunden haben? Ich war davon überzeugt, daß John Cavendish seine Frau noch immer liebte – und daß sie ihn ebenfalls liebte. Aber sie hatten sich auseinandergelebt. Das Ganze begann mit einem Mißverständnis. Sie heiratete ihn, ohne ihn zu lieben; er wußte es. Er ist ein sensibler Mensch und wollte sich ihr nicht aufdrängen, weil er das Gefühl hatte, daß sie ihn nicht wollte. Ihre Liebe erwachte, als er sich von ihr zurückzog. Diese beiden Menschen sind ungewöhnlich stolz, und eben deshalb konnten sie den Weg zueinander nicht finden. Er begann den Flirt mit Mrs. Raikes, sie die Freundschaft mit Dr. Bauerstein. Entsinnen Sie sich, daß ich am Tag von John Cavendishs Verhaftung vor einer schweren Entscheidung stand?«

»Ja, ich verstand Ihr Dilemma sehr gut.«

»*Pardon, mon ami,* Sie verstanden es durchaus nicht. Ich stand vor der Entscheidung, ob ich John Cavendishs Unschuld sofort aufklären sollte oder nicht. Ich hätte es tun können, aber in diesem Fall bestand das Risiko, daß wir die wirklichen Verbrecher nicht zur Strecke bringen würden. Sie waren sich über meine wahre Einstellung bis zum allerletzten Augenblick nicht im klaren – und darauf kann ich meinen Erfolg – wenigstens teilweise – zurückführen.«

»Wollen Sie damit andeuten, daß es Ihnen möglich gewesen wäre zu verhindern, daß John Cavendish auf die Anklagebank gebracht wurde?«

»Ja, mein Freund. Aber ich entschied mich für ›das Glück einer Frau‹; denn nur die furchtbare Gefahr, in der er sich befand, konnte die beiden stolzen Menschen wieder miteinander vereinigen.«

Ich sah Poirot erstaunt an. Mir fehlten die Worte. Diese ungeheure Frechheit des kleinen Mannes! Wer würde – außer Poirot – auf den Gedanken gekommen sein, einen Mordprozeß zur Wiederherstellung des ehelichen Glücks zu benutzen!

»Ich weiß, was Sie denken, *mon ami*«, sagte Poirot lächelnd. »Niemand, außer Hercule Poirot, würde das gewagt haben! Sie sollten mich deshalb nicht verurteilen, denn das Glück zweier Menschen ist wichtiger als alles andere auf dieser Welt.«

Seine Worte riefen die Erinnerung an einen bestimmten Tag wach: Mary lag bleich und verstört auf dem Sofa – sie horchte und horchte. Als die Haustürklingel läutete, fuhr sie zusammen. Poirot öffnete die Tür, er sah ihren gequälten Blick und sagte sanft: »Ja, Madame, ich habe ihn zurückgebracht.« Im Hinausgehen bemerkte ich den Ausdruck in Marys Augen, als John sie in seine Arme schloß.

»Vielleicht haben Sie recht, Poirot – ja, das Glück von Mann und Frau ist wichtiger als alles andere.«

Plötzlich wurde an die Tür geklopft. Es war Cynthia.

»Ich – ich wollte nur –«

Ich sprang auf.

»Bitte, kommen Sie doch herein!«

Sie trat ein, aber sie setzte sich nicht.

»Ich – ich wollte Ihnen nur etwas sagen –«

»Ja?«
Cynthia spielte einen Augenblick nervös mit einer kleinen Quaste, dann sagte sie plötzlich: »Ihr Engel!«, küßte zuerst mich, dann Poirot und rannte aus dem Zimmer.
»Was soll denn das bedeuten?« fragte ich erstaunt.
Ich freute mich über Cynthias Kuß, obwohl ich es vorgezogen hätte, nicht in aller Öffentlichkeit von ihr geküßt zu werden.
»Es bedeutet, daß sie glücklich ist, weil Monsieur Lawrence sie doch besser leiden kann, als sie dachte«, bemerkte Poirot mit philosophischer Miene.
»Aber –«
»Hier ist er!«
In diesem Augenblick kam Lawrence an der Tür vorbei.
»Hallo, Monsieur Lawrence!« rief Poirot. »Wir können Ihnen wohl gratulieren?«
Lawrence errötete und lächelte verlegen. Ein verliebter Mann ist ein trauriger Anblick. Cynthia dagegen hatte bezaubernd ausgesehen.
Ich seufzte.
»Was haben Sie, *mon ami*?«
»Nichts«, erwiderte ich traurig, »ich stelle nur fest, daß Cynthia und Mary prachtvolle Frauen sind.«
»Und keine von beiden interessiert sich für Sie, nicht wahr?« meinte Poirot. »Machen Sie sich nichts daraus, mein Freund. Vielleicht ziehen wir zwei wieder einmal zusammen auf die Jagd, und dann – wer weiß?«

Leseprobe aus Scherz-classic-Krimi 1038

DAS ZEICHEN DER VIER

von Sir Arthur Conan Doyle

Es war schon sechs Uhr, als Holmes zurückkam. Er war heiter, lebhaft und in bester Laune, ein Zustand, der bei ihm mit Phasen düsterer Niedergeschlagenheit abzuwechseln pflegte.

»Diese ganze Affäre ist gar nicht so geheimnisvoll«, erklärte er und nahm die Tasse Tee, die ich für ihn eingeschenkt hatte. »Die Tatsachen lassen nur eine einzige Deutung zu.«

»Was? Sie haben den Fall schon enträtselt?«

»Nun, das wäre zuviel gesagt. Ich habe lediglich eine aufschlußreiche Entdeckung gemacht, das ist alles. Sie ist sogar *sehr* aufschlußreich. Einzelheiten müssen noch hinzugefügt werden. Ich habe eben beim Durchlesen von alten *Times*-Nummern festgestellt, daß Major Sholto aus Ober-Norwood, ehemals beim 34. Infanterieregiment in Bombay, am 28. April 1882 gestorben ist.«

»Ich bin vielleicht schwer von Begriff, Holmes, aber ich sehe nicht, worauf das schließen läßt.«

»Nicht? Ich muß mich wundern über Sie. Folgen Sie meinen Ausführungen: Hauptmann Morstan verschwindet; die einzige Person, die er in London besuchen konnte, ist Major Sholto; Major Sholto erklärt, nichts davon gewußt zu haben, daß Morstan in London sei; vier Jahre darauf stirbt Sholto. *Eine Woche nach seinem Tod* erhält die Tochter Hauptmann Morstans ein wertvolles Geschenk, und das von da an Jahr für Jahr, und nun gipfelt die Angelegenheit in einem Brief, der Miss Morstan als eine Frau bezeichnet, der Unrecht geschehen ist. Worauf soll sich das beziehen, wenn nicht auf das Verschwinden ihres Vaters? Und warum sollten die Geschenksendungen unmittelbar nach Sholtos Tod beginnen, wenn nicht der Erbe von Major Sholto etwas über das Geheimnis wüßte und den Wunsch nach Wiedergutmachung hätte? Haben Sie irgendeine andere Theorie, die im Bereich des Möglichen liegt und sich mit unseren Fakten deckt?«

»Was für eine merkwürdige Wiedergutmachung! Auf welch sonderbare Art! Und warum schreibt er erst jetzt den Brief statt vor sechs Jahren? Andererseits spricht er in dem Brief davon, ihr zu ihrem Recht verhelfen zu wollen. Zu welchem Recht kann man ihr denn noch verhelfen? Es wäre zu optimistisch anzunehmen, daß ihr Vater noch am Leben ist. Und von einem anderen Unrecht, das Ihnen bekannt wäre, ist ja nicht die Rede.«

»Es gibt noch einige Probleme, ganz gewiß«, erwiderte Sherlock Holmes nachdenklich; »aber unser kleiner Ausflug heute abend wird sie lösen. Ah, das ist ja schon die Droschke mit Miss Morstan. Sind Sie soweit? Dann wollen wir hinuntergehen, es ist schon nach sechs.«

Ich langte nach meinem Hut, ergriff meinen schwersten Stock und sah, daß Holmes seinen Revolver aus der Schublade nahm und in die Tasche gleiten ließ. Er glaubte also, unsere heutige Aufgabe könnte gefährlich werden.

Miss Morstan hatte sich in einen dunklen Mantel gehüllt. Ihr feinnerviges Gesicht war gesammelt, aber bleich. Sie wäre keine Frau gewesen, wenn sie nicht ein gewisses Unbehagen bei dem seltsamen Unternehmen gespürt hätte, zu dem wir gerade aufbrachen. Doch beherrschte sie sich tadellos und antwortete bereitwillig auf die paar Fragen, die Sherlock Holmes noch an sie richtete.

»Major Sholto war ein besonders guter Freund von Papa«, sagte sie. »In seinen Briefen hat Papa ihn sehr oft erwähnt. Er und mein Vater befehligten gemeinsam die auf den Andamanen stationierten Truppen, so daß die beiden Männer lange Zeit sehr eng zusammenarbeiteten. Übrigens ist ein seltsames Schriftstück in Vaters Schreibtisch gefunden worden, das niemand verstehen konnte. Ich nehme nicht an, daß es auch nur die geringste Bedeutung besitzt, aber ich dachte mir, Sie würden es vielleicht gerne sehen, deshalb habe ich es mitgebracht. Hier ist es.«

Holmes entfaltete das Papier sorgsam und breitete es auf seinen Knien aus. Dann prüfte er es methodisch mit der Lupe.
»Der Bogen stammt aus der indischen Papiermanufaktur«, bemerkte er. »Er war eine Zeitlang an einem Brett befestigt. Die grafische Darstellung darauf scheint der Plan eines Gebäudeteils mit zahlreichen Räumen, Korridoren und Verbindungsgängen zu sein. An einem Punkt wurde ein kleines Kreuz mit roter Tinte eingetragen, und darüber steht in verwischter Bleistiftschrift: 3,37 von links. In der linken Ecke sind merkwürdige Hieroglyphen, die wie vier Kreuze aussehen, deren Längsarme sich berühren. Daneben steht in sehr grober, ungebildeter Schrift: ›Das Zeichen der Vier – Jonathan Small, Mahomet Singh, Abdullah Khan, Dost Akbar.‹ Ich gebe zu, daß mir nicht klar ist, in welchem Zusammenhang dieses Papier mit unserem Fall steht. Und doch ist es ein wichtiges Dokument. Es wurde sorgfältig in einem Notizbuch verwahrt, denn die Vorderseite des Bogens ist ebenso sauber wie die Rückseite.«
»Wir fanden es tatsächlich in Papas Notizbuch.«
»Heben Sie es gut auf, Miss Morstan, denn es könnte uns doch von Nutzen sein. Ich beginne zu vermuten, daß der ganze Fall doch viel komplizierter ist, als ich zu Beginn annahm.«
Er lehnte sich zurück, und ich konnte an seinen zusammengezogenen Brauen und dem ausdruckslosen Blick erkennen, daß er angespannt nachdachte...